Les magasins DeWilde à travers le monde.

LEANDRA LOGAN

Leandra Logan est un auteur à succès qui, avant de commencer à écrire des romans d'amour, a publié plusieurs livres pour la jeunesse. Très anglophile, elle a été particulièrement heureuse de participer à l'écriture de la saga des DeWilde. Elle adore les feuilletons et raconte qu'un jour où elle en regardait un à la télévision, elle a eu l'agréable surprise de voir l'un des héros plongé dans un de ses livres !

Cet ouvrage a été publié en langue anglaise
sous le titre :
A BRIDE FOR DADDY

Traduction française de
BÉNÉDICTE DUCHET-FILHOL

HARLEQUIN ®
est une marque déposée du Groupe Harlequin
et Amours d'Aujourd'hui ®
est une marque déposée d'Harlequin S.A.

Illustration de couverture
Mariée et petite fille : © THE STOCK MARKET / RICK GOMEZ
Couple et enfants : © IMAGE BANK / BRITT J. ERLANSON

Toute représentation ou reproduction, par quelque procédé que ce soit, constitue-
rait une contrefaçon sanctionnée par les articles 425 et suivants du Code pénal.
© 1996, Harlequin Books S.A. © 2001, Traduction française · Harlequin S.A.
83-85, boulevard Vincent-Auriol, 75013 Paris — Tél. : 01 42 16 63 63
Service Lectrices — Tél : 01 45 82 47 47
ISBN 2-280-07743-4 — ISSN 1264-0409

LEANDRA LOGAN

Mariage dans la jet-set

AMOURS D'AUJOURD'HUI

Mon cher Gabe,

Juste un mot pour t'informer que j'arriverai
de Paris mercredi prochain, impatiente de
commencer à travailler dans le magasin de
Londres. Je sais que les usages familiaux
voudraient qu'on vienne m'accueillir
à l'aéroport en grandes pompes, avec fanfare
et limousine. Mais comme j'espère toujours
pouvoir faire reconnaître mes talents
de styliste sans l'aide de personne,
je me débrouillerai toute seule.

Transmets mon bon souvenir à tous les
membres de la famille, et demande-leur
de respecter mon anonymat.

Je t'embrasse.

                              Ta cousine,
                              Tessa

1.

— Quelle idée ! Pourquoi es-tu venue t'installer dans ce quartier perdu ? J'aurais pu te trouver un logement bien mieux situé ! s'écria Gabriel DeWilde en ôtant son trench-coat mouillé. C'est encore une de tes excentricités ?

Tessa Montiefiori jeta à son cousin un regard d'affectueuse indulgence, avant de lui prendre l'imperméable des mains et de le suspendre à la patère de l'entrée.

Sachant que Gabe lui reprocherait de vivre dans un cadre aussi modeste, elle retardait depuis près de deux mois le moment de lui montrer son appartement. Mais il avait fini par perdre patience : il lui avait téléphoné une demi-heure plus tôt pour lui annoncer sa visite, et avait raccroché sans lui laisser le temps de discuter.

— Si j'avais gagné une livre sterling chaque fois que tu m'as traitée d'excentrique depuis que tu as appris à parler, je serais aujourd'hui milliardaire ! observa-t-elle.

— Ta dernière invention ne peut même plus être qualifiée d'excentrique : elle est carrément absurde ! déclara Gabe en la suivant dans le séjour. Pourquoi te faire passer pour Tessa Jones, styliste sans le sou, alors que tu appartiens à la famille et que tu aurais un poste important dans la société dès demain, si tu le voulais ? En tant que directeur commercial du magasin de Londres, il me serait très facile d'arranger ça.

— Oui, je sais, tu me l'as déjà dit il y a six semaines, mais je n'ai pas changé d'avis dans l'intervalle : si mes créations parviennent à susciter l'intérêt des critiques et du public sans que je révèle ma parenté avec les DeWilde, j'aurai démontré que j'ai vraiment du talent. Cela empêchera mes collègues de travail d'attribuer ma réussite au favoritisme... Tu aimerais, toi, être soupçonné de devoir ton avancement au fait que tu t'appelles Gabriel DeWilde ?

— Non, admit Gabe.

Ayant lui-même trouvé son nom lourd à porter, autrefois, il comprenait parfaitement les raisons de sa cousine. Mais depuis trois ans qu'elle avait achevé ses études, Tessa avait eu tout le temps d'affirmer son indépendance et de faire acte d'autonomie. Après avoir occupé des emplois subalternes dans plusieurs maisons de couture californiennes, elle s'était fait engager comme « petite main » chez un grand couturier parisien. Gabe était allé la voir, aux Etats-Unis et en France, sans cesser d'espérer qu'elle reviendrait un jour à Londres pour travailler avec lui. C'était bien ce qu'elle avait décidé, en fin de compte, mais en dictant ses propres conditions.

— Quand tu m'as annoncé ton retour, reprit Gabe, j'ai pensé que tu étais prête à mettre tes compétences au service de l'entreprise familiale... mais pas comme simple styliste débutante ! Je me suis dit que tu en avais terminé avec ta phase d'apprentissage de la vie.

8

— Il ne s'agit pas d'une « phase » ! s'exclama Tessa d'un air offensé. J'ai l'intention de me lancer de nouveaux défis, de tenter de nouvelles expériences jusqu'à la fin de mes jours ! C'est le seul moyen de ne pas s'encroûter.

— Mais tu n'es pas obligée pour autant de toucher un salaire de misère et d'habiter dans une pension de famille miteuse !

Gabe ponctua ces mots d'un regard désapprobateur aux murs craquelés, au plancher nu et aux sièges fatigués du séjour.

— Cet appartement convient parfaitement à la modeste employée que je suis, répliqua sa cousine. Et, que tu le croies ou non, je m'y plais beaucoup... Alors cesse de faire toutes ces histoires ! Je n'ai vraiment pas besoin de ça, la veille du jour où notre grand concours va commencer !

— Je voulais justement t'en parler... Tu devrais révéler ta véritable identité avant que l'événement ne soit médiatisé.

— Non ! Ce concours est pour moi une occasion unique de présenter ma robe de mariée au public et de montrer de quoi je suis capable.

— Tu as songé aux désagréments qui t'attendent, si quelqu'un te reconnaît ?

— C'est très improbable, rétorqua Tessa en haussant les épaules. Il y a des années que j'ai quitté Londres... Je n'y avais pas remis les pieds depuis mon départ dans un pensionnat suisse, et j'étais alors une gamine efflanquée, avec des cheveux coupés ras. Je n'ai plus du tout cette apparence de garçon manqué.

Gabe ne pouvait le nier : la silhouette de tanagra et l'abondante chevelure blond vénitien de sa cousine faisaient d'elle l'incarnation même de la féminité.

— Ne t'inquiète pas : cette comédie touche à sa fin, reprit-elle. La publicité donnée au concours me vaudra des articles élogieux dans la presse, et j'abaisserai le masque à ce moment-là.

— Et si les critiques sont mauvaises ?

Optimiste de nature, Tessa n'avait pas envisagé cette éventualité, mais la question ne suffit pas à la démonter.

— Même dans ce cas, je révélerai ma véritable identité, répondit-elle. Il me faudra alors reconsidérer ma situation, mais je peux toujours postuler à un emploi au magasin DeWilde de New York sous le pseudonyme de Tessa Smith, non ?

Son cousin leva les yeux au ciel, l'air mi-agacé, mi-amusé, puis il alla se poster devant la fenêtre. La jeune femme le rejoignit et croisa les bras sur sa poitrine dans un geste de défi. A moins d'être d'une totale mauvaise foi, Gabe devrait admettre que le quartier n'avait rien de mal famé : la rue était calme, en ce dimanche après-midi, et même dans la lumière déclinante, ses façades rénovées et ses petits jardins bien entretenus avaient fière allure.

— A qui appartient cette maison ? demanda Gabe en tournant vers Tessa son beau visage.

— A une charmante vieille dame, Mme Mortimer. Elle est veuve et l'a divisée en appartements il y a quelques années, pour des raisons financières — et aussi pour avoir de la compagnie, je crois. Elle traite ses locataires comme des membres de sa famille, et je l'adore.

— Tu n'as donc pas assez de parents comme ça ? fit observer Gabe sur un ton moqueur.

Entre les Montiefiori et les DeWilde, Tessa ne manquait pas de liens familiaux, en effet, mais la mort de sa mère dans un accident d'avion l'avait laissée orpheline très jeune, et le comportement maternel de Mme Mortimer comblait un besoin que personne d'autre, jusqu'à présent, n'était parvenu à satisfaire.

— Je sais que tu te réjouis de mon retour à Londres, Gabe, dit-elle, mais pourquoi ne t'en contentes-tu pas ? J'aimerais un peu plus de soutien de ta part, même si mes plans n'ont pas ton entière approbation.

— Rassure-toi, je ne trahirai pas ton secret... Et je ne suis pas venu ici uniquement pour te faire des reproches : je veux aussi voir la robe que tu comptes présenter demain.

— Enfin ! s'écria-t-elle. Je commençais à croire que tu ne me le demanderais jamais !

Puis elle se dirigea vers le paravent japonais qui délimitait son coin atelier. Elle l'écarta, révélant le mannequin de couturière caché derrière. Le moulage sans tête portait sa plus belle œuvre à ce jour, une robe de mariée composée d'un corsage de dentelle sans manches et d'une jupe large et vaporeuse en crêpe de Chine.

Gabe contempla le vêtement avec admiration. L'audace naturelle de Tessa, son amour de la vie se reflétaient dans ses créations.

— Ravissant ! s'exclama-t-il. Et très original... C'est exactement le genre de chose dont le magasin a besoin pour rajeunir son image.

— Tu vois ces plis, au niveau de la taille ? déclara sa cousine, le visage de plus en plus animé au fur et à mesure qu'elle parlait. Tu ne trouves pas qu'ils donnent à la jupe l'air d'avoir plusieurs épaisseurs ? Et que penses-tu de cette broderie au point de croix, sur le devant ?

— Tout est parfait jusque dans les moindres détails. Cette robe va te rendre célèbre, j'en suis certain, et...

Gabe s'interrompit brusquement, inspira à fond, puis demanda :

— Je me trompe, ou c'est bien du ragoût que je sens ?

Fronçant son petit nez retroussé, Tessa huma l'air avant de répondre :

— Tu ne te trompes pas : c'est bien du ragoût.

— Ne me dis pas que tu t'es mise à la cuisine !

— Bien sûr que non ! Ce délicieux fumet vient de chez Mme Mortimer. Son appartement est juste en dessous du mien et, dans les vieilles maisons, les planchers laissent passer les bruits comme les odeurs.

— Si j'en juge par celle-ci, ta propriétaire est un vrai cordon-bleu.

— Oui, et nous avons conclu un accord : je me charge de tous ses menus travaux de couture et, en échange, elle m'offre un repas de temps en temps... Attends, j'ai une idée : si tu acceptes que je te présente à elle comme mon cousin Gabe Jones, je lui téléphone, et elle nous monte à dîner.

— Lianne m'attend.

— Appelle-la et dis-lui de venir ! Elle sera Mme Jones, la cousine par alliance de l'humble cousette Tessa Jones.

— Tu es la femme la plus exaspérante que je connaisse !

— Tu sais bien que j'ai toujours adoré te faire enrager. J'ai même beaucoup de mal à m'en empêcher, au magasin. C'est le seul défaut de mon plan : je suis obligée de te traiter avec respect, lorsque nous ne sommes pas seuls.

12

Pendant toute la conversation, Tessa n'avait cessé de tourner autour du mannequin, prenant une mesure par-ci, enlevant une épingle par-là, avec des gestes à la fois précis et gracieux.

C'était un soupirant, et non son cousin, qu'elle aurait dû s'amuser à faire enrager, songea soudain Gabe. Elle était si jolie ! Comment était-il possible qu'elle n'eût pas des dizaines d'admirateurs à ses pieds ? Mais elle était si exigeante, passionnée et anti-conformiste qu'elle intimidait peut-être les hommes... Lui-même, parfois, était un peu déstabilisé. Aussi attachés qu'ils fussent l'un à l'autre, il sentait son influence sur Tessa diminuer d'année en année : elle était devenue farouchement indépendante. Celui qui voudrait la conquérir n'aurait donc pas précisément la tâche facile.

Si elle jetait son dévolu sur quelqu'un, en revanche, les choses seraient très différentes : il lui suffirait d'un sourire pour l'ensorceler.

Pensif, Gabe se caressa le menton et pencha la tête sur le côté. Plus il y réfléchissait, plus l'idée d'une Tessa amoureuse lui plaisait. Elle avait besoin d'un mari, d'un homme fort et posé qui saurait lui redonner le sens des réalités quand il le fallait.

Le bonheur qu'il connaissait avec Lianne depuis leur mariage, l'été précédent, faussait peut-être son jugement, mais il ne pouvait s'empêcher de penser que personne n'était fait pour vivre seul.

— Pourquoi me fixes-tu comme ça ? déclara soudain Tessa d'un air suspicieux.

— Euh... pour rien. J'étais juste en train de me dire que, plus le temps passera, moins tu auras besoin de moi.

— Et tu aimerais continuer à jouer les grands frères protecteurs jusqu'à la fin de ta vie ? Désolée, mais je ne suis plus une petite fille. Il se trouve cependant que j'ai besoin de ton aide... Approche !

— Tu veux que je transporte ce mannequin quelque part ?

— Non, que tu maintiennes l'extrémité de mon mètre en place ici !

Tessa prit la main de son cousin et la posa sur la couture qui assemblait les deux pièces de la robe.

Agacé parce qu'il pensait aux dizaines d'employés qui pourraient rendre ce service à Tessa, si seulement elle acceptait d'occuper un poste plus important chez DeWilde, Gabe s'agenouilla de mauvaise grâce et grommela :

— J'espère que cette mascarade en vaut la peine.

— Oui, et le plus gros du travail est fait. Je serai fin prête demain pour le lancement de mon concours.

— « Ton » concours ? Si Shirley Briggs était là, elle ne te laisserait pas dire ça.

— Pourquoi ?

— Désolé, je croyais que tu le savais... Elle s'est attribué tout le mérite de l'opération.

— Quoi ?

— C'est malheureusement une pratique courante dans les entreprises : Shirley utilise sa position de chef de service pour voler les idées des stylistes débutantes comme toi. Elle est venue me voir il y a quelques semaines et m'a exposé comme étant le sien ton projet de concours. Et tu avais été choisie pour le réaliser parce que, m'a-t-elle expliqué, tu étais justement en train de créer une robe de mariée, et que tu nous éviterais le coût d'un mannequin en la présentant toi-même.

14

— Et tu n'as pas rétabli la vérité ?

— J'ignorais à ce moment-là que tu étais l'auteur de ce projet. Tu ne m'en avais pas soufflé mot, permets-moi de te le rappeler !

La colère empourpra les joues de Tessa.

— Voilà comment je suis récompensée d'avoir respecté la voie hiérarchique ! s'écria-t-elle. Et tu dis que Shirley est coutumière du fait ? Pourquoi n'a-t-elle jamais été dénoncée ?

— Je suppose que les gens placés sous son autorité ont peur de perdre leur emploi. Quant à moi, je ne peux pas l'accuser sans preuve d'une faute aussi grave. Je me demande pourtant comment elle s'est débrouillée pour obtenir un poste de responsabilité chez nous : son comportement est à l'opposé de l'esprit que DeWilde veut voir régner à tous les échelons de son personnel. Dès que nous aurons une raison valable de la renvoyer, nous le ferons, mais en attendant...

— Il faut que je supporte ses affronts en silence ?

— Oui, même si j'ai hâte de la remplacer par une femme jeune, énergique, entreprenante, qui saura flairer l'air du temps et créer une nouvelle dynamique dans ce service.

Une lueur de malice brilla dans les yeux verts de Tessa.

— Serais-je cette femme ? déclara-t-elle.

— Gagné ! Et en échange du rôle que je suis en mesure de jouer dans cette promotion, puis-je te demander une dernière fois de révéler ta véritable identité à la presse demain ? Faute de quoi, ta supercherie risque d'avoir de fâcheuses conséquences pour nous tous.

— Non, je ne veux pas que ma parenté avec les DeWilde influence le jugement porté sur mon travail.

15

— A ta guise !

Gabe se releva en soupirant, puis il glissa la main dans la poche de sa veste de tweed et remarqua sur un ton dégagé :

— Cette robe de mariée est vraiment très jolie, mais je trouve que le décolleté laisse un peu trop de peau à découvert.

— Et cela offense ta pudeur ? J'ai pourtant déjà vu Lianne porter des vêtements très échancrés !

— Si j'avais mon mot à dire, elle ne porterait que des pull-overs à col roulé, mais là n'est pas le problème.

— Alors où est-il ? s'écria Tessa, dont la patience n'était pas la qualité dominante, sauf lorsqu'elle concevait et réalisait ses créations.

— Je me demandais l'effet que produirait ce colifichet autour de ton cou...

Tout en parlant, Gabe avait sorti de sa poche un écrin de cuir bleu. Il l'ouvrit et en sortit un collier ancien composé d'une grosse perle centrale à l'arrondi parfait et d'une alternance de diamants et de perles plus petites.

Tessa poussa un cri de joie. Sa grand-mère paternelle avait donné à chacun de ses quatre petits-enfants un bijou de famille, et c'était celui-là qu'elle avait reçu, puis confié à Gabe parce qu'elle ne voulait pas risquer de le perdre au cours de ses pérégrinations.

— Comme c'est gentil d'avoir pensé à me le rapporter ! s'exclama-t-elle avant de le prendre délicatement entre ses doigts et de courir vers la glace accrochée à l'un des murs.

Le visage de Gabe surgit à côté du sien dans le miroir alors qu'elle se débattait avec le fermoir.

16

— Attends, laisse-moi t'aider, déclara-t-il.

Un geste lui suffit pour attacher le collier. Il se recula ensuite et fit observer :

— Il te va aussi bien qu'il devait aller à Céleste.

En entendant ce nom, Tessa posa machinalement les yeux sur le grain de beauté qu'elle avait à la base du cou. Cette petite marque constituait l'un des deux traits hérités de sa grand-mère. Le second était le goût de l'indépendance, même si elle ne se voyait pas imiter Céleste, qui avait autrefois abandonné époux et fils pour suivre un amant adoré.

— C'est exactement l'accessoire qu'il fallait pour ma robe de mariée, remarqua-t-elle.

Puis, comme Gabe souriait d'un air entendu, elle se hâta de préciser :

— Celle que je présenterai au concours, naturellement.

— Naturellement... Tu n'as qu'à dire que ce bijou appartient aux DeWilde et que nous te l'avons prêté pour l'occasion.

— D'accord.

— Et peut-être le remettras-tu bientôt avec une autre robe de mariée, celle que tu porteras le jour de tes noces ?

— Arrête, Gabe ! Depuis que tu as épousé Lianne, tu as l'air de penser qu'il ne peut pas y avoir de célibataire heureux !

— Je plaide coupable.

— Eh bien, sache que vivre seule me convient parfaitement ! J'adore me réveiller le matin sans avoir la moindre idée de ce que la journée me réserve.

— L'amour qui nous unit, Lianne et moi, m'apporte pourtant des joies dont, pas plus que toi, je ne soupçonnais l'existence. Et comme je t'aime beaucoup, je voudrais que tu connaisses les mêmes.

Se dressant sur la pointe des pieds, Tessa posa un doigt sur les lèvres de son cousin et déclara :

— Sors-toi cette idée de la tête ! Je n'ai pas l'intention de me marier avant des années. Tout ce qui m'intéresse, pour l'instant, c'est ma carrière.

2.

— Oh, grand-mère, regarde ! s'écria Natalie d'une voix tout excitée.

Millicent Sanders se leva de la banquette sur laquelle elle s'était assise pour reprendre son souffle, à l'entrée du magasin DeWilde, et tourna la tête dans la direction que lui montrait sa petite-fille. Au-delà du rayon des cosmétiques, une petite foule de clients se pressait autour d'un piédestal tournant sur lequel se tenait un mannequin en robe de mariée.

— C'est sûrement une princesse, observa Natalie d'un air rêveur.

— Ou une maman Cendrillon, déclara Nicky en poussant sa sœur du coude.

Leurs conclusions fantaisistes ne surprirent pas Millicent. Elevés aux Etat-Unis et grands amateurs de contes de fées, les enfants considéraient l'Angleterre comme le pays lointain où, à la fin de l'histoire, leurs personnages favoris se mariaient et avaient beaucoup d'enfants.

Il était donc normal que le célèbre magasin DeWilde, avec son décor luxueux et ses vitrines remplies de bijoux étincelants, représentât pour eux une

sorte de royaume enchanté. Quant au ravissant mannequin aux cheveux dorés recouverts d'un voile blanc
maintenu par une couronne de perles, ce ne pouvait
évidemment être pour eux qu'une héroïne de conte de
fées...

... et la personnification de la mère dont ils rêvaient
tous les deux.

Impatients d'approcher, les enfants commencèrent à
tirer Millicent vers le centre de la salle d'exposition.

— Mais nous sommes entrés ici uniquement pour
que je puisse me reposer un peu! protesta cette dernière.

— Oh, grand-mère, s'il te plaît..., supplièrent-ils en
chœur.

— Bon, d'accord...

Malgré sa fatigue, la vieille dame se laissa entraîner
sans plus de résistance.

Vêtue d'un tailleur Yves Saint Laurent bleu pâle, ses
épais cheveux gris coupés en un élégant dégradé, elle
ne paraissait pas son âge. Ses jambes lourdes lui rappe-
laient malheureusement qu'elle avait bel et bien
soixante-dix ans, et qu'il lui était de plus en plus difficile de s'occuper toute la journée de deux enfants en
perpétuel mouvement. Mais elle leur tenait lieu de
mère et s'était juré de jouer dignement ce rôle jusqu'à
ce que son fils Steven, veuf depuis trois ans, se décidât
enfin à se remarier.

Le fait de se trouver au beau milieu d'un magasin
spécialisé dans les articles de mariage ne faisait que
renforcer, naturellement, son désir de voir ce jour arriver. Comme elle aurait aimé franchir les grandes
portes bleues et dorées de l'entrée en compagnie de sa
future belle-fille, fouler avec elle le sol de marbre et

l'accompagner de rayon en rayon, carte de crédit à la main, prête à lui acheter tout ce que DeWilde avait de mieux à offrir...

— Qu'est-ce qui se passe ? demanda Nicky, tout en sautant parce que la foule rassemblée autour du mannequin l'empêchait de voir.

Une femme corpulente, habillée d'un manteau de lainage gris, se retourna et expliqua :

— Le magasin organise un concours dont le vainqueur gagnera cette belle robe de mariée.

— Vous avez un accent rigolo ! lui déclara Natalie, les yeux brillant d'intérêt. Vous parlez comme le monsieur qui nous a pris à l'hôtel, tout à l'heure, dans un drôle de taxi tout noir... Et en plus, il conduisait du mauvais côté de la route !

— Excusez-les, dit Millicent à la cliente. C'est leur premier voyage à l'étranger. Ils habitent New York et sont venus avec leur père, qui est ici pour affaires.

Un sourire indulgent éclaira le visage poupin de l'Anglaise tandis qu'elle examinait les enfants. Fine et menue, Natalie était mignonne à croquer, avec sa robe rose, ses socquettes blanches, ses escarpins vernis et ses longs cheveux bruns ornés d'un ruban. Plus robuste, Nicky portait un pull-over couleur rouille et un pantalon foncé ; il avait des cheveux blonds coupés court, des joues rondes creusées de fossettes, et, malgré les deux années qui le séparaient de sa sœur, il commençait déjà à la rattraper en taille et en poids.

La cliente s'accroupit près d'eux et leur demanda gentiment :

— Votre maman est restée à New York ?

Natalie posa les mains sur les oreilles de son petit frère, puis elle chuchota :

— Non, maman est au ciel, mais il faut pas que Nicky l'entende, parce qu'il posera plein de questions : il a du mal à comprendre.

L'air furieux, l'intéressé secoua la tête pour se dégager, et, après l'avoir lâché, la fillette l'embrassa affectueusement sur le front.

— Ne vous reprochez pas de leur avoir parlé de leur mère, dit Millicent à l'Anglaise qu'elle voyait mal à l'aise. Renée est morte depuis trois ans, et c'est un sujet que la famille aborde librement devant eux.

Son interlocutrice parut soulagée.

— On se rapproche, grand-mère ? suggéra Natalie.

Tenant solidement les enfants par les épaules, la vieille dame se fraya un chemin à travers les spectateurs.

— Elle est pour de vrai ? déclara Nicky, les yeux rivés sur le modèle.

— Oui, répondit sa sœur, et c'est sûrement quelqu'un d'important... Mais qui ? Cendrillon ? Blanche-Neige ? Alice ? Tu le sais, toi, grand-mère ?

— Peut-être que..., commença Millicent.

Les mots moururent sur ses lèvres, car un souvenir fugace venait de lui traverser l'esprit : cette ravissante créature au cou orné d'un magnifique collier de perles et de diamants évoquait dans son esprit une autre femme, un autre cadre, une autre époque...

— Viens, Nicky ! ordonna Natalie en prenant son frère par la main.

Perdue dans ses pensées, la vieille dame les pria distraitement de ne bousculer personne, tandis qu'ils s'avançaient vers le cordon de velours installé autour du piédestal.

Maudits soient ces yeux fatigués ! songea-t-elle

avant d'ouvrir son sac et d'en sortir ses lunettes à double foyer.

Millicent se hâta de les chausser et examina la jeune femme de la tête aux pieds, s'arrêtant avec une insistance particulière sur le collier.

Oui, c'était bien ça... la jeune femme ressemblait à sa vieille amie Céleste Montiefiori, qui se trouvait justement être une parente des DeWilde. Elles avaient le même nez retroussé, les mêmes pommettes hautes, et ce collier n'était-il pas celui que Céleste mettait avec ses robes décolletées, afin de cacher le grain de beauté qu'elle avait à la base du cou ? Millicent l'avait même porté deux fois : la première au festival de Cannes, dans les années 70, la seconde au bal donné à l'occasion de l'investiture de Ronald Reagan, au début des années 80. Céleste et elle avaient passé ensemble tant de bons moments ! Mais elle voyait aussi peu Céleste que ses autres amies, depuis trois ans : ses obligations familiales la retenaient à New York et ne lui laissaient pas le temps de fréquenter ses cercles habituels.

Le fait que le mannequin eût ce collier autour du cou prouvait en tout cas sa parenté avec Céleste, car celle-ci ne l'aurait jamais prêté à une étrangère. Millicent était la seule personne qui eût bénéficié de cette faveur, et encore, il lui avait fallu beaucoup insister...

Cette jeune femme était peut-être la petite-fille de Céleste, pensa Millicent, l'un des quatre enfants de son fils George. Elle devait faire partie des nombreux membres de la famille DeWilde qui travaillaient dans l'une ou l'autre des succursales de la société.

Millicent avait rencontré Céleste sur la Côte d'Azur, une vingtaine d'années plus tôt. Céleste sortait alors d'une liaison avec un réalisateur italien, et elle se consolait de cette rupture en s'offrant les distractions les plus coûteuses, grâce à l'argent reçu en guise de cadeau d'adieu.

Contrairement à Millicent, qui plaçait la famille au-dessus de tout, Céleste avait coupé les liens avec la sienne et se disait incapable d'assumer la moindre responsabilité. Elle consacrait tout son temps et son énergie à garder ou à se chercher des amants qui lui permettraient de vivre dans le luxe et l'insouciance.

Malgré leur différence de caractère, les deux femmes s'étaient immédiatement prises d'affection l'une pour l'autre, et leur amitié avait ensuite grandi au fil de déjeuners intimes et de séjours communs dans les lieux fréquentés par la jet-set.

Millicent considérait cette époque comme l'une des plus heureuses de sa longue existence. Son mari Robert était alors encore en vie, et elle l'accompagnait toujours lorsqu'il partait en voyage d'affaires — ce qui se produisait souvent, car il dirigeait une grosse compagnie, Sanders Novelties, spécialisée dans les jeux de société. Fondée par son père, cette entreprise était maintenant la propriété de Steven, avec qui Millicent se retrouvait aujourd'hui, comme avec Robert autrefois, sur le vieux continent qu'elle adorait... mais sans pouvoir en profiter pleinement.

Le bien-être de son fils et de ses petits-enfants valait bien ce sacrifice, mais le souvenir de Céleste et de la vie brillante qu'elles avaient partagée lui faisait maintenant éprouver un pincement de nostalgie.

— Vous désirez un renseignement, madame?

Une femme d'une cinquantaine d'années venait de s'arrêter devant Millicent. Engoncée dans une robe

24

chemisier de taffetas jaune vif, avec des cheveux bruns relevés en un chignon sévère, elle avait des petits yeux noirs et un nez busqué qui lui donnaient une tête d'oiseau.

— Vous travaillez ici ? questionna Millicent avec un sourire poli.

— Oui. Je m'appelle Shirley Briggs, et je dirige le service « créations » de ce magasin, répondit fièrement son interlocutrice. Vous avez un mariage à préparer ?

— Pas dans l'immédiat, mais bientôt, je l'espère.

Si seulement son idiot de fils se décidait à lever le nez de ses dossiers et à se mettre sérieusement à la recherche d'une compagne ! ajouta silencieusement la vieille dame.

Shirley Briggs changea de bras la corbeille d'osier qu'elle portait, et dont le contenu — un monceau de brochures roses ornées du monogramme de DeWilde — oscilla d'un côté sur l'autre.

— Alors, vous tombez bien, déclara-t-elle. Si vous participez à notre grand jeu-concours, vous pouvez gagner un fabuleux cadeau.

— C'est une vraie princesse ? lui demanda Natalie en se retournant.

— Bien sûr que non ! s'écria Shirley Briggs d'un ton mi-amusé, mi-dédaigneux. C'est juste une styliste débutante, qui présente là une de ses créations.

S'adressant ensuite à Millicent, elle expliqua :

— Nous essayons d'attirer l'attention du public et des médias sur nos jeunes talents. Le gagnant du concours recevra une robe identique à celle-ci, et tout ce qu'il faut pour organiser un mariage somptueux — réception et voyage de noces compris.

Nicky se retourna à son tour et observa, une lueur de méfiance dans ses yeux bleus :

— Mais elle vit dans un château, hein?

— Non! répondit sèchement Shirley, que l'intérêt des enfants pour le mannequin commençait de toute évidence à impatienter. C'est une simple employée.

— Alors, c'est Cendrillon, indiqua Natalie à son frère, parce que Cendrillon était pauvre, au début, et puis le prince l'a rencontrée au bal, il lui a rapporté son soulier, et ils ont eu un mariage *sompteux*.

— Somptueux, rectifia Millicent en réprimant un sourire.

Pendant ce temps, Nicky s'était accroupi, et il fixait le bas de la robe d'un air d'intense concentration.

— J'arrive pas à voir ses pieds, grand-mère, finit-il par déclarer.

— Vous pouvez lui demander de remonter un peu sa robe, s'il vous plaît? demanda Natalie à Shirley. Il faut qu'on vérifie si elle porte bien des pantoufles de vair...

— Il n'en est pas question! s'exclama cette dernière. Un mannequin doit rester parfaitement immobile.

Puis, sans doute consciente de s'être montrée trop brusque avec les petits-enfants d'une cliente potentielle, elle dit à Millicent d'un ton obséquieux:

— Ces petits chéris ont vraiment beaucoup d'imagination!

Mais la vieille dame n'écoutait plus la conversation que d'une oreille: la styliste venait de relever légèrement la tête, et ce mouvement avait déplacé le collier l'espace d'un instant, découvrant le grain de beauté qu'elle avait à la base du cou. Millicent se félicita d'avoir pour une fois oublié sa coquetterie et gardé ses lunettes sur son nez, sans quoi elle n'aurait pu voir ce grain de beauté, et encore moins noter qu'il avait une forme et une position identiques à celui de Céleste. Cela la renforça dans son opinion : c'était de toute évidence une Montiefiori qu'elle avait devant les yeux.

Mais dans ce cas, pourquoi Shirley Briggs la qualifiait-elle de « simple employée » ?

Intriguée, la vieille dame lui demanda :

— Comment s'appelle le mannequin ?

— Tessa Jones. Pourquoi ?

Millicent ne répondit pas. Si sa mémoire était bonne, Céleste avait trois petites-filles : Vanessa, Catherine et... Tessa.

— Excusez ma curiosité, déclara-t-elle, mais Jones est-il son nom de femme mariée ?

— Non, elle est célibataire. La plupart de nos jeunes stylistes ne vivent que pour leur travail.

Natalie donna un coup de coude à son frère et lui chuchota :

— Je suis sûre qu'elle aime les enfants.

— Moi aussi ! s'écria Nicky, le visage radieux.

Leur grand-mère eut alors la nette impression qu'ils considéraient le modèle comme faisant partie du prix que remporterait le gagnant du concours.

Si seulement c'était vrai ! pensa-t-elle. Cette jeune femme, en plus d'être belle, avait manifestement du talent et de l'ambition. Elle possédait à elle seule plus de qualités que toutes les éphémères conquêtes de Steven réunies.

L'idéal, ç'aurait été de lui présenter Tessa sans détour, en le faisant venir chez DeWilde, mais il n'appréciait guère les tentatives de sa mère pour le remarier. S'il s'était contenté de vivre pour son travail et ses enfants, en espérant rencontrer un jour par hasard la compagne qu'il lui fallait, elle ne s'en serait pas mêlée, mais il passait beaucoup de temps dans les discothèques — pour se détendre, disait-il. Millicent était cependant sûre que, tôt ou tard, une aventurière lui mettrait le grappin dessus et le persuaderait de l'épouser. Il fallait donc lui trouver le plus vite possible une femme de valeur, comme Renée, qui lui apporterait le bonheur, ainsi qu'à ses enfants.

La vieille dame vit soudain Natalie la fixer, avec la même expression que Steven, quand une idée brillante venait de lui traverser l'esprit.

— Je crois qu'il faut en profiter, grand-mère, annonça la fillette.

— Je suis d'accord, répondit Millicent.

Leurs yeux se posèrent sur Shirley Briggs, dont les prunelles luisaient de curiosité. Puis, comme aucune de ses interlocutrices ne se décidait à lui fournir d'éclaircissement, elle entreprit de leur expliquer les règles du concours :

— Il s'agit d'exposer par écrit, en cent mots maximum, les raisons qui vous font penser que vous méritez de gagner le fabuleux cadeau offert par le magasin. Ce sera Gabriel DeWilde, notre directeur commercial, qui désignera le vainqueur.

Elle sortit une brochure de son panier, le tendit à Millicent et reprit :

— Vous mettez votre nom et vos coordonnées sur la première page, et vous rédigez votre texte à l'intérieur.

— Je remplis ce bulletin et je vous le rends, c'est ça ?

— Exactement !

Après avoir considéré l'imprimé d'un air perplexe, la vieille dame demanda :

28

— Vous avez des conseils à me donner?

Visiblement flattée d'être consultée, Shirley déclara :

— A votre place, je commencerais par un titre accrocheur. Ensuite, tout dépend de ce que vous avez à dire, mais plus ce sera émouvant, mieux cela vaudra. DeWilde aimerait que ce concours change vraiment la vie de quelqu'un.

Millicent et Natalie échangèrent un sourire entendu. Bien présentée, l'histoire qu'elles avaient à raconter attendrirait les cœurs les plus endurcis.

— Mais il va falloir vous dépêcher, continua Shirley. Les bulletins doivent être retournés ce soir à 17 heures dernière limite, afin que M. DeWilde ait le temps de les lire tous, car la proclamation des résultats aura lieu demain, vendredi, à 12 h 30. J'espère que ce délai ne vous paraît pas trop court?

— Non, madame Briggs, répondit la vieille dame d'une voix enjouée. Je trouve au contraire ce genre de défi très stimulant.

Pendant que Shirley s'éloignait et que Natalie essayait de convaincre Nicky de quitter son poste devant le cordon de velours, Millicent réfléchit rapidement. Il aurait été plus sage de préciser dès maintenant aux enfants que le mannequin n'était pas inclus dans le prix offert au gagnant du concours. Cela risquait cependant de les dissuader d'y participer, et donc d'anéantir tout espoir d'une rencontre entre leur père et Tessa Montiefiori. Sans compter qu'un peu d'imprévu ferait du bien à toute la famille — et surtout à Steven, qu'accaparaient trop, ces derniers temps, ses recherches d'un distributeur européen pour sa série de figurines Galaxy Ranger.

— Où on va, maintenant, grand-mère ? demanda Nicky, qui s'était enfin arraché à sa contemplation.

— Déjeuner, et nous commencerons à réfléchir en chemin à la façon dont nous allons raconter notre histoire.

— Je crois que j'ai un bon titre : « Une femme pour papa » ! s'écria Natalie. Qu'en penses-tu, grand-mère ?

— Excellent ! répondit Millicent.

— Ça va être très facile, finalement ! déclara la fillette, le visage rayonnant de fierté.

— Le plus dur, ce sera de ne pas en parler à votre papa. Il faut que ce soit une surprise.

— On lui dit toujours tout, pourtant !

— Ça, je le sais, grommela la vieille dame.

Ses petits-enfants relataient en effet à leur père, le soir, chaque détail de leur journée, et elle en éprouvait un peu d'agacement : Steven revenait toujours épuisé du travail, et il y avait, en outre, certaines choses qu'elle aurait préféré lui cacher, comme le fait d'avoir bu un sherry après le déjeuner, emmené les enfants dans le métro ou mangé avec eux une énorme quantité de gâteaux.

— Si je vous demande de vous taire, reprit-elle, c'est pour ne pas risquer de lui causer une déception. Mieux vaut attendre d'être sûrs de la victoire avant de lui annoncer la nouvelle.

Steven Sanders regagna sa suite de l'hôtel Hilton vers 18 h 30. A peine avait-il refermé la porte d'entrée que Natalie et Nicky sortirent de leur chambre et se précipitèrent sur lui.

— Papa ! crièrent-ils à l'unisson, en lui passant les bras autour de la taille.

30

— Alors, comment s'est passée votre première journée dans cette bonne vieille Angleterre ? demanda-t-il, ses yeux bleus brillant de tendresse tandis qu'il posait de gros baisers sur la tête de ses enfants.

— Très bien ! répondit Natalie avec un grand sourire.

Fidèle au rite observé dans leur appartement new-yorkais, elle prit ensuite l'attaché-case de son père, le tendit à Nicky et commença de tirer sur la manche du veston de Steven pour le lui enlever.

— Et toi, comment s'est passée ta première journée dans cette bonne vieille Angleterre ? demanda-t-elle.

— Très bien aussi.

Le frère et la sœur saisirent leur père chacun par un bras et l'entraînèrent vers le canapé du salon. Ils se laissèrent tomber tous les trois sur les coussins, et, pendant que les enfants sautaient sur ses genoux, Steven remarqua soudain qu'ils étaient déjà en robe de chambre.

— Pourquoi les as-tu mis en pyjama, maman ? dit-il. Il est encore tôt.

Assise derrière le bureau de merisier placé à l'autre extrémité de la pièce, Millicent leva à peine les yeux des mots croisés du *Times* déplié devant elle.

— Ils ont pris un bain en rentrant, et j'ai jugé inutile de les rhabiller ensuite.

— Mais je comptais vous emmener tous dîner au restaurant !

— Non, je crois qu'ils sont épuisés.

Steven se tut, mais il savait que sa mère mentait : ce n'était pas la première fois qu'elle utilisait cette ruse pour dissimuler sa propre fatigue. Si seulement elle acceptait de reconnaître ses limites ! Mais non, elle aimait par-dessus tout jouer les « superwomen », dans l'espoir de le dissuader de mettre à exécution son projet d'engager une gouvernante ! Il avait cependant la ferme intention d'en trouver une durant ce séjour à Londres, et de la ramener si possible aux Etats-Unis lorsqu'ils y retourneraient, d'ici une semaine.

— On a une surprise pour toi ! annonça Nicky. Une très, très grosse surprise !

Reportant son attention sur ses enfants, Steven regarda tour à tour le visage candide du petit garçon et celui de Natalie, qui arborait une expression de contrariété.

— Ah bon ? déclara-t-il. Je t'écoute, Nicky.

— Si on te le dit, ce sera plus une surprise ! intervint Natalie.

— Elle a raison, Steven, souligna Millicent.

— C'est en effet d'une logique implacable, convint-il. Mais combien de temps vais-je devoir attendre pour savoir s'il s'agit d'une bonne ou d'une mauvaise surprise ?

— Ne t'inquiète pas : ce n'est ni grave ni important, répondit sa mère sur un ton désinvolte. Comment s'est passé ton rendez-vous avec Franklin Butler ?

— Pas trop mal, pour une première prise de contact, indiqua-t-il avant de s'étirer et de se renverser dans le canapé.

Nicky se pencha aussitôt sur sa tête. Chaque fois qu'il était récemment allé chez le coiffeur, ses enfants s'amusaient à compter les cheveux blancs éparpillés dans ses mèches brunes, et dont le nombre ne cessait malheureusement d'augmenter...

— Je crois que mon offre intéresse Butler Toys, reprit Steven. Il est cependant encore trop tôt pour rien

32

affirmer : j'ai du mal à deviner les intentions de Franklin Butler. Mais les négociations sont ouvertes, c'est déjà ça. Je lui ai montré quelques échantillons de mes Galaxy Rangers, et...

— Il y a des poupées, là-dedans ? coupa Natalie en descendant du canapé pour aller ouvrir l'attaché-case, posé sur la table basse.

— Les Galaxy Rangers ne sont pas des poupées ! protesta Steven.

La fillette sortit de la mallette deux figurines hautes d'une trentaine de centimètres et vêtues d'uniformes futuristes.

— Si, c'est des poupées, mais pour les garçons, indiqua-t-elle.

— Non, c'est des monstres ! dit Nicky en lui arrachant l'une des figurines des mains.

Steven esquissa un sourire désabusé. Les remarques ingénues de ses enfants lui donnaient souvent des leçons d'humilité. Leurs réactions devant ses créations auraient consterné les membres de son personnel, qui l'admiraient sans réserve pour avoir évité la faillite à l'entreprise héritée de son père et sauvé leurs emplois. Les super-héros de Sanders Novelties qu'il avait inventés remportaient un immense succès aux États-Unis, où ils servaient en outre de support à toutes sortes de produits dérivés.

— Qu'est-ce qu'il y a de drôle, papa ? Tu devrais avoir peur ! déclara Nicky qui brandissait à présent le jouet avec des grondements menaçants.

— Tu es sûrement le seul petit garçon au monde à faire grogner le capitaine Lance Starbuck comme un loup-garou ! s'exclama Steven en riant.

— Il a autant d'imagination que toi, fit observer fièrement Millicent.

Sans doute déçu de ne pas avoir réussi à effrayer son père, Nicky releva les bras de la figurine et lança une attaque contre sa sœur, qui regagna en hâte les genoux de Steven et cria :

— Dis-lui d'arrêter, papa ! C'est pas drôle ! Il est tout le temps méchant avec moi !

Doucement mais fermement, Steven sépara les enfants et les assit, l'un à sa droite, l'autre à sa gauche.

— Quand j'ai accepté de vous faire manquer l'école pour m'accompagner ici, vous m'avez tous les deux promis d'être sages, vous vous souvenez ? leur rappela-t-il.

— T'es qu'un bébé, Nicky ! cria Natalie à son frère. Tu verras, quand tu seras au C.P. ! Là, c'est pas comme à la maternelle : les garçons prennent pas leurs poupées pour des monstres !

Pour toute réponse, Nicky poussa un nouveau grognement.

— J'essaie de le raisonner, mais il m'écoute pas ! gémit Natalie. C'est d'une maman qu'il a besoin, un vraie maman qui...

— J'aimerais avoir plus de détails sur ton rendez-vous, Steven, l'interrompit Millicent. Tu penses arriver à persuader Butler Toys de fabriquer et de commercialiser les Galaxy Rangers en Angleterre ?

— L'équipe commerciale y semble favorable, répondit Steven. Le problème, c'est le conservatisme du comité directeur et du P.-D.G, Franklin Butler. Bien que nous échangions des fax et des coups de téléphone depuis des mois, il n'est toujours pas certain que ce produit se vendra sur le marché européen.

— Le fait que tu sois venu le présenter en personne devrait emporter la décision, non ?

— Contrairement à ce que tu as l'air de croire, mon charme naturel n'agit pas sur tout le monde, maman.

— Bien sûr que si ! s'exclama Millicent avant de se replonger dans ses mots croisés.

Steven la considéra avec attention. Il la trouvait bizarre, ce soir, mais sans parvenir à déterminer la cause de ce comportement inhabituel. Dissimulait-elle quelque secret derrière son front plissé, ou bien cherchait-elle juste la solution d'une définition particulièrement difficile ?

Comme si elle percevait les soupçons de son fils et voulait les chasser, la vieille dame fronça encore plus les sourcils et déclara :

— Donne-moi un mot de trois lettres pour « whisky canadien » !

— Euh... « Rye » ?

— Parfait ! s'écria-t-elle. Et voilà, j'ai fini !

— Tu as terminé les mots croisés du *Times* ? demanda Steven, impressionné.

— J'ai rempli toutes les cases blanches, et c'est le but du jeu, non ?

— Je suis ravi que tu te sois découvert un nouveau passe-temps, maman.

— Ne nous emballons pas ! J'avais simplement besoin de me détendre, et j'ai pensé que des mots croisés pourraient m'y aider.

— C'est à la fois une distraction amusante et un excellent exercice intellectuel, insista Steven. Les journaux américains en publient tous les jours, et il y a même des revues qui y sont entièrement consacrées.

— Oui, et alors ?

Sa mère avait parlé sur le ton glacial qu'elle prenait toujours pour lui signifier son mécontentement. Elle aurait été aussi surprise que furieuse d'apprendre que cette technique ne lui faisait plus aucun effet depuis vingt ans au moins.

— Alors, rien, répondit-il. Je me disais juste que de nouvelles activités te...

— Je suis déjà suffisamment occupée comme ça, merci !

Les choses étaient cependant sur le point de changer, songea Steven, et ils le savaient tous les deux. Quand il aurait engagé une gouvernante, Millicent disposerait de beaucoup de temps libre. L'emploierait-elle à tenter de lui trouver une épouse ? C'était malheureusement possible, et il frissonna à la pensée de la cohorte de candidates qu'elle allait lui présenter.

— Ne te fâche pas, maman, déclara-t-il d'une voix apaisante, mais si tu te débrouilles aussi bien avec les mots croisés du *Times*, qui sont réputés pour leur difficulté, ce serait dommage de ne pas...

— Pour être parfaitement honnête, tout ne marche pas dans les deux sens, avoua la vieille dame en se levant. J'ai dû me tromper quelque part.

— Si tu utilisais un crayon de papier, tu pourrais effacer tes erreurs et recommencer jusqu'à ce que...

— J'accorderai à cette question toute l'attention qu'elle mérite, coupa de nouveau Millicent.

Puis, sans laisser à son fils le temps de demander ce que signifiaient exactement ces paroles, elle se dirigea vers la chambre qu'elle partageait avec les enfants, et annonça :

— Je vais appeler pour qu'on nous monte le dîner.

— Commande des spaghettis, des tonnes de spaghettis ! lui cria Steven avec un clin d'œil à l'adresse des enfants.

— On mange tous ensemble ? demanda Natalie.

— Oui, et j'ai une surprise pour vous, moi aussi, mais je vous la dirai seulement si vous me révélez la vôtre.

— D'accord, mais toi, d'abord ! décréta Nicky.

— Entendu... Alors, voilà : Franklin Butler m'a offert un exemplaire du jeu de cartes qu'il vient de lancer sur le marché. Il s'appelle « La vieille fille », et...

— C'est quoi, une vieille fille ? questionna Natalie.

Bien qu'il flairât un piège, Steven répondit :

— Une femme qui n'a pas de mari, et ce jeu a été baptisé ainsi parce qu'il consiste à faire des paires, comme au pouilleux, mais qu'au lieu du valet de pique, la carte dépareillée est une dame. Elle se retrouve donc toute seule à la fin.

— Comme toi, observa Natalie avec une moue attristée.

Le cœur de Steven se serra, puis une bouffée de colère contre sa mère l'envahit. C'était elle qui mettait ces idées dans la tête de Natalie et de Nicky, en parlant toujours de leur famille comme d'une cellule incomplète. Il était pourtant capable de donner à ses enfants tout l'amour et le soutien dont ils avaient besoin ! Ils étaient sociables, équilibrés, et Millicent n'aurait pas dû exprimer devant eux un désir de le voir se remarier qui ne se réaliserait jamais.

— On joue ? suggéra Natalie en sortant de la mallette le paquet de cartes, plus grandes et plus colorées que celles d'un jeu ordinaire.

— Après le dîner, déclara Steven. Maintenant, je veux connaître la surprise que vous avez pour moi.

— On a promis à grand-mère de se taire, marmonna la fillette.

Une sourde appréhension gagna Steven : le fait que sa mère fût mêlée à cette affaire ne présageait rien de bon.

— Je lui expliquerai que je vous ai obligés à tout me dire, annonça-t-il. Alors, que s'est-il passé aujourd'hui ?

Comme par hasard, Millicent regagna le salon à ce moment précis et indiqua :

— J'ai emmené les enfants dans quelques-uns des grands magasins de Londres : Harrods, Harvey Nichols... Nous sommes aussi allés chez Asprey, où je me suis acheté un bracelet. Bref, rien de très exceptionnel.

— Et la princesse en robe de mariée, tu l'as oubliée, grand-mère ? intervint Nicky.

— Bien sûr que non ! Comment aurais-je pu oublier une princesse de conte de fées ? répondit la vieille dame avec un coup d'œil appuyé à son fils.

Celui-ci poussa un soupir de soulagement et d'irritation mêlés. Sa mère voulait visiblement l'avertir que la fameuse surprise appartenait au monde imaginaire dans lequel ses enfants vivaient une bonne partie du temps. Et, sachant qu'il la blâmerait d'entretenir leurs illusions, elle leur avait ordonné de ne pas en parler, en espérant qu'ils finiraient par ne plus y penser.

C'était oublier l'incapacité de Nicky à garder un secret, mais Steven résolut d'en profiter pour le raisonner.

— Combien de fois t'ai-je dit, Nicky, que les personnages des contes de fées n'existaient pas dans la réalité ? déclara-t-il.

— Attends, papa, je vais te montrer...

Le petit garçon descendit du canapé, alla dans sa

chambre et en ressortit trente secondes plus tard, son doudou dans une main et un exemplaire fatigué de *Cendrillon* dans l'autre. Il s'installa sur les genoux de son père et commença à tourner les pages écornées du livre, jusqu'à trouver celle qui portait l'illustration de l'héroïne arrivant au bal. Il se lança alors dans un babillage excité auquel Steven ne comprit rien.

— Tu peux m'expliquer ? demanda-t-il finalement à sa mère.

— Eh bien, répondit Millicent après s'être éclairci la voix, comme les courses m'avaient un peu fatiguée, ce matin, je suis entrée dans le magasin DeWilde avec les enfants pour m'asseoir un moment.

— C'est moi qui l'ai repérée la première ! annonça fièrement Natalie. C'était Cendrillon, qui tournait comme sur un manège, et elle avait une belle robe blanche, avec un collier plein de perles et de diamants !

— Il s'agissait d'un mannequin, précisa Millicent. Les enfants ont insisté pour s'en approcher, naturellement, et cela a enflammé leur imagination.

— Tu veux qu'on t'emmène la voir, papa ? proposa Natalie.

Conscient que tous les regards étaient fixés sur lui, Steven desserra sa cravate d'une main nerveuse. Un silence tendu s'installa, seulement rompu par les petits bruits de bouche que faisait Nicky en mâchonnant un coin de son doudou.

— Je ne crois pas que j'aurai le temps, finit par répondre Steven.

— Mais si on gagne, tu nous permettras de la garder ? déclara anxieusement sa fille.

— Comment cela, « si on gagne » ?

— C'est un jeu ! Dis juste oui ou non !

Renonçant à comprendre, Steven décida de passer à ses enfants cette fantaisie qui paraissait à la fois très importante pour eux et sans conséquence pour lui.

— D'accord, concéda-t-il, mais en échange, promettez-moi de réserver un bon accueil à la gouvernante que je vais engager.

Ses trois interlocuteurs bougonnèrent — et Millicent avec plus de mauvaise humeur encore que ses petits-enfants.

— J'ai appelé ce matin une agence de Bond Street, lui indiqua Steven, et la directrice m'enverra des candidates demain en fin d'après-midi. Elle m'a assuré que toutes ses employées étaient extrêmement gentilles et compétentes.

— Aucun Sanders n'a jamais eu recours à une étrangère pour élever ses enfants, répliqua la vieille dame d'un ton hautain.

— Je n'ai pas le choix, maman. Nous en avons déjà discuté, et je ne changerai pas d'avis.

— Peut-être que Mary Poppins est libre, observa Natalie. T'as vérifié, papa ?

— Non, ma chérie, je n'ai pas vérifié, répondit Steven en se passant une main lasse sur le front.

— On t'avait pourtant dit de le faire ! Et si elle venait s'occuper de nous, ce serait presque aussi chouette que d'avoir la princesse comme maman !

Steven fusilla sa mère du regard. Il voulait bien, pour une fois, parler de Cendrillon et de Mary Poppins comme si elles étaient réelles, mais que signifiait cette histoire de princesse transformée en mère potentielle ?

Dans le but évident de calmer l'irritation de son fils, Millicent indiqua alors :

— Non, Natalie, il ne faut pas compter sur Mary Poppins.

— Mais pourquoi ? s'écria la fillette. Elle adore les enfants, et elle est si gaie ! Je suis sûre que Nicky aimerait donner à manger aux oiseaux avec elle... hein, Nicky ?

Exaspéré, Steven prit le visage de Natalie entre ses mains et déclara en détachant bien ses mots :

— Mary Poppins n'existe pas vraiment.

— On a pourtant vu le film et lu le livre ! Elle vit à Londres, tout le monde sait ça... Alors, pourquoi tu lui téléphones pas ?

— Elle est sur liste rouge, marmonna Steven.

Il n'en était pas fier, mais la véhémence de sa fille, associée à la fatigue d'une dure journée, avait finalement eu raison de sa résistance.

3.

— Salut ! Désolée d'être en retard, mais...

Tessa ne termina pas la phrase qu'elle avait commencée en poussant la porte du bureau de Gabe : elle venait d'apercevoir, près de la fenêtre, une silhouette vêtue de taffetas jaune. Shirley Briggs était là ! Lorsque la jeune femme avait troqué sa robe de mariée contre un sweat-shirt bleu roi et un caleçon noir, elle avait pourtant pensé que cette réunion destinée à désigner le gagnant du concours se passerait en famille.

Pourvu que son ton désinvolte et sa tenue décontractée n'eussent pas éveillé les soupçons de Shirley..., songea-t-elle.

Habillé d'un élégant complet gris, Gabe trônait derrière sa grande table de chêne, dont le plateau disparaissait presque entièrement sous un amas de bulletins roses. A en juger par la lueur malicieuse qui dansait dans ses prunelles, l'embarras de sa cousine le divertissait beaucoup.

— Mademoiselle Jones ! susurra-t-il. Comme c'est aimable à vous de venir nous rejoindre !

— Bonsoir, Tessa, déclara son épouse avec un gentil sourire.

— Bonsoir, Lianne.

La femme de Gabe était assise en face de lui. Elle était absolument ravissante, dans la robe trapèze rouge que Tessa avait dessinée et confectionnée pour elle quelques semaines plus tôt. Cette couleur faisait ressortir les reflets cuivrés de ses cheveux et le rose de ses joues, mais Tessa ne pouvait pas lui dire combien elle était satisfaite du résultat de son travail : Shirley Briggs se serait demandé pourquoi une simple employée avait conçu un vêtement à l'intention de l'épouse de Gabriel DeWilde.

Un compliment en valant bien un autre, Tessa indiqua à sa cousine par alliance :

— La couronne que vous avez créée pour aller avec ma robe de mariée n'est pas passée inaperçue : j'ai entendu de nombreuses remarques élogieuses à son sujet, depuis mon perchoir.

— Je suis ravie de l'apprendre ! Maintenant, si nous parlions du concours ? Etant donné le rôle central que vous y avez joué, nous avons pensé que vous aimeriez assister à cette réunion.

« Assister » ? répéta intérieurement Tessa en lançant un regard noir à Gabe. Elle voulait y participer activement, et il le savait très bien ! Elle avait lu tous les bulletins avant de les lui transmettre, et son opinion sur le nom du gagnant était déjà faite.

— Alors, mademoiselle Briggs, nous annonçons la nouvelle à Tessa ? demanda Gabe.

Cela signifiait qu'ils ne l'avaient pas attendue pour désigner le vainqueur ! se dit Tessa, furieuse.

Shirley s'approcha du bureau. Elle tenait un bulletin dans une main et un mouchoir orné des initiales de Gabe dans l'autre.

— Euh... oui, monsieur DeWilde, balbutia-t-elle en se tapotant les yeux. Excusez-moi, mais ce texte m'a bouleversée...

Elle s'interrompit et se moucha bruyamment. Gabe ébaucha une moue de contrariété qui vengea Tessa de l'affront subit. Lianne haussa les sourcils d'un air amusé et adressa un petit clin d'œil à sa cousine. Celle-ci lui sourit, puis reporta son attention sur sa supérieure hiérarchique, dont les larmes la stupéfiaient : jamais elle n'aurait imaginé cette femme sévère et acariâtre en train de pleurer d'émotion.

— Je... Excusez-moi encore..., hoqueta Shirley. Mais ces pauvres petits... qui veulent une nouvelle maman... Si j'avais des enfants et que je les laissais orphelins, ce... ce serait si dur pour eux !

Pendant qu'elle plongeait une deuxième fois le nez dans son mouchoir, Tessa s'avança et lui prit le bulletin des mains. La première surprise passée, elle avait retrouvé sa lucidité et comprenait que Shirley jouait la comédie : cet intérêt subit pour les enfants était en contradiction flagrante avec la froide indifférence qu'elle leur témoignait d'ordinaire dans le magasin.

— « Une femme pour papa » ? lut Tessa à haute voix avant de parcourir en silence la supplique qui suivait, tracée d'une écriture ronde et appliquée d'écolier.

« Aidez-nous, s'il vous plaît ! Notre papa *doit* se marier avec une princesse. Notre vraie maman est au ciel, et il est tout seul. Et comme il a beaucoup de travail, il n'a pas le temps de s'occuper d'un mariage. Après, on vivra heureux tous ensemble, on vous le promet. Merci d'avance. »

Tessa leva les yeux de la feuille et observa d'un air dubitatif :

— C'est mignon, je le reconnais, mais un peu mièvre à mon goût.

— Non, protesta Lianne, ces enfants paraissent sincères et sont sûrement adorables! Nous sommes tous d'accord pour les déclarer vainqueurs.

— La simplicité et l'ingénuité de ce texte me sont allées droit au cœur, renchérit Gabe. Aucun autre ne m'a autant ému.

Interloquée, Tessa les fixa tour à tour. Pourquoi cette histoire de veuf et d'orphelins les attendrissait-elle à ce point? Tous les DeWilde avaient-ils donc perdu l'esprit? Il y avait d'abord eu la séparation de Grace et de Jeffrey après trente-deux ans de mariage, et voilà maintenant que leur fils, le moins sentimental des hommes, s'apitoyait sur le sort d'une famille qu'il ne connaissait même pas!

— Eh bien, moi, je ne suis pas d'accord avec ce choix! s'écria Tessa, une lueur de défi dans les yeux. Je trouve beaucoup plus intéressante la situation de cette institutrice dont le fiancé se trouve dans une base militaire outre-mer, et qui rêve de lui faire la surprise d'un mariage déjà tout organisé quand il reviendra en permission.

— C'est en effet une belle histoire, convint Lianne.

— Et prometteuse en termes d'impact sur les ventes, souligna Tessa. Elle touchera une catégorie sociale que DeWilde essaie précisément d'attirer : celle des jeunes femmes modernes, pas forcément très riches, mais représentatives de l'évolution du...

— Merci de nous avoir donné votre opinion, mademoiselle Jones, l'interrompit Gabe d'un ton ferme, sans doute destiné à lui rappeler que sa volonté d'anonymat lui enlevait tout droit d'imposer son avis sur le sujet. Nous nous sommes cependant pris d'affection pour cette famille en quête d'une nouvelle épouse et mère. Sans compter que les enfants ne laissent jamais le public indifférent : le succès des publicités qui les mettent en scène le prouve. Quand les médias auront publié ce texte, et les photos de vous en compagnie des auteurs, vous verrez que cela fera pleurer dans les chaumières.

Tessa, pour qui ce concours était un simple moyen de percer dans le monde de la mode, n'en crut pas ses oreilles.

— Il va y avoir des séances de photos ? s'exclama-t-elle, atterrée.

— Oui, et les journalistes vous poseront aussi probablement quelques questions, répondit Lianne. Mais rien de bien compliqué...

— Nous vous demandons juste de remettre votre robe de mariée et de sourire aux enfants, le temps que les reporters s'acquittent de leur tâche, ajouta Gabe.

— M. DeWilde m'a promis d'organiser ce concours deux fois par an si tout se passe bien demain, intervint Shirley. Vous êtes donc priée de lui obéir à la lettre.

Craignant peut-être que sa cousine ne saute à la gorge de son chef de service, Gabe mit fin à la réunion en se levant.

— Je suis sûr que vous saurez vous montrer à la hauteur de la situation, mademoiselle Jones, dit-il, la main tendue.

Pendant qu'elle la lui serrait, Tessa regretta de ne pouvoir en profiter pour lui faire une prise de judo qui le projetterait à l'autre bout de la pièce.

**

— Ah, voilà le déjeuner ! s'écria Franklin Butler.

Sa voix résonna comme un coup de tonnerre dans le silence de la pièce, et le livreur qui venait d'y entrer faillit lâcher son plateau.

Steven réprima un sourire. Barry Lambert, la personne avec laquelle il avait eu le plus de contacts chez Butler Toys au cours des mois précédents, l'avait informé des habitudes de son patron. Franklin se faisait apporter son déjeuner dans son bureau à 12 h 30 précises, et si des dossiers encombraient alors sa table, il les balayait d'un bras vigoureux.

Sachant combien il était important, dans les négociations d'affaires, de respecter les habitudes de ses interlocuteurs, Steven s'était arrangé pour que sa présentation ne déborde pas sur l'heure du repas. Il avait passé presque toute cette matinée de vendredi à détailler les nombreux produits dérivés engendrés par les Galaxy Rangers aux Etats-Unis, échantillons à l'appui, et il avait terminé son exposé à 12 h 15, gardant pour l'après-midi les chiffres et les courbes des ventes.

Les six membres du comité directeur présents à la réunion avaient ainsi eu le temps de tout examiner, et, comme convenu, Barry avait commencé cinq minutes plus tôt à ranger dans la grosse mallette de Steven les posters, bandes dessinées et autres pin's posés sur le bureau.

Pendant que Franklin Butler distribuait sandwichs et boissons à la ronde, Steven l'observa à la dérobée. Celui qui tenait entre ses mains l'issue des négociations ressemblait un peu à un morse, avec ses cheveux gris bien lissés, sa grosse moustache et ses bajoues. Il arborait en ce moment une expression satisfaite, mais c'était sans doute parce que l'horaire du déjeuner avait été respecté. S'agissant de la commercialisation des Galaxy Rangers en Grande-Bretagne, il ne paraissait pas enthousiaste, et Steven aurait donné cher pour connaître la ou les raisons de cette réticence.

— Monsieur Sanders?

Steven sursauta. Judith, la secrétaire de Franklin Butler, s'était approchée de lui sans qu'il l'entende arriver.

— Votre mère est en ligne, annonça-t-elle.

Un juron monta aux lèvres de Steven — qui le ravala heureusement juste à temps. Comment Millicent osait-elle le déranger au milieu d'une réunion aussi importante, et surtout après les mots qu'ils avaient eus la veille au soir?

Son irritation devait se lire sur son visage, car Judith expliqua d'un air contrit :

— Elle m'a demandé si la pause déjeuner avait commencé, et j'ai dit oui.

— Que se passe-t-il? demanda Barry Lambert, venu les rejoindre.

— Ma mère veut me parler, répondit Steven.

— J'espère que j'ai bien fait, déclara la secrétaire. Elle avait l'air assez... excitée.

Qu'avait-elle bien pu encore inventer? songea Steven partagé entre l'appréhension et la curiosité.

— Bon, je vais prendre l'appel, grommela-t-il.

— Je vous apporte le téléphone.

Judith alla chercher l'appareil sur la table placée entre les deux fenêtres et le posa devant Steven en indiquant :

— Appuyez sur la touche du milieu, celle qui clignote, et vous aurez la communication.

Puis elle s'éclipsa discrètement et referma sans bruit la porte du bureau derrière elle.

Une expression sarcastique se peignit sur le visage de Barry. Il écarta les pans de son veston gris foncé, passa les pouces sous ses bretelles à rayures et fit observer malicieusement :

— J'imagine qu'elle veut savoir quelles nouvelles frasques nous préparons !

C'était lui, la cause de la dispute qui avait opposé Steven et sa mère, la veille. Les enfants étaient depuis longtemps endormis lorsque Barry était venu chercher Steven à l'hôtel. Millicent, qui surveillait de près les sorties de son fils, n'était pas allée se coucher ; elle somnolait dans le canapé et, dès que Barry avait frappé à la porte, elle s'était précipitée pour lui ouvrir. Au bout de cinq minutes, un habile interrogatoire lui avait permis d'apprendre, entre autres, qu'il était célibataire, avait trente-sept ans comme Steven et connaissait tous les hauts lieux de la vie nocturne londonienne.

Les choses en seraient cependant restées là si les deux amies de Barry qui attendaient dans le hall de l'hôtel n'avaient perdu patience et décidé de monter à l'appartement. Leur langage n'était pas des plus distingués, et le fait qu'elles eussent parlé de Millicent, en sa présence, comme de « la vieille », avait provoqué entre la mère et le fils une violente querelle. Millicent avait ordonné aux trois visiteurs de sortir, puis entonné son refrain habituel : pourquoi Steven s'obstinait-il à fréquenter des femmes vulgaires qui ne pensaient qu'à s'amuser ? Pourquoi n'en cherchait-il pas une comme Renée, modèle d'épouse et de mère ? Pourquoi...

Steven ne l'avait pas revue depuis. Quand il était parti, ce matin-là, Millicent et les enfants dormaient encore. Et il trouvait surprenant qu'elle eût pris l'initiative de renouer le dialogue, car il lui arrivait souvent, après une dispute de ce genre, de s'enfermer pendant des jours dans un silence boudeur.

Sous le regard toujours narquois de Barry, Steven appuya sur la touche indiquée, souleva le combiné et dit d'un ton sec :

— Allô, maman ?

— Ah ! je suis soulagée de t'entendre !

— Tu es souffrante ?

— Mais non, quelle idée ! Et tu ne crois pas que tu pourrais te montrer un peu plus aimable, pour te faire pardonner ta conduite d'hier ?

Douloureusement conscient d'être observé par tous les hommes assis autour de la table, Steven leur adressa un sourire contraint. Ils avaient attaqué leur repas, et, un Anglais ne parlant bien sûr jamais la bouche pleine, l'absence de toute autre conversation faisait de celle-ci leur seule distraction.

Plus que les remontrances de sa mère, cela décida Steven à adopter un ton plus posé : si l'équipe dirigeante de Butler Toys avait le sentiment qu'il ne parvenait pas à gérer un simple problème familial, qu'allait-elle penser de sa capacité à mettre en œuvre un grand projet d'expansion commerciale ?

— Pourquoi appelles-tu ? questionna-t-il d'une voix radoucie.

— Pour te demander de venir déjeuner avec nous.

— C'est impossible. Ma réunion reprend dans une demi-heure.

— Quelle barbe ! J'espérais que...

— Où es-tu ?

— Chez DeWilde.

— Chez DeWilde ? Encore ?

A peine le nom du célèbre magasin était-il sorti de la

51

bouche de Steven qu'un silence total se fit dans la pièce : il n'y eut soudain plus un bruit de chaise, plus un froissement de papier.

Steven se sentit rougir. Il n'arrivait pas à comprendre l'intérêt des gens pour tout ce qui touchait à l'amour et au mariage. Il aurait souhaité pouvoir préciser à Franklin Butler et à ses collaborateurs que la présence de Millicent chez DeWilde n'avait rien à voir avec lui... Mais comment expliquer à de parfaits étrangers que sa mère lui cherchait une épouse contre son gré et que ses enfants croyaient aux contes de fées ?

— Pourquoi es-tu là-bas ? demanda-t-il.

— Natalie et Nicky veulent te montrer la princesse. C'est le dernier jour où elle présente sa robe.

— Désolé, mais je n'ai pas le temps.

— Je crains de m'être trop avancée : je leur ai dit que tu allais nous rejoindre.

Le cœur de Steven se serra quand il entendit les voix de sa fille et de son fils couvrir soudain celle de Millicent — l'une pour le supplier de se dépêcher, l'autre pour lui enjoindre d'apporter le soulier de Cendrillon.

— Tu n'aurais pas dû leur dire ça, maman, observa-t-il sèchement.

Sa colère avait repris le dessus. Millicent tentait plus que jamais de le manipuler, depuis qu'il lui avait annoncé sa décision d'engager une gouvernante. Elle le culpabilisait, elle arrangeait des rencontres avec de jeunes célibataires censées le subjuguer, elle se servait des enfants pour exercer des pressions sur lui...

Mais sa patience était maintenant à bout, et, après avoir inspiré à fond afin de recouvrer son sang-froid, il déclara sur un ton poli mais ferme :

— Passez un bon après-midi, et nous nous retrouverons tous ce soir à l'hôtel.

Puis il raccrocha et commença de déballer le sand-wich posé devant lui. Il avait l'impression d'être parvenu à limiter les dégâts : bien que malencontreux, ce coup de téléphone ne devait pas avoir nui à son image d'homme d'affaires énergique et compétent. Il suffisait de faire comme si de rien n'était, et l'incident serait vite oublié.

Il déchanta cependant aussitôt, car Franklin Butler lui lança d'un air amusé :

— Nous cacheriez-vous quelque chose, Sanders ?

— C... comment cela ? balbutia Steven.

— Eh bien, si votre mère fréquente assidûment DeWilde, n'est-ce pas parce qu'elle a un mariage à préparer ?

— Non, elle aime juste se promener dans les magasins de luxe, pour le seul plaisir des yeux.

— Je suis sûre que DeWilde est rempli de curieux, aujourd'hui, observa Judith qui avait regagné le bureau pour servir le café. J'ai entendu dire qu'un concours y avait lieu cette semaine, dont le prix est une magnifique robe de mariée et tout ce qu'il faut pour organiser une grande réception.

— Cela donne presque envie de se fiancer avec la première célibataire venue... quitte à divorcer le lendemain de la cérémonie ! s'écria Barry.

Cette remarque déclencha l'hilarité de ses collègues, visiblement au courant de la joyeuse vie qu'il menait.

Steven, lui, ne sourit même pas. Il réfléchissait à la précieuse information que Judith lui avait fournie sans le savoir. Ainsi, DeWilde avait organisé un concours... Les enfants n'avaient donc pas exagéré : le mannequin choisi pour présenter la robe de mariée était sans doute ravissant et couvert de bijoux, telle une princesse de conte de fées.

Et il comprenait aussi, maintenant, pourquoi Natalie avait parlé la veille de « gagner » : Millicent avait dû participer au concours, mais juste pour s'amuser, et non dans le but de le mettre en contact avec une épouse potentielle. Que le mannequin fût une professionnelle ou une employée du magasin, elle ne devait pas la juger digne de succéder à Renée.

Une onde de soulagement parcourut Steven : il suffirait d'expliquer clairement la situation aux enfants, et cette histoire de Cendrillon tomberait d'elle-même dans l'oubli.

Une joyeuse animation régnait au rez-de-chaussée du magasin DeWilde lorsque Gabe fit monter Tessa sur son piédestal pour la dernière fois.

Assumant le rôle de demoiselle d'honneur, Lianne lissa la jupe vaporeuse pour lui donner un tombé parfait, ajusta la couronne de la jeune femme et vérifia son maquillage.

— Bon courage ! lui chuchota-t-elle avant d'aller rejoindre Gabe.

Tessa les considéra avec affection. Gabe était superbe, dans son élégant smoking, et ses cheveux châtain clair coiffés en arrière dégageaient bien ses traits énergiques ; il formait un très beau couple avec Lianne, vêtue d'une robe de satin émeraude qui mettait en valeur ses yeux bleus.

Pendant que Shirley Briggs distribuait aux spectateurs des petits bouquets de fleurs artificielles et des échantillons de bain moussant en forme de bouteille de champagne, Gabe alluma son micro baladeur et entama un discours de bienvenue.

Sa cousine écouta les premières phrases, puis elle se mit à scruter les visages levés vers elle en se demandant qui avait remporté la victoire. Il y avait aujourd'hui beaucoup d'enfants dans le magasin, et ce pouvait être n'importe lequel d'entre eux...

— Et le gagnant est...

L'attention de Tessa se reporta sur Gabe, qui avait plongé la main dans la poche intérieure de son veston et en sortait maintenant un bulletin rose.

— ... l'auteur de « Une femme pour papa » !

Des exclamations de déception ou de protestation s'élevèrent, vite couvertes par un brouhaha excité et des applaudissements. Curieuse, Tessa attendit que les rangs compacts de l'assistance s'ouvrent devant le vainqueur, mais rien ne vint.

Son regard fut alors attiré par une vieille dame d'allure distinguée, en tailleur Chanel gris perle, qui avait décroché le téléphone posé sur le comptoir des cosmétiques et parlait avec animation dans le combiné. Deux enfants se tenaient près d'elle — une fillette habillée d'une robe bleue à volants, et un petit garçon en pantalon foncé et pull-over rouge. Ils fixaient Tessa d'un air émerveillé; leurs prunelles n'auraient pas exprimé plus d'admiration si elle avait été le Père Noël en personne.

C'étaient eux, les gagnants, elle en eut la certitude immédiate.

— L'auteur de « Une femme pour papa » peut-il s'avancer? déclara Gabe.

Tess vit la vieille dame raccrocher et se pencher pour conférer avec les enfants. La petite fille haussa les épaules et entreprit de se frayer seule un chemin à travers la foule en criant d'une voix fortement teintée d'accent américain :

— C'est nous les gagnants ! C'est nous les gagnants !

Nullement intimidée par les dizaines de paires d'yeux qui la dévisageaient, elle marchait d'un pas résolu, sa queue-de-cheval et le bas de sa robe flottant derrière elle. Tessa eut l'impression de se voir au même âge.

La fillette s'arrêta devant le piédestal. Gabe l'y jucha, puis lui montra le bulletin et demanda :

— Alors, c'est toi qui as écrit cela ?

— Oui. Ma grand-mère m'a aidée à pas faire de fautes d'orthographe, et mon petit frère m'a donné des idées. Tu as vraiment trouvé ça bien ?

— Et même très bien ! répondit Gabe avec un grand sourire. Tu veux lire ton texte tout haut ?

— D'accord. Passe-moi le micro !

Des rires fusèrent dans l'assistance, rapidement étouffés par des « chut » réclamant le silence pendant que la fillette commençait sa lecture.

Quand elle eut fini, Gabe la poussa doucement vers Tessa et reprit le micro. Les photographes se mirent en position.

— Comment t'appelles-tu ? dit Tessa à la petite fille.

— Natalie.

— Alors, Natalie, lève bien ton bulletin, pour qu'il se voie sur les photos.

— Oui, Cendrillon.

— Tessa, ma puce. Mon nom est Tessa.

— Bon, je t'appellerai comme ça, si tu préfères, déclara la fillette.

Puis, sans laisser à son interlocutrice le temps de lui demander la signification de cette étrange remarque, elle se pencha vers la foule et cria :

— Viens, Nicky !

Tous les regards se posèrent sur le petit garçon, en train de suivre d'un pas hésitant le chemin ouvert par sa sœur. Des voix s'élevèrent pour l'encourager, mais elles eurent l'effet inverse : paralysé par la peur, l'enfant s'immobilisa.

— Allez ! l'exhorta Natalie. T'as vu cette robe ? Elle est belle, hein ? Et en plus, elle est aussi douce que ton doudou... T'as pas envie de la toucher ?

Rassemblant son courage, Nicky traversa comme une flèche les quelques mètres qui le séparaient du piédestal, et sauta dessus avant que Gabe n'eût pu tendre la main pour l'aider à y monter.

— Elle dit qu'elle est pas Cendrillon, murmura Natalie à son frère.

— Mais si, c'est Cendrillon ! objecta le petit garçon.

— Mais non ! protesta Tessa d'un ton aussi ferme que le lui permettaient ses lèvres, figées dans le sourire destiné aux photographes.

Un sombre pressentiment commençait à l'envahir, mais elle décida de l'ignorer : les flashes crépitaient de tous côtés, et il n'était pas question de gâcher pour des histoires d'enfants ce moment tant attendu, qui allait lui apporter la gloire.

Nicky ne tarda cependant pas à se rappeler à son bon souvenir, en soulevant soudain sa robe assez haut pour découvrir ses mollets. Le temps qu'elle réagisse et lui donne une tape sur la main pour l'obliger à lâcher prise, les photographes avaient naturellement fixé l'image sur la pellicule...

— Pourquoi as-tu fait ça ? souffla-t-elle, furieuse.

— T'as déjà deux souliers ! s'écria Nicky, la désolation peinte sur son petit visage.

— Evidemment !

— Mais mon papa doit t'en apporter un, pour qu'on puisse vivre heureux tous ensemble !

— Quoi ?

De plus en plus mal à l'aise, Tessa aurait volontiers écourté la séance de photos, mais quand elle lança un appel silencieux à Gabe pour qu'il mît fin à son supplice, il lui adressa un sourire ironique et secoua négativement la tête.

Il était trop tard, de toute façon : quoi qu'elle fît, ce serait le cliché avec sa robe relevée jusqu'aux genoux que la presse publierait...

Les journalistes lui posèrent ensuite quelques questions, puis passèrent à l'interview des enfants. Au bout d'un moment, comme l'interrogatoire se prolongeait, la vieille dame en tailleur gris s'avança et leur ordonna sèchement :

— Laissez-les tranquilles, maintenant ! Ils n'ont rien d'autre à vous dire. Leur père est mon fils Steven, qu'une importante réunion d'affaires a retenu, mais c'est lui qui...

Ravis d'avoir une nouvelle source d'informations, les reporters lui coupèrent la parole.

— Vous êtes leur grand-mère, alors ?

— Vous vous appelez Sanders, comme eux ?

— Où peut-on joindre votre fils ?

— Le spectacle est terminé ! cria Tessa à tue-tête pour essayer de couvrir le vacarme ambiant.

Cette fois, Gabe se décida à intervenir. Il monta sur le piédestal et déclara au micro :

— Merci à tous d'être venus. DeWilde vous est reconnaissant de votre intérêt et espère vous revoir très bientôt dans son magasin.

58

Tessa tenta de s'esquiver, mais Nicky et Natalie, cramponnés à sa robe, gênaient ses mouvements. Il ne lui manquait plus, pour achever de se ridiculiser, que de tomber de tout son long devant l'assistance hilare...

— J'ai été contente de vous rencontrer, chuchotat-elle aux enfants, mais il faut me lâcher, à présent. Votre papa peut venir chercher son prix quand il veut.

Pendant ce temps, Gabe se préparait à conclure son petit discours :

— ... et dès que nous le pourrons, nous vous donnerons plus de détails sur le somptueux mariage qu'ont fait gagner les jeunes Sanders à leur père. En attendant...

Natalie ne le laissa pas finir sa phrase. D'un geste vif, elle s'empara du micro, enlaça de sa main libre la taille de Tessa et annonça d'un ton pénétré :

— Elle va être notre maman Cendrillon.

— Oui, c'est notre fiancée ! renchérit Nicky, sa tête blonde pressée contre celle de sa sœur.

Les journalistes et les clients, qui avaient commencé à se disperser, s'immobilisèrent et se tournèrent vers l'estrade.

Ce qui n'était jusque-là qu'une histoire touchante mais vite oubliée devenait soudain aussi passionnante qu'un feuilleton télévisé...

4.

— Je vous en supplie, les enfants, essayez de comprendre : je ne suis pas incluse dans le prix !

Tessa jeta un coup d'œil à sa montre. Cela faisait vingt minutes qu'avait débuté cette réunion avec la famille Sanders, dans le bureau de Gabe, et la situation était toujours aussi embrouillée.

— Mais si ! déclara Natalie d'une voix étranglée. Mon papa est le prince charmant, et il va venir te chercher. Après, nous vivrons heureux tous ensemble à New York.

— Je te répète que non, ma puce, insista Tessa en s'accroupissant pour se mettre à la hauteur de la fillette. Je suis quelqu'un de bien réel, pas un personnage de conte de fées ! Ton papa épousera sûrement une belle dame, très bientôt, et c'est avec elle que vous vivrez heureux tous ensemble.

— Non, c'est toi qu'on veut !

A court d'arguments, la jeune femme haussa les épaules dans un geste d'irritation et d'impuissance mêlées. Natalie était au bord des larmes, et Tessa n'en était pas loin, elle non plus : le concours dont elle espérait tant risquait de se transformer en désastre à cause de ce stupide malentendu !

Elle se tourna vers Gabe pour tenter de deviner ce qu'il pensait. Il n'avait quasiment pas ouvert la bouche depuis que Natalie et Nicky avaient annoncé le mariage prochain de leur père avec elle — ou plutôt, avec « Cendrillon » —, et cela l'intriguait au plus haut point. Elle voulait bien oublier l'incident de la robe relevée, qui n'était sans doute pas prémédité, mais l'idée de la présenter comme la fiancée du gagnant n'avait-elle pas été, pour quelque obscure raison, soufflée aux enfants par Gabe lui-même ?

Le visage de son cousin demeurant impénétrable, Tessa se redressa et en appela à Millicent :

— Je dois absolument parler à votre fils, madame Sanders !

— Oui, et le plus tôt sera le mieux, convint la vieille dame d'un air étrangement satisfait. Mais il faut attendre qu'il soit sorti de sa réunion d'affaires. 18 heures, ça vous irait ?

— 18 heures ? Non, c'est beaucoup trop tard ! Si nous n'envoyons pas tout de suite un démenti à la presse, le nom de votre fils et le mien seront définitivement associés dans l'esprit du public, d'ici ce soir !

— Je suis désolée, mais il est en train de négocier un contrat très important, et j'ai ordre de ne pas le déranger.

— Même pour lui annoncer qu'il est le gagnant de notre grand concours ? intervint Gabe.

— Et surtout pour prendre les journalistes de vitesse, déclara Tessa. Je vous en prie, madame Sanders, dites-nous où nous pouvons le trouver !

— Appelez-moi Millicent. Etant donné que nous serons amenées à nous revoir, inutile de faire des

62

cérémonies. Quant à Steven, je vous répète qu'il ne sera pas joignable avant plusieurs heures. Mais n'est-ce pas mieux ainsi ? Cela vous donnera le temps de vous changer et de vous rafraîchir, ma chère enfant... Maintenant, si vous voulez bien m'excuser, il faut que je me rende aux toilettes.

— Tu peux l'accompagner ? demanda Gabe à Lianne, qui finissait d'enlever son voile et sa couronne à Tessa. J'ai peur qu'elle ne se perde.

Dès que les deux femmes eurent quitté la pièce, Tessa tira son cousin à l'écart et lui murmura :

— C'est toi qui as suggéré aux enfants de me présenter comme la fiancée de leur père ?

— Bien sûr que non ! protesta Gabe. Je les ai vus pour la première fois après la proclamation des résultats.

— Tu me le jures ?

— Oui ! Je te garantis que cette histoire m'ennuie autant que toi !

— Alors qui a échafaudé ce scénario ?

— Je pense que c'est Millicent. Elle semble s'être servie de notre concours dans un but très particulier.

— Lequel ?

— Obliger son fils à se marier. Peut-être a-t-il une compagne, mais refuse-t-il de régulariser la situation. A moins qu'il ne reporte sans cesse la date de la cérémonie et que sa mère ne veuille lui forcer la main.

— Cela ne nous dit pas où les enfants sont allés chercher l'idée que je faisais partie du prix, ni pourquoi leur grand-mère ne les a pas détrompés.

— Exact, et il faut alors envisager une autre hypothèse : la famille de ce Steven Sanders n'aime pas sa petite amie, et elle espère provoquer une rupture en créant ce quiproquo... Mais le plus judicieux est d'interroger les enfants : leur grand-mère n'étant plus là pour répondre à leur place, nous avons des chances d'obtenir la vérité.

Sur ces mots, Gabe s'approcha de Natalie, qui arpentait la pièce d'un air sombre pendant que son frère caressait du bout des doigts le voile abandonné sur le bureau.

— Je crois qu'on devrait bien s'entendre, tous les deux, déclara Gabe à la fillette.

— Pourquoi ? répliqua-t-elle d'un ton méfiant.

— Parce ton texte m'a beaucoup plu. Si j'ai une fille, un jour, j'aimerais qu'elle te ressemble.

— C'est vrai ? Comment tu t'appelles, déjà ?

— M. DeWilde, comme le magasin, mais tu peux m'appeler Gabe... Maintenant, j'ai une question à te poser : ton papa a sûrement une petite amie ?

— Il en a plein, parce qu'il est très, très beau !

— Mais il y en a forcément une qu'il préfère, intervint Tessa. Avec qui est-il sorti pour la dernière fois ?

— Avec une dame qui parle comme toi. Elle est entrée dans notre chambre, hier soir, et elle a dit : « J'aime les enfants que quand ils sont couchés », ou un truc comme ça. Nicky dormait, mais pas moi.

— Cette femme ne m'apparaît pas comme une candidate au mariage, chuchota Tessa à son cousin.

— Et grand-mère la déteste, enchaîna Natalie. Je l'ai entendue crier à papa qu'elle la jetterait dehors si elle remettait les pieds dans l'appartement.

Un froissement d'étoffe retentit soudain derrière Tessa. Elle se retourna vivement et vit que Nicky s'était coiffé du voile et l'avait rabattu sur son visage.

— Je suis Casper le Fantôme! annonça-t-il, les yeux brillants sous le rideau de tulle.

— Attention, ce voile est très fragile! s'exclama la jeune femme, alarmée.

— Le gronde pas! s'écria Natalie.

— Je ne le gronde pas, je lui demande juste de...

— Pourquoi tu veux plus de nous? geignit le petit garçon. Hein, Natty, pourquoi elle a changé d'avis? On a fait quelque chose de mal?

Les larmes trop longtemps contenues de la fillette se mirent alors à couler, et elle bredouilla entre deux sanglots :

— Vous comprenez donc... pas que Nicky a besoin... d'une nouvelle maman? Il se souvient... même pas de notre vraie maman.

Consterné par la tournure que prenaient les événements, Gabe supplia :

— Je t'en prie, Natalie, ne pleure pas!

— Je pleure pas! Je suis forte, comme mon papa!

Gabe se sentit fondre. Il souleva la fillette et la porta jusqu'au canapé de cuir placé contre l'un des murs. Tessa, de son côté, retira le voile de la tête de Nicky, qu'elle emmena ensuite s'asseoir près de sa sœur.

— Ecoute-moi, mon bonhomme : tu n'as rien fait de mal, déclara-t-elle d'une voix douce. Je te trouve au contraire très mignon. Quant à toi, Natalie, c'est bien de te soucier ainsi de ton petit frère, mais tu ne crois pas que tu es trop jeune pour te juger responsable de lui?

— Non, je suis responsable de lui, et de grand-mère aussi, parce qu'elle est vieille et tout le temps fatiguée.

— Si tu veux les aider, dis-nous ce qu'il y a de vrai dans l'histoire que tu as racontée sur le bulletin.

— Tout est vrai : notre maman est bien au ciel, et notre papa a trop de travail pour s'occuper d'un mariage.

— Il sait que vous avez participé au concours ? questionna Gabe.

— Non, monsieur Gabe. C'est une surprise.

— Mais pour que vous ayez pensé à lui offrir ce cadeau, il a forcément une fiancée, non ? observa Tessa, pleine d'espoir.

Natalie prit le mouchoir en papier que lui tendait Gabe et se moucha avant de répondre :

— Non, il a pas de fiancée, mais si tu lui demandes gentiment, je suis sûre qu'il acceptera de t'épouser.

— Ainsi, tu t'attendais réellement à ce que je me marie avec lui ?

— Ben oui... Une robe toute seule, ça sert à rien.

— Ce n'est pas faux, fit remarquer Gabe avec un sourire amusé.

Tessa le foudroya du regard, puis se pencha et lui murmura à l'oreille :

— J'ai l'impression que Millicent cherche une femme pour son fils, mais pourquoi diable a-t-elle jeté son dévolu sur moi ?

— Je l'ignore.

— Eh bien, je vais le lui demander directement !

La lueur farouche qui s'était allumée dans les yeux de sa cousine effraya Gabe. La perspective d'une épreuve de force entre deux femmes visiblement aussi déterminées l'une que l'autre ne le réjouissait pas du tout. Aussi décréta-t-il, en prenant fermement Tessa par le bras :

— C'est inutile. Si elle était disposée à nous dire la vérité, elle l'aurait déjà fait, et tu n'obtiendras rien de plus en l'interrogeant.

— Sauf que j'ai compris son petit jeu, à présent, et que je peux donc lui poser les bonnes questions !

— Non, elle est trop maligne pour toi. Si tu la forces dans ses retranchements, elle s'en tirera avec un habile mensonge.

— Je sais mentir, moi aussi ! s'écria Tessa d'un air offensé.

— Pas si bien que ça : tu es trop impétueuse. Ton effronterie naturelle perce parfois sous le masque de la modeste employée, par exemple... De toute façon, son âge donne à Millicent plus d'expérience dans ce domaine, et je doute qu'une novice comme toi arrive à la manœuvrer. Si seulement nous pouvions joindre son fils avant que les médias ne...

Gabe s'interrompit brusquement : sa femme venait d'entrer dans le bureau, suivie de Millicent. Lianne affichait une expression qui laissait présager le pire.

Et en effet, elle déclara aussitôt :

— La radio a déjà annoncé la nouvelle. Une secrétaire l'a entendu aux informations et m'a poursuivie dans le couloir pour me le répéter : « Un homme d'affaires américain a demandé une jeune styliste anglaise en mariage par l'intermédiaire d'un texte écrit par ses propres enfants. En plus du cœur de sa belle, il a gagné une robe de mariée et de nombreux autres cadeaux offerts par le magasin DeWilde. »

Furieux, Gabe se mit à marcher de long en large.

— Et ce sera dans tous les journaux du soir ! s'exclama-t-il. Nous allons être la risée de la ville !

— Tu faisais le gentil, tout à l'heure, mais en fait, t'es méchant ! lui cria Natalie.

Cette accusation le piqua au vif. Il se tourna vers la fillette et, le doigt pointé vers elle, protesta :

— Non, je ne suis pas méchant ! C'est juste que j'ai des responsabilités envers la société, les banquiers, les actionnaires...

— Tu crois que les enfants comprennent ce langage et qu'ils sont sensibles à ce genre de considérations ? intervint Tessa. Ne nous affolons pas. Je vais essayer d'arranger les choses, de sauver le concours...

— Comment ? grommela Gabe.

— Je ne le sais pas encore, mais je compte aller m'expliquer avec Steven Sanders, pour commencer. Je trouve très inconséquent de sa part d'avoir lâché sa famille dans les magasins londoniens sans se préoccuper de ce qu'elle faisait. Il doit réparer les dégâts que sa légèreté a causés.

— Nous sommes descendus à l'hôtel Hilton de Park Lane, indiqua obligeamment Millicent. Suite 807. Mais attendez bien 18 heures pour venir : mon fils ne sera pas libre avant.

Puis elle invita les enfants à la rejoindre, les prit par la main et se dirigea avec eux vers la porte.

Gabe la regarda quitter la pièce d'un air mi-ébahi, mi-admiratif.

— Elle est vraiment très forte ! remarqua-t-il quand le trio se fut éloigné dans le couloir. C'est une virtuose de la manipulation : elle a gagné son premier pari — remporter le concours —, et maintenant, tout s'enchaîne exactement comme elle l'avait prévu.

— Ne t'inquiète pas, déclara Tessa. Elle a peut-être tiré les ficelles jusqu'ici, mais elle va vite s'apercevoir que je n'ai rien d'une marionnette !

— Vous m'appellerez, n'est-ce pas, monsieur Sanders ?

Steven marmonna une réponse évasive, puis raccompagna à la porte de l'appartement la cinquième candidate à l'emploi de gouvernante envoyée par l'agence de placement. Il savait déjà qu'il ne l'engagerait pas : elle était presque aussi âgée que Millicent, avait une voix de crécelle, et elle prônait des règles d'alimentation pour le moins fantaisistes.

Découragé, Steven se rassit dans le canapé du salon et consulta sa montre. 17 h 55. Cela faisait presque deux heures qu'il menait ces entretiens d'embauche, et il n'était pas plus avancé qu'au début. Aucune des postulantes n'avait trouvé grâce à ses yeux : la première lui avait semblé trop masculine, la deuxième un peu guindée, la troisième assez terne... Quant à la quatrième, elle paraissait si anxieuse de quitter l'Angleterre qu'elle devait être recherchée par toutes les polices du pays.

Etait-il d'une exigence excessive ? L'une ou l'autre des trois premières femmes qu'il avait reçues auraient sans doute fait l'affaire, après tout, mais il ne pouvait s'empêcher de les voir à travers les yeux de ses enfants, et il sentait que ceux-ci ne les auraient pas aimées.

Quelqu'un frappa soudain à la porte, le tirant de

ses réflexions. Etait-ce une dernière candidate? La directrice de l'agence avait parlé de lui en envoyer cinq ou six... Peut-être celle-là serait-elle la bonne? Il rajusta sa cravate rouge, lissa son pantalon et alla ouvrir.

— Monsieur Sanders?

— Lui-même, répondit Steven en considérant avec curiosité la jeune femme blonde et menue, vêtue d'un imperméable violet, qui se tenait sur le seuil.

— Je suis Tessa Jones.

Au grand soulagement de Tessa, son interlocuteur n'eut l'air de reconnaître ni son visage ni son nom. Elle s'attendait à un accueil hostile, voire agressif, mais il n'avait manifestement pas lu les journaux du soir.

Elle se détendit un peu et prit le temps de bien le regarder. Il était très grand, athlétique, avec des cheveux bruns coupés légèrement trop court au goût de Tessa, mais qui faisaient ressortir ses traits bien dessinés. Et quoiqu'elle eût un faible pour les yeux noirs, l'éclat des prunelles bleues de Steven Sanders la fascina.

Conscient d'être en train de fixer sa visiteuse bouche bée, Steven toussota pour se donner une contenance. Quel heureux contraste elle offrait avec les candidates précédentes! Elle était jeune, mais pas trop, son visage respirait l'intelligence, et sa tenue témoignait d'une audace en matière vestimentaire qui devait correspondre à une nature extravertie et dynamique. C'était une sorte de Mary Poppins des années 90, le juste compromis entre ses propres exigences et celles de ses enfants.

70

— Entrez! dit-il, s'arrachant enfin à sa contemplation.

Il s'écarta, et sentit une odeur de jasmin lui monter aux narines tandis que Tessa Jones pénétrait d'un pas décidé dans le séjour.

— J'aurais sans doute dû téléphoner avant, déclara-t-elle.

Sa voix avait la même douceur que son parfum, et pourtant une note de fermeté y perçait.

Tant mieux! songea Steven. Il fallait une femme de caractère pour mettre au pas une famille aussi remuante que la sienne.

Pendant qu'il la suivait à l'intérieur de la pièce, il admira sa démarche gracieuse et la tresse brillante qui dansait dans son dos. Elle s'arrêta au milieu du séjour pour enlever son imperméable, découvrant un chemisier de soie rouge et un pantalon noir dont la coupe moulante soulignait des formes harmonieuses. Steven s'immobilisa lui aussi, hypnotisé par cette image parfaite de la féminité. Il regrettait juste que ses cheveux ne fussent pas dénoués : s'ils étaient déployés sur ses épaules, autour de son visage en forme de cœur...

— Vous rêvez, monsieur Sanders?

Brusquement ramené à la réalité, Steven bredouilla :

— Euh... excusez-moi! Asseyez-vous, je vous en prie! Je vous attendais plus ou moins, mais...

— Vous avez lu les journaux du soir, alors?

Steven se rappela soudain que sa visiteuse avait un journal sous le bras en entrant, journal maintenant posé sur une chaise, à côté de l'imperméable. Sans doute figurait-elle dans une annonce passée par l'agence... Il avait donc beaucoup de chance de la recevoir avant que d'autres employeurs potentiels ne puissent lui faire des propositions alléchantes.

Tandis qu'ils s'installaient chacun à un bout du canapé, Steven s'efforça de se calmer. Il était sûr d'avoir trouvé la perle rare et voulait tout savoir sur elle, mais un trop grand empressement risquait d'effrayer la jeune femme. Mieux valait procéder avec cette Tessa Jones de la même façon, attentive mais réservée, qu'avec les candidates précédentes.

— A propos du journal, monsieur Sanders..., commença-t-elle.

— Je ne crois jamais sur parole ce que disent les médias, coupa-t-il. Je préfère me fier à mon propre jugement : oublions le journal et lions connaissance sans *a priori*. Je suis sûr que nous parviendrons à un accord satisfaisant pour vous comme pour moi.

— Entendu.

Tessa examina son interlocuteur d'un air intrigué. Elle ne comprenait pas qu'il prît avec tant de sérénité l'annonce de leur mariage prochain, mais il semblait sincère...

— Je voudrais d'abord préciser que mon métier me passionne, déclara-t-elle.

— C'est une excellente chose. Il est impossible de bien faire un travail qui vous déplaît.

— Je suis contente de voir que nous sommes du même avis sur le sujet.

Plus la jeune femme regardait Steven, plus elle avait de mal à concevoir qu'un homme aussi charmant eût besoin d'une aide extérieure pour trouver une épouse. Peut-être s'obligeait-il à se montrer spécialement gentil et accommodant afin de racheter la

72

conduite inconsidérée de sa famille au magasin, mais il n'en paraissait pas moins aimable et chaleureux de nature.

— Vous rêvez, mademoiselle Jones?

— Excusez-moi! Je suis un peu... étourdie par la rapidité avec laquelle les choses se sont passées... Et appelez-moi Tessa, je vous en prie!

Steven fut ravi de la spontanéité de son interlocutrice. Les enfants allaient l'adorer... Il les voyait déjà avec elle en train de pique-niquer dans Central Park, de patiner au Rockefeller Center...

— Dois-je comprendre que c'est une première pour vous? demanda-t-il.

Quelle importance? songea Tessa. A moins qu'il n'eût l'intention de mettre les conséquences malheureuses du concours sur le compte de son inexpérience?

— Dans ce domaine particulier, oui, répondit-elle, mais j'ai reçu une bonne formation pendant et après mes études supérieures.

— Ainsi, vous avez des diplômes?

— Oui, il en faut pour exercer n'importe quel métier, aujourd'hui, mais j'ai voulu commencer par des emplois modestes, connaître toutes les facettes de la profession pour être fin prête le jour où l'occasion se présenterait de prouver ma valeur.

C'était presque trop beau pour être vrai! se dit Steven. Il avait bien sûr donné à l'agence toutes sortes d'informations sur sa situation personnelle et familiale, et Tessa avait pu les utiliser pour se préparer à cet entretien, mais il était tout de même flatté par son désir évident de lui plaire. Elle devait avoir dix bonnes années de moins que lui, et cela le réconfortait de constater qu'elle lui parlait en toute confiance, comme s'ils avaient le même âge. Ce serait un réel plaisir de l'emmener à New York, de la voir tous les jours, de lui faire découvrir un pays et une culture nouveaux pour elle...

— Vous pensez donc que nous pouvons arriver à nous entendre ? demanda-t-il.

— Absolument ! s'écria-t-elle. Et c'est pour cela que je me suis dépêchée de venir. Votre mère est restée assez vague, mais elle semblait convaincue que vous seriez tout disposé à me recevoir.

— Ma mère ? Vous avez déjà discuté de cette affaire avec ma mère ?

— Vous l'ignoriez ? Je croyais qu'elle avait prévenu... Quoi qu'il en soit, elle m'a choisie pour remplir ce rôle. J'ai essayé d'obtenir plus d'explications, mais, comme vous le savez certainement, elle n'écoute pas toujours ce qu'on lui dit, et j'ai donc jugé préférable de m'adresser directement à vous.

La démarche de sa mère stupéfiait Steven. Elle avait dû se rendre à l'agence de Bond Street, y rencontrer Tessa et la soumettre à un entretien préliminaire. La trouvant parfaite, elle en était restée là : les autres candidates n'ayant pas mentionné Millicent, elles n'avaient manifestement pas bénéficié du même traitement.

— Vous paraissez surpris, observa la jeune femme.

— Je le suis, mais je me félicite également de l'initiative de ma mère : si vous lui plaisez, les choses se passeront beaucoup mieux.

Perplexe, Tessa fronça les sourcils. Pourquoi Steven avait-il l'air si content ? S'imaginait-il, lui aussi, qu'elle faisait partie du prix offert par DeWilde ? Non, il était bien trop intelligent pour partager les lubies de ses enfants...

L'idée d'être sa fiancée, juste l'espace de quelques jours, n'en était pas moins beaucoup plus séduisante que prévu.

— Ma mère a tendance à se mêler de ce qui ne la regarde pas, continua-t-il, et cela m'agace parfois, mais là, elle m'a rendu un grand service. J'ai même envie de vous prendre tout de suite... Qu'en dites-vous ?

— Me... me prendre ? balbutia Tessa.

— Eh bien, oui ! Pourquoi attendre, puisque nous nous convenons visiblement ? J'ai l'habitude de mener rondement mes affaires, et je veux que celle-ci ait abouti avant le retour des enfants.

Sortant de l'hébétude dans laquelle l'avait plongée la suggestion de Steven, Tessa s'écria d'une voix indignée :

— Je vous interdis de me toucher, monsieur Sanders !

Steven sursauta comme si une guêpe l'avait piqué.

— Mais qu'est-ce que... Ah, je comprends ! Quand j'ai parlé de vous prendre, vous avez interprété ce mot au sens de... Non, cela signifie seulement que j'aimerais concrétiser dès maintenant notre accord par un document signé spécifiant nos obligations respectives.

Pour avoir changé d'objet, la fureur de Tessa n'avait pas baissé d'intensité : elle était venue voir Steven, prête à lui proposer de fausses fiançailles pour sauver la face, et tout ce qu'il semblait capable de faire, c'était de compliquer encore les choses !

— Inutile de rédiger un contrat, déclara-t-elle sèchement. Je suis une femme de parole et je tiendrai mes engagements. J'y ai intérêt, de toute façon, car ma réputation en dépend. Quant à vous, votre famille m'a manipulée, et il est de votre devoir de me tirer d'embarras.

— Attendez, j'ai l'impression que nous sommes en plein quiproquo... Comment ma famille vous a-t-elle « manipulée » ?

— Mais en participant au concours organisé par DeWilde et, après l'avoir gagné, en me présentant aux journalistes comme votre fiancée ! Vous n'étiez pas au courant ?

— Non..., murmura Steven.

Il était affreusement déçu : la visite de Tessa avait été entièrement manigancée par Millicent... Contrairement à ce qu'il avait cru, elle avait vu dans le mannequin du magasin une belle-fille potentielle, et s'était arrangée pour orchestrer une rencontre. Et lui qui pensait avoir découvert la gouvernante idéale !

Sa frustration se transforma en froide colère. Il se leva, alla chercher l'imperméable de Tessa et le lui tendit sans un mot.

La jeune femme ne le prit pas. Le brusque changement d'attitude de Steven la consternait. Elle avait envie de retrouver l'homme souriant et chaleureux qui s'était adressé à elle quelques instants plus tôt.

— Je comprends que vous soyez fâché, observat-elle pour tenter de l'amadouer, mais permettez-moi de vous faire remarquer que je suis autant victime que vous, dans cette affaire. L'annonce de nos « fiançailles » ne m'arrange pas, moi non plus... Sans compter que votre fils m'a causé une humiliation dont je vais avoir du mal à me remettre.

— Comment cela ?

— Regardez le journal, puisqu'il s'avère que vous ne l'avez pas lu !

Steven reposa l'imperméable sur la chaise, attrapa le journal et le déplia. La photo qui occupait le milieu de la première page ressemblait à un dessin humoristique : elle montrait Natalie cramponnée à Tessa comme si sa vie en dépendait, et Nicky, tenant d'une main la robe de mariée relevée de cinquante bons centimètres, en train d'examiner ce qu'il y avait dessous.

— Ainsi, vous travaillez chez DeWilde ? déclarat-il.

— Evidemment ! Pourquoi serais-je là, autrement ?

— Je pensais que vous veniez postuler à un emploi de gouvernante.

— Moi ? Vous avez perdu la tête ! Je n'ai aucune compétence dans ce domaine.

— Ce n'est pas l'impression que j'ai eue.

— Eh bien, vous vous êtes trompé !

Pendant que Steven parcourait rapidement des yeux l'article qui accompagnait la photo, Tessa se demanda si elle devait trouver drôle ou insultante la terreur grandissante qu'elle voyait se peindre sur ses traits.

— Ça... ça parle de mariage ! bredouilla-t-il. Entre moi et vous... vous et moi...

— Pas de panique ! Vous ne croyez jamais sur parole ce que disent les médias, vous vous rappelez ?

— Oui, mais là, c'est de moi qu'il s'agit, d'un projet de mariage présenté comme certain... Ma mère m'a bel et bien piégé, cette fois !

— Non, pas vraiment, parce qu'elle n'a aucun pouvoir de décision en la matière, et que je n'ai pas plus que vous l'intention de me marier. Je suis styliste, j'adore mon métier, et ma seule ambition est de réussir à m'y faire un nom. Un mari et des enfants sont la dernière chose dont j'aie besoin. Aussi, rassurez-vous : vous avez devant vous une célibataire endurcie !

Les mains de Steven tremblaient un peu, et il posa les bras sur les accoudoirs du canapé pour lire l'article plus attentivement. Tout y était expliqué : les règes du concours, le prix offert au gagnant... La supplique écrite par Natalie y était même reproduite.

— Je vous prie d'excuser la conduite de mes enfants, déclara-t-il une fois sa lecture terminée. J'ignore pourquoi ils vous ont choisie pour...

— Merci beaucoup !

— Euh... désolé !

— Je sais, moi, pourquoi ils m'ont trouvée si irrésistible : ce maudit concours a fait de moi l'incarnation même de Cendrillon. Lorsque votre fille m'a donné ce nom, j'ai d'abord cru à un jeu, mais Nicky a ensuite soulevé ma robe, et si vous aviez vu sa déception en constatant que j'avais déjà deux chaussures ! J'ai alors commencé à comprendre ce qui se passait dans leur tête : je suis une humble employée déguisée en princesse, et vous êtes le riche et beau prince qui doit la demander en mariage.

— Pourquoi ne les avez-vous pas tout de suite détrompés ?

— C'était le cadet de mes soucis, à ce moment-là : j'avais les jambes à l'air, et les photographes s'en donnaient à cœur joie !

Steven regarda de nouveau la photo. Dans son désarroi, il ne l'avait pas remarqué la première fois, mais Tessa avait de *très* jolies jambes.

— Maintenant que vous connaissez toute l'histoire, reprit la jeune femme, vous ne pensez pas que je suis en droit d'attendre de vous un coup de main pour me sortir de cette situation embarrassante ?

— Si. Laissez-moi réfléchir. Et si je refusais le prix ? DeWilde l'offrira à un autre participant, et en échange du service que je vous aurai ainsi rendu, vous publierez un démenti dans la presse.

— Non, cette solution ne me satisfait pas.

— Je ne comprends pas ! Vous ne voulez pas d'un mariage, vous ne voulez pas d'un démenti... Que voulez-vous exactement, alors ?

— Une formule intermédiaire.

Une expression de peur revint assombrir le visage de Steven. Il ressemblait à un petit garçon effrayé par la menace d'une punition, et Tessa dut se retenir pour ne pas éclater de rire.

— Ne vous affolez pas, reprit-elle d'une voix rassurante. Des fiançailles et un mariage sont deux choses très différentes.

— Pas vraiment : l'une mène à l'autre, non ?

— Ce n'est pas toujours le cas, et ça ne le sera pas pour nous. D'après Millicent, vous n'êtes à Londres que pour une semaine. Faisons semblant d'être fiancés pendant le reste de votre séjour ici, et le tour sera joué.

— Non, il n'en est pas question !

— Même si c'est la seule façon dont vous puissiez m'aider ? Vous n'avez pas l'air de vous en rendre compte, mais cette histoire risque de me valoir un renvoi : mes supérieurs sont très mécontents. Ils trouvent déjà ennuyeux que le public croie une employée bénéficiaire — même involontairement — du prix offert par DeWilde. Mais pire encore, ils craignent pour la réputation de sérieux du magasin, si les gens apprennent que vous et moi ne nous connaissions pas avant le concours, que nous avons tous été manipulés par deux enfants.

— J'ai des relations qui me permettront de vous obtenir un emploi dans un autre magasin, si vous le souhaitez.

Tessa n'avait pas la moindre intention d'aller travailler pour un concurrent des DeWilde, mais Steven ignorait ses liens de parenté avec eux, bien sûr...

— Je ne suis pas la seule personne à qui cette affaire peut causer du tort, déclara-t-elle. Le concours avait pour but de donner leur chance à de jeunes stylistes comme moi, et si sa première édition est un désastre, il n'y en aura pas d'autre.

— J'imagine que la désignation du vainqueur s'est effectuée hier, alors pourquoi ne pas m'avoir appelé pour s'assurer que le père mentionné sur le bulletin gagnant avait vraiment envie de se marier ?

— Nous aurions dû le faire, en effet, mais personne n'y a pensé.

— Ecoutez, je comprends votre embarras, mais je suis au beau milieu de négociations commerciales qui requièrent toute mon attention.

— Je ne vous demande pas de passer vos journées avec moi ! Et votre vie privée ne sera pas affectée par cette petite comédie, puisque, d'après vos enfants, vous n'avez pas de compagne attitrée... Allons, ce n'est pas bien long, une semaine ! Vous retournerez ensuite aux Etats-Unis, et j'annoncerai notre rupture peu de temps après.

Maintenant qu'il connaissait le véritable but de sa visite, l'aplomb de Tessa stupéfiait Steven : elle était apparemment sûre, avant même de frapper à la porte, de le convaincre d'adhérer à son plan insensé ! Il n'avait pas l'habitude de se confier, et surtout pas à une parfaite étrangère, mais cela lui sembla être son seul moyen de défense contre les assauts de cette charmante petite peste.

Fixant ses pieds pour échapper à l'emprise des beaux yeux verts rivés sur lui, il déclara :

— Comme vous l'avez sans doute déduit du texte de ma fille, je me suis retrouvé veuf relativement jeune...

— Oui, et vous avez toute ma sympathie.

— Ma femme avait des problèmes cardiaques dus à un accès de rhumatisme articulaire aigu qui l'avait frappée dans son enfance. Elle avait à peine trente ans quand elle est morte, et cela m'a porté un tel coup que j'ai décidé de ne jamais me remarier, pour ne pas m'exposer de nouveau à semblable épreuve. Et je veux persuader mes enfants qu'ils peuvent être heureux sans mère de remplacement.

— Mais il ne s'agit pas de vous engager pour la vie ! Ce ne seront même pas de vraies fiançailles, et elles ne dureront que quelques jours.

— Peut-être, mais vous avez songé à Natalie et à Nicky ? Sans vous connaître, ils vous adorent déjà, alors imaginez leur chagrin quand, au bout d'une semaine, vous leur direz adieu pour toujours ! Non, franchement, il vaut mieux que vous partiez tout de suite, avant leur retour.

— Ce n'est pas une bonne solution, car ils ne comprendraient pas ma brusque disparition.

— Peut-être, mais en restant ici, vous ne feriez qu'entretenir leurs illusions. Je ne vois qu'un élément positif dans cet imbroglio : avec un peu de chance, il guérira définitivement ma mère de sa manie de jouer les marieuses.

— L'annonce de notre rupture après quelques jours de fiançailles l'en guérirait tout aussi efficacement, et vous auriez, en plus, la satisfaction de m'avoir rendu un grand service.

— Non. Excusez-moi, mais je dois penser d'abord à mes enfants : plus vous passerez de temps avec eux, plus ils auront de peine au moment de vous quitter.

— Même si je sors dès aujourd'hui de leur existence, la cause profonde de leur mal ne sera pas éradiquée : ils veulent une seconde mère, et ils continueront d'en chercher une.

Steven, qui commençait à perdre patience, observa avec un sourire contraint :

— Vous êtes styliste, mademoiselle Jones, ou psychologue ?

— Je n'ai pas besoin d'être diplômée en psychologie pour comprendre ce que ressentent vos enfants, répliqua la jeune femme. Moi aussi, j'ai été orpheline très jeune ; ma mère est morte dans un accident d'avion, mon père ne s'est pas remarié, et... et cela a été très dur pour moi. Aujourd'hui encore, je suis en quête d'images maternelles : malgré tous mes efforts pour me résigner à ne jamais connaître l'amour d'une mère, il y a toujours en moi une petite fille qui souffre d'en être privée. C'est un type de lien qu'aucun autre ne peut remplacer.

Ces confidences ne lui étaient pas venues facilement, Steven le devinait. Il appréciait sa franchise, mais il avait également peur : c'était leur première rencontre, et ils se parlaient déjà à cœur ouvert, comme deux personnes immédiatement attirées l'une par l'autre. Il fallait qu'elle parte, et vite...

— Je sais que vous avez été entraînée à votre insu dans mes histoires de famille, déclara-t-il, mais le mieux, à présent, c'est de nous oublier. J'expliquerai la situation aux enfants, et je suis prêt, si vous le voulez, à vous défendre auprès de votre employeur : je lui dirai que tout cela est la faute de ma mère, qui...

— Merci, coupa sèchement Tessa, mais c'est inutile : il l'a compris sans vous.

— Dans ce cas...

Steven se dirigea vers la porte, l'ouvrit... et découvrit sur le seuil ses enfants et sa mère, les bras chargés de paquets.

— Tessa, quelle bonne surprise ! s'écria la vieille dame. Les magasins ne sont pas les seuls endroits où on trouve ce dont on a besoin, apparemment !

Natalie et Nicky écarquillèrent les yeux en voyant ensemble leur père et la mère de leurs rêves.

— Elle est là..., chuchota le petit garçon.

— Hein, papa, qu'elle est parfaite pour nous ? s'exclama Natalie. Elle a même déjà une robe, et tout ce qu'il faut pour se marier !

5.

— Tessa allait partir, annonça Steven tandis que ses enfants s'élançaient vers lui en poussant des cris joyeux.

Millicent referma la porte d'un geste décidé et s'y adossa. En plus de ses paquets, elle avait sous le bras un exemplaire du journal apporté par Tessa. La fatigue se lisait sur son visage, mais elle s'était visiblement assigné pour tâche de bloquer la sortie et, la connaissant, Steven savait qu'il faudrait lui passer sur le corps pour rouvrir la porte.

— Elle peut pas partir déjà ! protesta Natalie, les deux bras autour de la taille de son père. Dis-lui de rester, toi ! T'es son prince charmant, alors elle t'écoutera...

— Calme-toi, ma chérie, déclara Steven en rougissant. Tessa m'a tout raconté, et j'ai beaucoup de choses à mettre au point avec vous.

Bien qu'elle en voulût à Steven de refuser de l'aider, Tessa eut un élan de compassion pour lui. Une gageure redoutable l'attendait : annoncer la mauvaise nouvelle à ses enfants sans leur briser le cœur. Si, à l'âge de Natalie, elle avait cru s'être trouvé une mère, pour se la voir aussitôt enlever, elle en serait morte de chagrin.

— On se marie aujourd'hui? demanda Nicky. Oublie pas le gâteau, papa! Un gâteau au chocolat, avec plein de crème Chantilly dessus!

— Les gâteaux au chocolat, c'est bien pour les anniversaires, lui expliqua sa sœur avec un sourire indulgent. Mais celui de papa sera sûrement blanc, et il y aura pas de la crème Chantilly dessus, mais des fleurs, comme celles que les demoiselles d'honneur auront dans les cheveux.

Elle se tourna ensuite vers Tessa et s'enquit :

— Tu as choisi tes demoiselles d'honneur?

— Non, répondit la jeune femme en reculant instinctivement d'un pas.

— Le rose va très bien à Natalie, indiqua Millicent avant de mettre la chaîne de sûreté. Et à moi aussi, d'ailleurs!

— Enlève cette chaîne et laisse passer Tessa, maman! ordonna Steven. Elle a déjà perdu assez de temps comme ça à cause de nous!

Sa voix vibrait d'indignation, et Nicky, croisant les bras sur sa poitrine, lui lança d'un ton sévère :

— Tu l'as mise en colère? Après tout ce qu'on a fait pour toi!

— Mais non! intervint Tessa. Nous avons eu une discussion fort intéressante.

— Alors pourquoi tu veux t'en aller? lui demanda le petit garçon.

Puis il s'approcha d'elle et appuya la tête sur son bras avec un soupir mélancolique. Tessa lui caressa les cheveux et dit à Steven :

— Je peux rester encore un peu, si vous le souhaitez, et vous aider à expliquer la situation aux enfants.

Le visage de son interlocuteur s'éclaira.

— Merci, murmura-t-il. C'est très aimable de votre part.

— Mais je vous préviens : je le fais uniquement pour eux.

— Cela me touche d'autant plus.

Steven s'efforçait de le cacher, mais, à ce que comprit Tessa, il lui était aussi difficile de la laisser s'immiscer dans ses problèmes familiaux qu'à elle d'accepter de s'en mêler. Ces deux petits garnements étaient de toute évidence la plus grande faiblesse de Steven, et elle sentit un début d'attendrissement remplacer son irritation.

Natalie lui prit alors la main et la tira vers le canapé.

— C'est à toi, l'imperméable qui est sur la chaise ? déclara-t-elle. Le violet est une de mes couleurs préférées.

Les enfants et leur grand-mère paraissaient beaucoup plus détendus. Ils devaient se dire que le danger était passé, à présent, et que le piège s'était solidement refermé sur leurs proies. Natalie s'assit près de Tessa avec un petit soupir satisfait, Nicky disparut dans la pièce voisine et Millicent, jugeant sans doute inutile de jouer plus longtemps les sentinelles devant la porte, alla poser ses paquets et son journal sur le bureau.

— Tu craignais que Tessa ne s'enfuie, maman ? fit observer Steven d'un ton sarcastique, avant d'enlever la chaîne de sûreté.

— Franchement, Steven, tu exagères ! s'écria la vieille dame. Que va-t-elle penser de moi ?

— A mon avis, elle a déjà une idée très claire de tes motivations.

— Tant mieux ! Les choses en seront grandement facilitées.

— Ton plan a fonctionné à merveille, jusqu'ici, n'est-ce pas ? Tu as gagné le concours, tu t'es arrangée pour que Tessa me rende visite...

— J'espère que sa venue n'a pas perturbé tes entretiens avec les femmes envoyées par l'agence ? demanda Millicent d'un air innocent.

— Bien sûr que non ! répondit Steven, pince-sans-rire. Je me suis couvert de ridicule en la prenant pour une postulante à l'emploi, mais quelle importance ? J'adore passer pour un imbécile !

— Impossible ! s'exclama sa mère. Un Sanders n'est jamais passé et ne passera jamais pour un imbécile.

Steven jeta un coup d'œil vers le canapé, juste à temps pour voir une lueur de malice danser dans les yeux verts de Tessa. Elle baissa aussitôt les paupières, mais pas assez vite pour l'empêcher de comprendre qu'il était la seule personne à ne rien trouver d'amusant dans cet imbroglio. Il franchit en deux enjambées l'espace qui le séparait du bureau, se pencha vers Millicent jusqu'à être nez à nez avec elle, et grommela entre ses dents :

— Tu es allée trop loin, cette fois !

— Quand une machine est lancée, il est difficile de l'arrêter, répliqua-t-elle.

— Tu vas tout de même devoir t'y employer, ne serait-ce que par égard pour Tessa, que tu as mise dans une situation très délicate.

— Tu as mauvaise mine, fit remarquer la vieille dame en posant sur son fils un regard inquiet. A ta place, je renoncerais à chercher une gouvernante : ajouté à tes réunions de travail, ce genre de souci te mène tout droit au surmenage.

— Ce sont tes manœuvres d'entremetteuse qui me fatiguent! bougonna Steven.

Du coin de l'œil, il voyait Natalie et Tessa penchées en avant pour mieux écouter la conversation. Assises l'une près de l'autre, leurs yeux vifs brillant d'intérêt, elles formaient un tableau charmant. Si charmant que Steven se hâta de regarder ailleurs.

— C'est quoi, une entremetteuse? demanda la fillette.

— Quelqu'un qui fait se rencontrer des gens en vue d'un futur mariage, répondit Millicent.

— Alors pourquoi tu grondes grand-mère, papa? Elle te rend service: tu sais bien que tu peux pas te trouver une femme tout seul.

Steven rougit de confusion en entendant sa fille attribuer à son incapacité son état de célibataire. Lui resterait-il une once de dignité, une fois que cette histoire serait terminée?

— Natalie a raison, déclara Millicent. Le temps passe, et ce dont on ne se sert pas assez souvent finit par se rouiller.

— Maman! s'écria Steven, outré.

— Je parle de l'art de séduire, précisa tranquillement la vieille dame. Après, il suffit de laisser faire la nature...

Un rire étouffé s'éleva derrière Steven. Il se tourna vivement vers le canapé et vit Tessa, la main sur la bouche, dans une tentative pas très concluante pour contenir son hilarité.

Il la fusilla du regard. Il ne sentait rien de « rouillé » chez lui, et le désir d'en administrer la preuve à cette jeune insolente l'envahit soudain... Mais n'était-ce pas exactement ce que Millicent avait espéré?

Une idée terrifiante lui vint alors : et si sa mère avait finalement découvert une femme susceptible de lui plaire ? Toutes les autres étaient si fades et conventionnelles qu'il n'avait éprouvé aucun regret après les avoir poliment éconduites. Il avait pu contrecarrer les plans de Millicent avec calme et détachement. Jusqu'à maintenant... Pour la première fois depuis la mort de Renée, il avait l'impression qu'il allait peut-être lui falloir se battre contre lui-même pour éviter de s'engager dans une relation suivie avec une femme.

— T'es en colère contre moi, papa ? demanda Natalie d'une toute petite voix.

Se rendant compte qu'il fronçait les sourcils d'un air féroce, Steven se hâta de rassurer sa fille :

— Non, ma chérie, je sais que tu souhaites m'aider. Dans ce cas précis, cependant, tu en fais un peu trop.

— Non, t'as besoin d'aide pour nous trouver une maman, puisque t'as pas encore réussi !

— Ecoute, ma chérie, tu es trop jeune pour...

— Tu dis ça quand ça t'arrange ! Pour les choses difficiles, comme s'occuper de Nicky et de grand-mère, là, je suis pas trop jeune, hein ? Je peux pourtant pas tout faire toute seule, hein, Tessa ?

La jeune femme passa le bras autour des frêles épaules de la fillette, et se mit à la bercer en lui murmurant d'une voix apaisante :

— Allons, Natalie, ton père ne te demande certainement pas d'assumer des responsabilités d'adulte...

Aussi touchante que fût cette sollicitude, Steven en éprouva plus de peur que de gratitude. Il ne voulait pas que ses enfants cherchent soutien et réconfort auprès de Tessa, et c'était exactement ce qui était en train de se produire !

— Quand j'aurai engagé une gouvernante, tu n'auras plus à t'occuper de rien, Natalie, souligna-t-il.

— On a pas besoin de gouvernante ! Tessa est là, maintenant, et on a le droit de la garder, puisqu'on l'a gagnée !

— Une personne n'est pas un objet, et il est donc impossible de la « gagner »... n'est-ce pas, mademoiselle Jones ?

— Non, mais il est possible de gagner son cœur, répondit l'interpellée.

— Et je n'ai pas gagné le vôtre, précisa Steven afin que les choses soient bien claires.

— Je ne suis pas sûre que vous en ayez eu le temps, susurra-t-elle avec un sourire charmeur.

Les mâchoires de Steven se crispèrent. Tessa aurait-elle changé de camp ?

— Je vous en prie, surveillez vos paroles ! s'écria-t-il. Mes enfants prennent tout au pied de la lettre, et si vous ne les détrompez pas de façon explicite, ils resteront persuadés que vous nous *appartenez* désormais... au sens propre du terme !

L'air contrit — mais l'était-elle vraiment ? —, Tessa indiqua à Natalie :

— Ton papa a raison : on ne peut pas gagner quelqu'un.

— Ah, voilà Nicky ! s'exclama Steven. Viens me voir, bout de chou ! J'ai quelque chose à te dire.

Le petit garçon, qui était rentré dans la pièce comme un ouragan, s'arrêta net et se mit à danser d'un pied sur l'autre. Il cachait visiblement un objet derrière son dos. Steven le rejoignit, posa la main sur son épaule et déclara :

— Tessa m'a expliqué que vous l'aviez prise pour Cendrillon, dans le magasin, mais elle n'est pas...

— Je sais, papa !

— Vraiment ?

— Oui, intervint Natalie. On s'est trompés, dans le magasin : ça pouvait pas être Cendrillon, puisqu'elle avait tout le temps ses deux souliers.

— J'ai regardé sous sa robe ! annonça fièrement Nicky.

Steven réprima un sourire. Son fils semblait conscient d'avoir réalisé le fantasme de tout homme, du plus jeune au plus âgé.

— Oui, il paraît, dit-il. Tu as donc compris que c'était une personne réelle ?

Au lieu de répondre, le petit garçon se tourna vers Tessa et lui demanda :

— Tu as une maman ?

— Non, je n'en ai pas.

— Tu as un château ?

— Non plus.

— C'est bien ce que je pensais ! Tu dois être Boucles d'Or ! Elle a pas de château et pas de maman, puisqu'elle va s'installer dans la maison des ours... Il faut quand même qu'on dénoue tes cheveux, pour voir s'ils bouclent.

Avant que Tessa ait eu le temps d'esquisser un geste, Natalie avait saisi sa lourde tresse, enlevé le ruban qui l'attachait et commencé de la dénatter. Nicky s'approcha alors et brandit l'objet dissimulé derrière son dos — un gros peigne à manche d'argent.

— C'est à grand-mère, précisa-t-il.

Puis il entreprit de lisser les cheveux déployés de Tessa, qui n'eut pas le cœur de l'en empêcher. Le souffle tiède du petit garçon lui caressait la nuque, la douceur de ses gestes montrait qu'il voulait éviter de lui faire mal... Jamais encore, dans sa vie d'adulte, elle n'avait eu de contact aussi rapproché avec des enfants et, contrairement à ce qu'elle aurait pensé, cela ne lui déplaisait pas. Natalie et Nicky avaient peut-être des idées saugrenues, mais ils lui vouaient une adoration qui flattait son amour-propre.

Elle remarqua soudain que Steven la fixait bizarrement, comme si le spectacle de sa chevelure dénouée le fascinait. Elle le vit ensuite secouer la tête, l'air de sortir d'un rêve éveillé, et se masser les tempes. Il semblait si désemparé qu'elle fut tentée de l'attraper par sa cravate, de le tirer pour mettre leurs visages à la même hauteur et de lui donner un long et fougueux baiser.

A peine formée, cette idée la remplit de stupeur : comment pouvait-elle imaginer se conduire de façon aussi cavalière envers Steven ? Il ne ressemblait en rien aux hommes gentiment amoraux avec qui elle sortait d'habitude, et que n'aurait pas choqués ce genre d'initiative hardie.

L'envie d'embrasser Steven n'en continuait pas moins de la brûler... Alors, quelle était la cause de cette brusque pulsion ? Son goût pour la couleur rouge, en ce moment représentée de manière très voyante par la cravate et les joues de Steven ? Ou le fait de désirer d'autant plus une chose qu'elle ne pouvait pas l'obtenir ?

— T'es bien Boucles d'Or ! décréta Nicky, triomphant. Tes cheveux bouclent même quand je passe le peigne dedans !

— Arrête, maintenant, déclara doucement Tessa en reprenant le ruban abandonné sur le canapé et en se levant. Il faut que je m'en aille... Ma logeuse m'a demandé de lui faire quelques courses, et j'ai ensuite des travaux de couture à terminer. Je suis désolée de te décevoir, Nicky, mais je ne suis pas plus Boucles d'Or que Cendrillon.

— Mais ici, tu peux être une princesse! s'exclama Natalie avant de courir vers le téléphone et de le décrocher. Tu vois ça? C'est comme dans un château: il suffit de commander un repas, et il y a des gens qui s'en occupent — un cuisinier qui le prépare et un domestique en veste rouge qui le monte.

— Il s'agit du personnel de l'hôtel, ma chérie, rectifia Steven en lui prenant le combiné des mains et en le reposant sur son socle.

Refusant de se laisser décourager, Natalie enchaîna:

— Et il y a une dame qui vient nettoyer l'appartement tous les jours! Elle porte un uniforme et met des petits savons parfumés dans la salle de bains. C'est vraiment chouette, et tu peux profiter de tout ça, si tu veux!

Le cœur de Steven se serra devant les efforts désespérés de sa fille pour convaincre Tessa de rester. Il ne suffisait manifestement pas de dire aux enfants qu'elle n'était pas un personnage de conte de fées: il fallait le leur prouver, sans quoi ils transformeraient toujours la réalité pour la faire coïncider avec leurs rêves. Il eut alors une brusque révélation, dont le caractère inattendu le cloua sur place: il avait plus besoin de la jeune femme qu'elle de lui! Et elle allait sortir à jamais de leur existence... Son imperméable sur le bras, elle franchissait déjà le seuil du séjour...

— Attendez! s'écria-t-il.

— Vite, papa, vite! l'exhortèrent à l'unisson Natalie et Nicky.

Il se précipita dans le couloir et faillit se heurter à

Tessa, qui s'était immobilisée pour enfiler son imperméable. Sans lui accorder un regard, elle attacha lentement les boutons, ajusta la lanière de son sac sur son épaule, et seulement alors, elle déclara :

— Pourquoi me poursuivez-vous ?

— N'est-ce pas normal ? répliqua Steven avec un sourire ironique. Je suis votre prince, votre chevalier servant, votre...

— Ne jouez pas sur les mots ! Vous m'avez très bien comprise ! J'ai préféré me taire, tout à l'heure, à cause de Natalie et de Nicky, mais...

— Pour quelqu'un qui avait décidé de se taire, je trouve que vous avez beaucoup parlé !

— Je vous signale une chose : je me suis retenue de dire ce que je pensais de votre refus obstiné de comprendre les besoins de vos enfants !

Tessa commença à s'éloigner, mais Steven l'arrêta en la prenant par le bras.

— Ecoutez-moi ! lança-t-il. J'ai changé d'avis, à propos de nos fiançailles : je suis prêt à les confirmer publiquement, à aller m'expliquer avec vos employeurs, bref, à tout mettre en œuvre pour vous tirer d'embarras.

— Même à prétendre que l'idée de participer au concours venait de vous, et que vous désiriez me faire une surprise ?

— Eh bien...

— Il le faut, pourtant, sinon les gens croiront que le gagnant était choisi d'avance.

— Bon, si vous le jugez nécessaire...

Ayant eu plusieurs heures pour réfléchir à son plan, Tessa n'attendait que l'accord de Steven pour l'exposer point par point.

— Mieux vaut ne pas donner trop de détails à la presse, déclara-t-elle. Il vous suffira de dire que nous nous sommes rencontrés l'an dernier à New York, pendant que je visitais le quartier des grands magasins.

— Entendu.

— Et je resterai en contact avec les enfants, naturellement.

— J'y compte bien ! Je veux que vous leur montriez votre univers, où et comment vous vivez quand vous ne paradez pas sur une estrade en robe de mariée ! Ainsi, lorsqu'ils repartiront aux Etats-Unis, ils seront enfin convaincus que vous n'êtes pas un personnage de conte de fées.

— J'essaierai, mais...

— C'est à prendre ou à laisser ! Arrangez-vous pour qu'ils n'aient aucun regret le jour où ils vous quitteront.

Tessa eut peur, soudain. Et si elle n'y parvenait pas ? L'idée du chagrin qu'éprouveraient alors les enfants, le jour de la séparation, lui était étrangement douloureuse.

La tête de Natalie surgit à ce moment-là dans l'embrasure de la porte.

— Il y a un journaliste au téléphone, papa !

— Merci, ma chérie. Dis à ta grand-mère que j'arrive.

La fillette disparut, et Steven se tourna vers Tessa. La balle était dans le camp de la jeune femme, à présent, et il n'était pas mécontent de lui avoir fait perdre un peu de sa belle assurance.

— Alors ? demanda-t-il.

— Eh bien, nous pourrions passer la journée de demain ensemble, histoire de tâter le terrain... Bien que je ne travaille pas le samedi, théoriquement, il faut que j'aille m'occuper d'une vitrine, mais ce sera tôt le matin, et j'aurai ensuite le temps de vous emmener visiter Londres, de vous montrer mon appartement...

— D'accord. Rendez-vous à 11 heures devant l'hôtel ?

— Entendu. Je... j'espère être à la hauteur de la tâche que vous m'avez assignée.

— Vous devriez commencer par mettre votre charme en veilleuse, sinon jamais les enfants n'accepteront de vous quitter !

Sur ces mots suivis d'un bref signe de tête, Steven tourna les talons, laissant Tessa en proie à des émotions contradictoires. Il avait parlé de son charme, et elle aurait dû se sentir flattée, mais il s'était arrangé pour que sa remarque ressemble à tout sauf à un compliment. Aucun homme ne lui avait jamais inspiré un tel mélange d'agacement et d'attirance.

Les pensées se bousculaient dans l'esprit de Steven tandis qu'il regagnait l'appartement. Tessa était exactement le genre de femme avec qui il aurait aimé nouer des relations durables : elle était indépendante, ambitieuse, intelligente, et le mariage ne l'intéressait pas. Si seulement il l'avait rencontrée dans d'autres circonstances, sans que cette histoire de concours vînt tout compliquer ! Ses enfants n'auraient pas fait pression sur lui pour qu'il l'épouse, et elle ne l'aurait pas indisposé avec une proposition qui frisait le chantage...

En entrant dans le salon, Steven faillit se cogner à Natalie et à Nicky, qui attendaient juste derrière la porte, les yeux brillant d'espoir.

— Tout est réglé, leur annonça-t-il. Nous verrons Tessa demain.

Il coupa court à leurs manifestations de joie en entendant sa mère parler au téléphone, dans la chambre voisine. Il fallait se dépêcher de prendre la communication, sans quoi Dieu sait dans quel pétrin elle allait encore le plonger !

— Ah, le voilà ! s'écria-t-elle dans le combiné quand son fils l'eut rejointe. Ne quittez pas, je vous le passe.

Puis elle posa la main sur le microphone et chuchota :

— C'est un journaliste de la télévision.

— Qui a appelé qui ?

— Comment aurais-je pu l'appeler ? Je ne connais pas son numéro.

— Tu connais le numéro de tout le monde ! Donne-moi ça... Allô ! Steven Sanders, à l'appareil.

Millicent s'assit sur le lit avec un soupir appuyé et s'absorba dans la contemplation du tableau accroché au mur, mais Steven ne se faisait pas d'illusions : elle ne perdrait pas une miette de ce qu'il allait dire.

— Oui, répondit-il à la première question de son correspondant, je suis très content d'avoir gagné le concours... Non, il n'y a eu aucune tricherie : Tessa ignorait que nous y participerions, et elle a été la première surprise en apprenant le nom du vainqueur... Si elle a accepté la demande en mariage ? Mais bien sûr ! Mes enfants sont très persuasifs, comme tout le personnel du magasin DeWilde peut en témoigner... Non, la date n'est pas encore fixée. Il nous faut un minimum de temps pour nous organiser... Où nous nous sommes rencontrés ? A New York, l'an dernier. C'est là que j'habite, et... Oui, je suis le directeur de Sanders Novelties. Maintenant, excusez-moi, mais je suis un peu pressé... De rien ! Au revoir.

Steven raccrocha et se tourna vers sa mère. Elle avait les yeux écarquillés et la main plaquée sur la bouche, comme pour s'empêcher de pousser des cris — de triomphe, probablement !

— Ce ne sera qu'une parodie de fiançailles, s'empressa de lui préciser Steven.

— Mais Tessa t'a plu, je l'ai bien senti.

— Oui, elle est très jolie.

— Et les enfants l'ont immédiatement adoptée.

— Les rapports de complicité qu'elle a établis avec eux ne sont pas dus à sa personnalité, mais à sa jeunesse.

— Attends, je vois ce que tu es en train de faire, là... Tu utilises son âge à la fois pour expliquer l'attrait qu'elle exerce sur les enfants, et pour la rejeter comme épouse potentielle.

— Absolument ! Elle n'est pas prête à assumer la charge d'une famille.

— Je la trouve pourtant très mûre, et elle semble avoir de l'affection pour Natalie et Nicky.

— Peut-être, mais...

— Je t'en prie, traite-la avec égards ! Je me sens responsable d'elle.

— Et tu l'es ! s'écria Steven avant de s'asseoir près de sa mère et de prendre sur la table de chevet un carnet et un stylo. Mais tu peux m'aider à réparer les dégâts que tu as causés : s'il y a d'autres appels de journalistes, tu t'en tiendras aux déclarations que je vais écrire sur cette feuille. Elles seront succinctes, mais tout enjolivement vaudrait à Tessa des ennuis supplémentaires... qu'elle ne mérite pas !

— Tu as remarqué les efforts que tu déploies pour la ménager ?

— C'est un peu normal, non, compte tenu des circonstances ? Là, je suis obligé d'entrer dans ton jeu, mais je te préviens : je finirai par trouver un moyen de te dissuader à jamais de t'ingérer dans ma vie privée !

— Ça m'étonnerait ! rétorqua Millicent en riant.

Exaspéré par ce manque total de scrupules et de remords, Steven s'exclama :

— Tu devrais avoir honte du mauvais tour que tu m'as joué, maman ! Je suis en train de négocier un contrat de la plus haute importance, et tu vas me faire perdre un temps précieux, avec tes enfantillages !

— Franchement, je ne m'attendais pas à toutes ces complications... Je voulais juste que tu rencontres Tessa.

— Mais pourquoi elle ? Si tu ne pouvais vraiment pas te dominer, pourquoi ne pas avoir choisi une femme à laquelle les médias n'avaient pas de raison de s'intéresser ?

La vérité faillit échapper à Millicent, mais elle se retint à temps. Elle n'avait pas le droit de trahir l'anonymat de Tessa, qui semblait décidée à réussir dans son métier sans utiliser ses liens de parenté avec les DeWilde. Elle refusait, en outre, de fournir à son fils une nouvelle arme contre la jeune femme : connaître un secret donnait du pouvoir à son détenteur, et Steven en avait déjà sur Tessa plus qu'il n'en avait sans doute lui-même conscience. Elle le regardait avec, au fond des yeux, la même intensité que Céleste lorsqu'un homme lui plaisait. Contrairement à sa grand-mère, cependant, Tessa avait les pieds sur terre, et d'autres buts dans la vie que de chercher auprès des hommes la solution à tous ses problèmes. Il fallait absolument que Steven et elle acceptent d'approfondir leurs relations...

S'apercevant soudain que son fils attendait une réponse, Millicent se sentit obligée de s'excuser.

— Je suis désolée, déclara-t-elle. Je ne pensais pas à mal, je te le jure, mais la situation m'a... un peu échappé.

— Ça, je m'en rends compte ! Et tu sais ce qui m'ennuie le plus, dans cette affaire ? Le fait qu'une parfaite étrangère ait pris en quelques jours un ascendant aussi puissant sur Natalie et Nicky. J'ai l'impression qu'ils s'éloignent de moi.

— Ne dis donc pas de sottises ! Ils t'adorent, et si tu en doutes, feuillette nos albums photos, regarde nos vidéos, quand nous serons rentrés aux Etats-Unis ! Tout y est : les vacances au bord de la mer, la visite de Disneyworld, les séjours de ski dans les Rocheuses, sans parler des fêtes de fin d'année et des goûters d'anniversaire... Lorsque tu n'apparais pas sur les images, c'est parce que tu étais derrière l'objectif, et là est le secret de l'amour que te portent tes enfants : tu participes à tous les moments importants de leur vie. Même quand tu es en voyage d'affaires, ils savent que tu penses à eux, que tu ne leur reprocheras jamais de t'appeler s'ils ont besoin d'aide ou de réconfort.

— Alors pourquoi tiennent-ils tant à ce que Tessa entre dans la famille ?

— Ils veulent une mère, c'est dans la nature des choses. Et ils croient te rendre service, comme Natalie l'a si bien expliqué tout à l'heure.

— Elle m'a fait passer pour un homme incapable de se trouver une épouse, alors que, si je ne me remarie pas, c'est par choix !

— A ta place, j'éviterais de dire cela devant les enfants. Ils risqueraient d'en déduire que tu méprises l'institution du mariage, et leurs vues sur le sujet pourraient en être affectées à jamais.

Steven respira à fond pour tenter de contenir le flot de plus en plus tumultueux de ses émotions.

— Personne ne mesure mieux que moi la valeur du mariage, protesta-t-il. La mort de Renée me hante encore nuit et jour. Je ne cesse de me demander s'il n'y avait pas moyen de lui éviter cette crise cardiaque.

Comme chaque fois qu'ils évoquaient ce sujet délicat, Millicent choisit soigneusement ses mots avant de déclarer :

— Renée nous a quittés bien trop tôt, mais ni les regrets ni d'éventuels remords ne la ramèneront. Il est temps de tourner la page.

— Je ne veux pas la remplacer, maman.

— Et moi, je ne renoncerai pas à te faire changer d'avis avant de te savoir de nouveau heureux.

— Mes enfants suffisent à mon bonheur, décréta Steven, et tu te donnes donc beaucoup de mal pour rien.

Puis il posa un baiser sur la joue de sa mère et quitta la pièce à grands pas.

Après avoir supervisé le dîner des enfants, Steven regarda une série télévisée et joua aux cartes avec eux avant de les coucher. A 22 heures, il était dans un taxi, prêt à passer à d'autres types de divertissement en compagnie de son ami et allié de Butler Toys, Barry Lambert. Ils avaient prévu une partie de squash dans un club de Soho, suivie d'un repas et d'une discussion d'affaires dans un pub. Steven espérait chasser ainsi de son esprit l'image et la pensée de la trop séduisante Tessa Jones.

Il aurait cependant dû se douter que Barry, toujours à l'affût d'une occasion de taquiner les autres, lui parlerait de l'article paru dans la presse du soir : à peine étaient-ils assis devant une chope de bière et une assiettée de poisson accompagné de frites que Barry sortit un journal de son sac de sport, et se mit à bombarder Steven de questions sarcastiques.

Agacé, ce dernier tenta de se dérober en déclarant :

— Je ne peux pas tout t'expliquer, mais t'ai-je donné l'impression d'être venu à Londres pour y chercher une femme ?

— Pas *une* en particulier, en tout cas, répondit Barry d'un ton ironique en versant du vinaigre sur ses frites.

— Et tu me vois rédiger le texte qui a gagné le concours ?

— Je te crois capable d'écrire dans un style un peu plus recherché, en effet.

— Alors ajoute à cela l'idée fixe qu'a ma mère de me trouver une épouse, et tu comprendras dans les grandes lignes ce qui s'est passé.

— Il s'agit donc d'un coup monté ? Cette Tessa Jones n'en est pas moins ravissante, et elle a de très jolies jambes.

Barry lorgna la photo publiée en première page, et Steven dut se retenir pour ne pas poser la main dessus.

— Ce n'est pas ton genre, se contenta-t-il d'observer.

— Ah bon ? Et comment peux-tu en être aussi certain ?

— Elle est plus jeune et plus policée que tes amies d'hier soir.

— J'ai des goûts très éclectiques, répliqua Barry.

Imaginait-il Tessa dans son lit ? se demanda Steven — avant de se féliciter de n'avoir aucun moyen de le savoir.

— Elle te plaît, hein ? dit soudain Barry en agitant le doigt d'un air moqueur.

Steven piqua du nez dans son assiette. Une styliste de dix ans sa cadette le faisait régresser à l'état d'adolescent torturé par ses hormones et, en plus, cet émoi se lisait sur son visage !

— Mange donc ton poisson ! lança-t-il à son ami.

— Je ne vois vraiment pas ce qui t'empêche de sortir avec elle.

— Des considérations que je préfère garder pour moi.

— Bon, je n'insiste pas... J'essayais juste de détendre l'atmosphère avant que nous ne commencions à parler affaires.

— Pourquoi ? Il y a des problèmes avec Franklin Butler ?

— Oui, je le crains. Le comité directeur et lui ont eu une brève discussion, après ton départ, et les nouvelles ne sont pas très bonnes.

— Il ne veut pas acheter les droits des Galaxy Rangers ?

— Aucune décision définitive n'a encore été prise, mais Franklin et ses collaborateurs directs — qui, soit dit en passant, sont comme par miracle toujours d'accord avec lui — trouvent qu'il manque « quelque chose » à tes figurines.

— Tous les petits Américains les adorent, pourtant !

— Je me suis empressé de le souligner, et c'est sans doute pour cela que je n'accéderai jamais au sommet de la hiérarchie.

Steven eut un hochement de tête compréhensif. L'une des choses qu'il appréciait le plus chez Barry, c'était qu'il n'avait pas peur d'exprimer et de défendre ses opinions, même si elles risquaient de déplaire à ses supérieurs. Un homme courageux se cachait au fond de ce dandy hédoniste.

— Il ne nous reste plus qu'à nous atteler au travail pour rendre ces Galaxy Rangers plus attrayants aux yeux de Franklin, conclut-il.

— Je ne serai pas libre demain avant 17 heures au plus tôt, annonça Steven.

— Il n'y a pourtant pas de temps à perdre ! Qu'as-tu donc à faire de si important ?

— J'ai prévu de passer la journée avec Tessa Jones et mes enfants.

— Pourquoi, puisque tu ne comptes pas la courtiser ?

— C'est expliqué dans l'article : mes enfants la prennent pour une héroïne de conte de fées et s'imaginent qu'elle nous appartient. Il faut que je leur enlève cette idée de la tête avant notre départ.

— Le test du baiser devrait suffire à les en débarrasser : il ne transformerait pas en prince un crapaud comme toi !

— Je regrette de ne pas y avoir songé.

— Ça se voit : tu rougis rien que d'y penser ! s'écria Barry avec un clin d'œil complice.

— Je... je voulais juste dire que j'aurais peut-être pu régler le problème de façon plus simple et plus rapide, bredouilla Steven, affreusement gêné.

— Peut-être, mais il est trop tard, maintenant, et nous allons donc devoir reporter notre séance de travail à demain soir.

— Ça ne te dérange pas trop ?

— Non, ne t'inquiète pas.

— Merci de ta compréhension. Ce sera ma récompense pour t'avoir laissé gagner, tout à l'heure.

— Quoi ? s'exclama Barry en se penchant par-dessus la table et en attrapant son ami par le col. Tu sais bien que je suis meilleur que toi en tout : le sport, les femmes, *tout*, je te dis !

Malgré ses soucis professionnels et familiaux, Steven éclata de rire. Il aimait partager avec Barry des moments de joyeuse camaraderie semblables à celui-ci.

Il y avait cependant un plaisir que jamais il n'accepterait de partager avec son ami : la compagnie de Tessa Jones.

106

6.

— Bonjour, monsieur DeWilde! s'écria Shirley Briggs depuis l'intérieur de la vitrine qu'elle était en train de décorer avec ses stylistes. Comme vous le voyez, nous travaillons d'arrache-pied afin d'avoir terminé avant l'ouverture.

Ecartant sans beaucoup de ménagement ses assistantes, elle commença à descendre les trois marches qui la séparaient du sol, mais, arrivée à la deuxième, elle trébucha en se penchant pour cacher derrière un mannequin son gobelet de café et son pain aux raisins.

Gabe fut obligé de lui passer un bras autour de la taille pour l'empêcher de perdre l'équilibre. Tessa et ses deux collègues, Denise et Helen, se poussèrent du coude et pouffèrent de rire.

Après avoir déposé Shirley sur le sol — aussi vite qu'il l'avait pu sans risquer de tomber avec elle —, Gabe examina la vitrine en cours d'aménagement. Comme toujours dans ces cas-là, un drap la protégeait du regard des passants. La composition des devantures était normalement confiée au chef étalagiste du magasin et à ses subordonnés, mais le service « créations » avait obtenu le privilège de faire lui-même les siennes.

Visiblement avide de compliments, Shirley se rapprocha de Gabe et lui déclara, l'index pointé vers les arbustes artificiels qui servaient de toile de fond aux mannequins :

— Nous ne sommes encore qu'en février, mais il faut penser au printemps.

— Mmm..., grommela Gabe sans tourner la tête vers elle, dans l'espoir de la décourager.

— Nous avons eu une idée géniale, continua-t-elle néanmoins. Une robe de cocktail en crêpe de soie à la fois pratique, élégante et relativement bon marché... La tenue parfaite pour un voyage de noces, et qui pourra ensuite resservir à de nombreuses occasions.

Les yeux toujours fixés sur l'assemblage coloré des vêtements exposés, Gabe observa :

— La robe de mariée est celle qui se remarque le plus. Elle est pourtant conçue dans le même style que les autres.

— C'est parce que nous avons choisi pour elle un tissu très blanc et un peu brillant, qui reflète la lumière et attire ainsi le regard.

— L'effet est très réussi.

— Oui, nous en sommes extrêmement fières... n'est-ce pas, mesdemoiselles ?

Les trois stylistes hochèrent la tête sans conviction, ce que Gabe comprit aisément, car il savait que Shirley usait et abusait du « nous » : elle n'était généralement pour rien dans les heureuses initiatives de ses subordonnées. La création de cette robe de mariée, par exemple, était entièrement l'œuvre de Tessa : Gabe en avait vu les ébauches sur son carnet à croquis, quelques semaines plus tôt.

— Nous espérons avoir fini avant l'arrivée des

clients, reprit Shirley en jetant un coup d'œil à sa montre. Beaucoup de jeunes femmes qui travaillent amènent leur mère ici, le samedi matin.

Gabe, qui voulait parler en privé avec sa cousine, tenta de se débarrasser de Shirley en se dirigeant vers les vestiges du concours, rangés dans un coin, tout près des salons d'essayage.

Mais elle le suivit et lui déclara d'une voix mielleuse :

— Ne vous inquiétez pas pour ça, monsieur. Une personne du service d'entretien va venir et les descendra au sous-sol.

— Je ne m'inquiète pas, marmonna Gabe.

— J'ai été très choquée par ce qui s'est passé hier. Le fiancé de Tessa n'aurait jamais dû participer au concours ! Il était de son devoir à elle, en tant qu'employée du magasin, de l'en empêcher.

— Comment l'aurait-elle pu, puisqu'elle le croyait aux Etats-Unis ? répliqua Gabe.

Tessa l'avait appelé la veille pour le mettre au courant de son entretien avec Steven Sanders et de l'accord qu'ils avaient conclu. L'histoire de la demande en mariage surprise était parfaite ; elle dissiperait les éventuels soupçons de tricherie et ménageait à Tessa une porte de sortie : il lui suffirait, après le départ de Steven, d'annoncer qu'elle avait changé d'avis et rompu leurs fiançailles.

— Je trouve tout de même cette affaire très regrettable, insista Shirley.

— M. Sanders ne pensait pas à mal, et tout est réglé, dit sèchement Gabe pour couper court à la discussion. Un autre bulletin a été déclaré gagnant ex æquo — celui de l'institutrice dont le fiancé est en poste outre-mer. Le service des relations publiques a déjà pris contact avec elle et envoyé un communiqué à la presse.

Afin de signifier plus clairement encore à Shirley que la conversation était terminée, il lui tourna le dos et fixa les bannières sur lesquelles s'inscrivait la liste des cadeaux offerts au vainqueur du concours : un voyage de noces à Hawaii, des bouquets pour l'église et la réception de mariage venant d'un grand fleuriste, un dîner préparé par le meilleur traiteur de Londres, un orchestre réputé...

Le piédestal était là, lui aussi, et Gabe sourit en évoquant l'image des deux adorables petits Américains accrochés à la robe d'une Tessa mortifiée. Malgré une situation qui s'annonçait déjà embarrassante pour le magasin, il n'avait pas été mécontent de la voir un peu déstabilisée. Elle était si orgueilleuse, si indépendante, si entière... Jamais encore elle n'avait fait l'expérience d'une relation forte, où compromis et concessions s'imposaient. Ce jour viendrait cependant, et Tessa se rendrait alors compte que le jeu en valait la chandelle.

— Bon, eh bien, si vous n'avez plus besoin de moi, monsieur DeWilde..., déclara Shirley à contrecœur.

— J'aimerais parler à Mlle Jones, si vous pouvez vous passer d'elle un moment.

— Mais certainement !

Pensant de toute évidence que sa subordonnée allait recevoir une réprimande, Shirley se dirigea d'un pas guilleret vers la vitrine et appela Tessa.

Celle-ci rejoignit Gabe près des salons d'essayage et, après avoir vérifié qu'il n'y avait personne aux alentours, elle lui demanda ironiquement :

— Pourquoi n'étais-tu pas là pour m'empêcher de me casser une jambe dans l'escalier, moi aussi ?

— Tu aurais préféré que je ne la rattrape pas, hein ? répliqua Gabe en riant.

— A mon avis, elle serait retombée sur ses pieds d'une façon ou d'une autre... Maintenant, dis-moi ce que tu me veux ! Je ne suis même pas censée être là, puisque le samedi est mon jour de repos, et j'ai en plus un programme très chargé : je dois sauver à moi toute seule l'honneur du magasin.

— Je souhaitais te rappeler de me rendre ton collier, pour que je le mette en lieu sûr. Je tremble depuis dimanche à l'idée que tu le gardes dans ton appartement, où n'importe qui peut le voir et le voler.

— Je l'ai mis en sécurité dans mon coffre à bijoux.

Un coffre qui ne devait pas fermer à clé, songea Gabe, sans illusion.

— Je te l'apporterai demain à l'hôtel Savoy, si ton invitation à dîner tient toujours, proposa Tessa.

— Elle tient toujours. Papa a besoin de distraction, et tu es la meilleure que j'aie sous la main.

— Trop aimable !

— J'aimerais tout de même mieux passer chercher le collier chez toi cet après-midi.

— Je ne serai sans doute pas là.

— Ah ! c'est vrai, j'oubliais... Tu joues les guides pour la tribu Sanders.

— Comment le sais-tu ?

— Ton Steven m'a téléphoné hier soir.

— D'abord, ce n'est pas « mon Steven »... Ensuite, pourquoi diable t'a-t-il téléphoné ?

Gabe nota avec intérêt la rougeur qui était montée aux joues de sa cousine. Natalie avait dit la veille que son père était « très, très beau »... Tessa aurait-elle été sensible à cette extraordinaire séduction ?

— L'appel ne m'était pas personnellement destiné, répondit-il. Steven Sanders désirait joindre mon père, mais la secrétaire m'a passé la communication parce qu'il s'agissait du concours et que c'était moi le responsable de son organisation.

— Que voulait-il ? Qu'on lui expédie les prix à New York ? Qu'on y rajoute une jarretière, pour qu'il l'encadre et la mette au-dessus de la cheminée de son salon ?

— Non, il voulait s'assurer que ton avenir chez DeWilde n'était pas menacé.

— Ah ! c'est... c'est gentil de sa part.

— Je suis du même avis. Quand il a commencé à parler de ton emploi, pourtant, j'ai cru qu'il allait me demander de te renvoyer.

— Non, il est bien trop... intègre pour ça.

— Il a l'air de t'inspirer des sentiments aussi puissants que contradictoires... Aucun homme, à ma connaissance, ne t'a jamais fait réagir de cette façon... Y aurait-il anguille sous roche ?

— Pas du tout ! Il se sert juste de moi pour résoudre les problèmes que lui posent ses enfants.

— Et tu l'acceptes ?

— Oui, parce qu'ils m'attendrissent. Ils cherchent désespérément une mère de substitution, et je ne peux pas m'empêcher de me mettre à leur place, même si je ne suis pas sûre d'être à la hauteur de la situation.

— Considère ça comme une aventure ! N'es-tu pas la femme qui me déclarait, dimanche dernier, qu'elle adorait se réveiller le matin sans savoir ce que la journée lui réservait ?

— Si nous étions seuls, je ne résisterais pas au plaisir de te donner une gifle !

112

— Tu ne manques pas de toupet! Quand je pense que je t'ai suppliée de venir travailler chez DeWilde... Depuis ton arrivée ici, tu ne me causes que des ennuis!

— Je continuerais bien à me disputer avec toi, mais je suis pressée. Salut!

Tessa s'engouffra dans l'un des salons d'essayage, et en ressortit presque aussitôt avec une veste en jean brodée de grosses fleurs sur le devant. Elle l'enfila par-dessus son pantalon lie-de-vin et son T-shirt tissé de fils argentés, avant d'aller se planter devant l'un des nombreux miroirs en pied alignés le long du mur.

La voyant s'examiner d'un œil critique, faire bouffer ses cheveux dénoués, boutonner sa veste puis la déboutonner, Gabe observa avec un sourire narquois :

— Tu es très bien! Et ne t'inquiète pas : tu seras à la hauteur de la situation.

— Et si les choses se passent mal?

— Téléphone!

— A qui?

— A police secours! s'écria Gabe en riant.

Après l'avoir fusillé du regard, la jeune femme pivota sur ses talons, et partit vers l'inconnu d'un pas qui se voulait assuré.

Les Sanders attendaient sur le trottoir lorsque Tessa arrêta sa voiture en face de l'hôtel Hilton. Leur statut de touristes sautait aux yeux : Steven portait un appareil photo en bandoulière, et il contemplait le ciel gris comme s'il espérait y voir le signe d'une éclaircie prochaine. Natalie dansait d'un pied sur l'autre en serrant, contre son cœur, un grand sac à main de cuir noir qui devait avoir appartenu à sa grand-mère. Et Nicky regardait avec émerveillement les chevaux de la garde royale qui se dirigeaient au trot vers Hyde Park. Ils étaient tous les trois vêtus de pantalons de serge bise et d'anoraks dont la valeur dépassait certainement celle de la vieille guimbarde de Tessa.

Elle avait acheté celle-ci à Mme Mortimer pour parfaire son image de modeste employée : elle aurait pu s'offrir un véhicule plus luxueux, mais pas avec son maigre salaire. En outre, la vieille dame avait besoin de vendre sa Honda à une personne capable de payer comptant, afin de pouvoir l'échanger tout de suite contre une voiture plus neuve et plus sûre. Dans son ignorance, elle en avait demandé à Tessa une somme exagérément élevée — que la jeune femme lui avait volontiers versée. Elle avait la ferme intention, une fois son anonymat levé, de lui apporter une aide financière bien plus importante, et, si Mme Mortimer refusait, de lui faire le genre de cadeaux qu'elle aurait aimé faire à sa mère.

Tessa se mit au point mort, puis vérifia dans le rétroviseur la bonne tenue de son rouge à lèvres.

Qu'allait penser Steven de ses vêtements quelque peu excentriques ? songea-t-elle. Il était habillé si sobrement... Mais ne fallait-il pas voir là le symbole du fossé qui les séparait, lui l'homme d'affaires sérieux, elle l'artiste réfractaire à toute espèce de conformisme ? Leur seul intérêt commun, c'était deux enfants un peu trop imaginatifs...

Mais ces derniers étaient également équilibrés, gais et ouverts, et cela prouvait que leur père avait su préserver l'essentiel après la mort tragique de leur mère : ignorant sans doute sa propre douleur, il les avait entourés de l'amour et de l'attention nécessaires à leur épanouissement.

La portière du passager s'ouvrit soudain, et le visage souriant de Steven apparut dans l'encadrement.

— Bonjour! dit-il. Ça va?

— Oui. Nous avons de la chance : je ne pense pas qu'il pleuve, aujourd'hui.

Tessa s'invectiva intérieurement : un simple sourire de cet homme, et elle était troublée au point de proférer des banalités sur la pluie et le beau temps!

Dieu merci, Steven n'eut pas l'air de remarquer son émoi : il avait maintenant entrepris d'installer ses enfants à l'arrière et de leur mettre leur ceinture de sécurité.

— Pourquoi t'as changé de coiffure? demanda Natalie.

Un coup d'œil dans le rétroviseur révéla à Tessa deux petites figures au front plissé par la contrariété.

— Je croyais que vous me préfériez avec les cheveux dénoués, répondit-elle.

— Non, on t'aimait mieux avec ta tresse! répliqua Nicky.

— Moi, je trouve ça très joli, déclara Steven en s'asseyant sur le siège du passager. Et votre tenue aussi.

Tessa eut d'abord l'impression que seule la politesse l'avait empêché d'utiliser un terme moins neutre, comme « accoutrement », mais juste après avoir redémarré, elle le surprit à la considérer d'un œil admiratif, et son cœur bondit dans sa poitrine : peut-être voyait-il enfin en elle autre chose qu'une source de problèmes...

Toujours plus à l'aise quand elle parlait, Tessa expliqua l'histoire des bâtiments intéressants devant lesquels ils passaient. A Picadilly Circus, elle ralentit pour que les enfants puissent admirer à loisir le célèbre rond-point et la statue d'Eros qui se dressait au milieu. Ils poussèrent des « oh ! » et des « ah ! », puis demandèrent à leur guide qui était Eros.

— Le dieu de l'Amour, répondit-elle.

— Je parie que même lui, il est marié, observa Natalie en posant la main sur l'épaule de son père.

— Et s'il ne l'est pas, je suis sûr qu'il compte sur toi pour lui trouver une femme ! rétorqua Steven.

Cette boutade déclencha l'hilarité générale, et l'atmosphère, dans la voiture, devint ensuite de plus en plus joyeuse.

— Je vais vous emmener au musée de l'Enfance, annonça Tessa quand ils eurent fait le tour des monuments les plus connus de la capitale anglaise. C'est l'endroit rêvé pour prendre des photos, Steven, et les enfants en garderont un souvenir impérissable, alors que le temps finira par effacer tout le reste de leur mémoire.

Steven ne dit rien, mais il était certain que le seul souvenir que garderaient Natalie et Nicky de leur séjour à Londres, c'était Tessa. Il était lui-même sous le charme, et tenté de le lui montrer, mais ç'aurait été déloyal de sa part. Son sens de l'honneur lui interdisait de susciter en elle des espoirs qui seraient forcément déçus. Elle était encore assez jeune pour interpréter comme un encouragement la moindre marque d'intérêt, or l'attrait physique qu'il exerçait sur elle ne lui avait pas échappé. Il valait donc mieux feindre l'indifférence.

Ils passèrent les deux heures suivantes dans le bâtiment de brique et de verre du musée, à admirer une collection unique au monde de jouets anciens. Il y avait là des trains, des soldats de plomb, des poupées,

116

et aussi toutes sortes de jeux de société, ce qui permit à Steven de faire des comparaisons avec ceux de la compagnie fondée par son grand-père.

Lorsque Nicky voulut retourner voir les ours en peluche exposés au rez-de-chaussée, Tessa laissa Steven l'y accompagner et emmena Natalie dans la salle des maisons de poupée.

Les cinquante modèles qui s'y trouvaient enchantèrent la fillette. Elle alla de l'un à l'autre, et tomba finalement en arrêt devant ceux du xixe siècle, remplis de copies en miniature de meubles victoriens.

— J'aimerais pouvoir entrer dedans et jamais en ressortir, dit-elle à Tessa. Pas toi ?

Désireuse de donner à la conversation une tournure plus réaliste, la jeune femme montra du doigt l'une des reproductions les plus modestes d'aspect et annonça :

— C'est dans une maison comme celle-là que j'habite.

Puis, comme Natalie la fixait d'un air incrédule, elle insista :

— Je te jure que c'est vrai ! La propriétaire, Mme Mortimer, l'a divisée en quatre appartements, et je lui en loue un.

— C'est une sorcière ?

— Pas du tout ! Je ne connais pas de femme plus douce et plus gentille.

— Ça doit être une bonne fée, alors.

— Mais non ! C'est ma logeuse, une personne bien réelle, qui n'a ni baguette magique ni pouvoir surnaturel.

Cette première tentative de mise au point ne s'étant pas révélée très concluante, Tessa prit Natalie par la main et la guida vers la section des habits de poupée.

— Tu vois ça ? déclara-t-elle. C'est de cette manière que j'ai commencé, en confectionnant des vêtements pour mes poupées. J'avais à peu près ton âge... Regarde les robes de mariée ! Elles sont belles, tu ne trouves pas ?

— Si, mais pas autant que la tienne. La tienne, c'était vraiment celle d'une princesse.

— Ecoute, Natalie, il faut que nous parlions sérieusement, toutes les deux !

— Entre femmes ?

— Si tu veux, parce que j'aimerais, pour une fois, que tu te comportes moins en enfant et plus en adulte.

— Qu'est-ce qu'y a ? T'es fâchée contre moi ?

— Non, je voudrais juste te poser quelques questions.

Tessa emmena la fillette s'asseoir sur un banc, près de la porte.

— A présent, Natalie, réponds-moi franchement : tu sais que je ne suis pas une princesse, n'est-ce pas ? demanda-t-elle.

— Nicky le croit, lui.

— Oui, mais toi ?

— Si je te le dis, tu le répéteras à personne ?

— Non, je te le promets.

— Eh bien, tu pourrais en être une : tu es très jolie, très...

— Natalie...

— Bon, d'accord... Quand je t'ai vue pour la première fois, dans le magasin, j'ai pensé que t'en étais peut-être une. Il y a plein de princes et de princesses en Angleterre, et grand-mère te fixait d'un drôle d'air, comme si t'étais quelqu'un de connu.

Cette remarque intrigua Tessa. Elle n'avait pas fait

spécialement attention à Millicent, ce jour-là, mais pour l'avoir observée avec tant d'intérêt, la vieille dame n'avait-elle pas deviné sa véritable identité ?

— Après, continua la fillette, t'as expliqué que t'en étais pas une, et papa aussi, alors j'ai pensé que grand-mère s'était trompée. C'est pour Nicky, maintenant, que je joue la comédie. Il t'aime beaucoup, et il croit vraiment que tu nous appartiens.

— Je vois...

— Il faut que je le protège, tu comprends. Grand-mère se fatigue vite et le surveille pas d'assez près, quelquefois.

— Alors, ton papa a peut-être raison de vouloir engager une gouvernante.

— Mais une maman, ce serait encore mieux, non ?

— Il faudrait pour cela que ton papa tombe amoureux : car il ne serait pas très heureux, s'il se remariait uniquement pour vous donner une maman.

— Tu l'as rendu très heureux.

Tessa n'en crut pas ses oreilles : où Natalie était-elle allée chercher cette idée ?

Sa surprise devait se lire sur son visage, car la fillette expliqua alors d'elle-même :

— Il a pas crié quand on a sauté sur son lit pour le réveiller, ce matin, et après, je l'ai entendu chanter sous la douche, ce qui lui arrive jamais. En plus, il nous a laissé manger des gaufres au petit déjeuner.

— Il est normal qu'un père soit plus indulgent avec ses enfants en voyage qu'à la maison : il ne veut pas gâcher leur plaisir.

— Mais avant d'aller t'attendre dehors, il a commencé à dessiner une nouvelle histoire pour ses Rangers, et il a créé un personnage qui te ressemble beaucoup.

Le pouls de Tessa s'accéléra.

— Ah bon? s'écria-t-elle.

— Oui, et quand je lui ai dit, il est devenu tout rouge, et il a vite fermé son carnet.

Ainsi, son intérêt pour Steven était partagé... Sans Natalie, peut-être ne l'aurait-elle jamais su. Mais à présent, elle avait envie de l'obliger à l'admettre, pour voir jusqu'où pouvait les mener cette attirance mutuelle.

— Tu crois que c'est possible, Tessa?

Brusquement tirée de ses réflexions, cette dernière bredouilla :

— De... de quoi parles-tu, Natalie?

— De papa, qui tomberait amoureux de toi, et toi de lui, et après, il t'épouserait.

— Je... je l'ignore.

— Il faut pourtant que tu te décides vite : on repart dans une semaine !

— On ne « décide » pas de tomber amoureux ou non. Ce que je peux faire, en revanche, c'est devenir ton amie.

— C'est pas du tout pareil !

Les lèvres de la fillette tremblaient, comme si elle était sur le point de pleurer. Emue, Tessa lui caressa les cheveux et déclara :

— L'amitié est une chose très importante, dans la vie, et nous nous ressemblons, par certains côtés. Moi aussi, j'ai perdu ma mère quand j'étais petite, et elle me manque encore.

— Ça veut dire que t'en as pas trouvé une autre?

— Non, mon père ne s'est jamais remarié.

— Ça a pas dû être facile pour toi ! s'exclama Natalie d'une voix où s'exprimait une profonde compassion.

120

— Non, mais une vraie amitié apporte beaucoup de joies, tu verras! Des amies vont faire les magasins ensemble, par exemple, elles se confient des secrets, se téléphonent quand elles sont séparées...

— Papa a un numéro à New York où on peut appeler sans que ça coûte rien, alors tu m'appelleras tous les jours, mais avant ou après l'école, d'accord?

— Peut-être pas tous les jours, mais souvent, je te le promets. Tout ce que je te demande en échange, c'est de préparer tout doucement Nicky à la nouvelle que je ne suis pas un personnage de conte de fées.

— J'essaierai, mais ce serait pas plus simple que tu te maries avec papa?

Tessa fit non de la tête, et pourtant elle n'était pas loin de penser que Natalie avait raison.

Après la visite du musée, Tessa s'arrêta dans un restaurant chinois pour acheter des plats à emporter, puis elle conduisit les Sanders à son appartement.

— Nous sommes arrivés! annonça-t-elle en se garant devant la porte. J'habite au premier étage, dans la partie gauche du bâtiment.

Steven aida les enfants à descendre de la voiture et regarda en même temps autour de lui d'un œil intéressé. La rue était tranquille, avec de larges trottoirs et des maisons datant d'un siècle au moins, mais dont les façades rénovées formaient un ensemble harmonieux et plein de charme.

Il s'arracha à sa contemplation pour décharger Tessa du sac du déjeuner. Elle poussa ensuite les enfants vers un petit perron surmonté d'une marquise, et il la suivit, mais en laissant quelques mètres entre eux afin de mieux admirer sa silhouette menue, aux mouvements à la fois vifs et gracieux.

Un frisson le secoua, malgré la température clémente et la chaleur qui se dégageait des boîtes de nourriture. Il sentait ses défenses très près de s'abattre, aujourd'hui. Les quelques heures précédentes avaient été pour lui une délicieuse torture : jamais il n'avait rencontré aucune femme alliant, comme Tessa, douceur et vitalité, séduction et absence totale d'affectation. Il la trouvait infiniment désirable, mais qu'avait-il à lui offrir ? Elle méritait mieux qu'une brève aventure avec un homme décidé à ne plus tomber amoureux...

Le temps que Steven pénètre dans la maison, Tessa et les enfants montaient déjà l'escalier. Ils parlaient à bâtons rompus, gais et volubiles, comme s'ils se connaissaient depuis toujours... Tessa avait un cœur généreux, le genre de cœur qui se brisait facilement, et Steven s'adjura de s'en souvenir, si jamais la tentation de lui faire des avances devenait trop forte.

Lorsqu'ils furent tous dans l'appartement, la jeune femme invita ses visiteurs à accrocher leurs anoraks à la patère de l'entrée. Elle mit sa veste sur le dos d'une chaise, puis alla tirer les rideaux des fenêtres donnant sur la cour. Natalie et Nicky étaient déjà en train d'examiner avec curiosité le matériel de couture éparpillé dans le séjour — machine à coudre, mannequin, patrons, boîtes de boutons, rouleaux de tissu...

— Excusez le désordre, dit Tessa à Steven d'un air gêné. Je range habituellement mes affaires derrière un paravent, quand j'attends de la visite, mais là, étant donné que vous souhaitiez que les enfants voient mon univers dans toute sa réalité...

— Vous avez eu raison... Où dois-je poser le déjeuner ?

122

— Sur la table, là-bas. La cuisine n'est pas assez grande pour que nous y logions tous. Comme vous pouvez le constater, cet appartement n'a rien de luxueux. Je le loue meublé, et dès que j'en trouverai le temps, je confectionnerai de nouveaux rideaux et des coussins pour les sièges, mais son aspect actuel devrait convaincre Natalie et Nicky que je ne suis pas une princesse.

La jeune femme se dirigea vers la cuisine et commença à sortir des assiettes d'un petit placard fixé au-dessus de l'évier. Steven la suivit. Les enfants étaient occupés à classer des bobines de fil par couleurs, et il voulait en profiter pour parler de Millicent à Tessa.

— Si ma mère était à votre place, déclara-t-il en guise de préambule, elle irait acheter des rideaux et des coussins tout faits dans le magasin d'ameublement le plus cher de Londres.

— Oui, nous menons des vies entièrement différentes, elle et moi, mais je ne la critique pas : la sienne semble parfaitement lui convenir.

— Elle est très extravertie, et son sens des rapports humains a rendu de grands services à l'entreprise familiale. Sanders Novelties marchait assez bien, quand elle a rencontré mon père, mais mon grand-père et lui manquaient de contacts dans les milieux influents.

— Tandis que votre mère, elle, en avait?

— Oui, et elle a su les utiliser. C'est la fille d'un gros banquier de Boston, et même si son côté manipulateur m'irrite, je dois admettre qu'elle l'a utilisé à bon escient, dans ce domaine précis.

— Elle joue encore ce rôle de relations publiques, dans votre société?

123

— Non, mais c'est devenu chez elle une sorte de besoin, qu'elle assouvit désormais en se mêlant de ma vie privée.

— Pourquoi me racontez-vous tout cela ?

Steven s'adossa au mur et répondit, les yeux fixés sur ses pieds :

— Pour que vous ne la jugiez pas trop sévèrement. Elle tient absolument à ce que je me remarie, et comme je m'y refuse, elle essaie de me forcer la main. Pour mon bien, pense-t-elle... Mon père la laissait organiser leur existence à sa guise : cela lui plaisait de savoir qu'en rentrant le soir après une dure journée de travail, il n'aurait plus aucune décision à prendre. Moi, j'ai toujours mal supporté l'autorité de ma mère, et je suis allé m'installer dans le Connecticut dès que j'en ai eu la possibilité. J'avais fait des études de droit et je travaillais là-bas dans un cabinet d'avocats. Mais quand mon père a été atteint d'un cancer, il m'a fallu retourner à New York pour m'occuper de l'affaire familiale. Ce devait être à titre temporaire, au départ, et puis mon père est mort, Renée aussi, et comme j'avais besoin de ma mère pour s'occuper des enfants, je suis retombé sous sa coupe. J'ai récemment décidé d'engager une gouvernante, mais cette idée lui déplaît profondément et a renforcé sa volonté de me trouver une épouse. D'où ce plan ridicule de participer au concours pour nous forcer, vous et moi, à nous rencontrer.

— Je comprends mieux la situation, maintenant, mais je n'ai pas attendu vos explications pour éprouver de la sympathie envers Millicent.

— Malgré tous les ennuis qu'elle vous a causés ?

— Oui, elle est pleine de bonnes intentions, et je ne peux pas m'empêcher d'être flattée qu'elle m'ait jugée digne de devenir sa belle-fille.

Une onde de soulagement parcourut Steven. Sa mère — et lui par contrecoup — avait eu beaucoup de chance de tomber sur une femme aussi compréhensive que Tessa.

Il aida ensuite la jeune femme à transporter assiettes et couverts dans le séjour. Affamés, les enfants accoururent pour se mettre à table, mais Tessa leur demanda gentiment d'aller d'abord se laver les mains. Ils obéirent sans discuter, ce qui stupéfia Steven. Ils l'aimaient décidément beaucoup, et sans doute parviendrait-elle à les persuader de sa réalité. Mais si cela avait pour seul résultat de renforcer leur désir de la voir entrer dans la famille? A ses yeux à lui, en tout cas, la personne bien réelle qu'était Tessa possédait un charme irrésistible... Une sourde angoisse commença de le gagner, qui augmenta encore lorsque Natalie, revenue de la salle de bains, lui déclara d'un ton pénétré :

— Tu sais quoi, papa? Tessa a perdu sa maman quand elle était petite, elle aussi. C'est triste, hein?

— Oui, mais cela ne l'a pas empêchée de devenir une jeune femme très épanouie, répondit-il prudemment.

— Moi, je crois que, si des gens tristes vivent ensemble, ils peuvent être très heureux.

Feignant de ne pas comprendre l'allusion, Steven s'écria avec un entrain forcé :

— Je meurs de faim! Si nous mangions, à présent?

Pendant le repas, Tessa expliqua aux enfants comment elle créait un vêtement, de la première ébauche jusqu'au dernier coup d'aiguille. Ils l'écoutèrent attentivement et lui posèrent ensuite de nombreuses questions sur ses projets en cours.

Après quoi, elle s'assit par terre avec eux et leur demanda de l'aider à ranger dans sa boîte à couture tous les objets éparpillés sur le sol. Ils trouvèrent d'abord amusant de disposer les bobines de fil et autres bouts de dentelle dans les compartiments prévus à cet effet, mais ils finirent par se lasser, et la jeune femme les autorisa à aller visiter sa chambre, située au bout du couloir. Ils partirent d'un pas guilleret, Natalie serrant de nouveau contre sa poitrine son grand sac à main, qui semblait la suivre dans tous ses déplacements.

Steven qui, pendant ce temps, avait débarrassé la table et lavé assiettes et couverts, sortit alors de la cuisine en s'essuyant les mains à un torchon.

— Vous avez été formidable, observa-t-il.

— Vous aussi, dit Tessa. Je déteste faire la vaisselle.

Le moment était venu de tester son ascendant sur lui, pensa-t-elle, de vérifier si Natalie n'avait pas exagéré l'attirance qu'il éprouvait pour elle.

Elle s'allongea donc sur le sol, mit ses bras derrière la tête et ferma à demi les yeux, comme si une brusque fatigue l'avait terrassée. A travers ses paupières entrouvertes, elle vit Steven la fixer intensément, puis s'approcher à pas lents, se pencher...

— Tessa ? chuchota-t-il d'une voix rauque.

— Excusez-moi ! s'écria-t-elle en se relevant d'un bond. J'avais besoin de détendre un peu les muscles de mon dos.

— Vous ne vouliez pas plutôt m'aguicher ?

— Si c'était le cas, cela vous déplairait ?

— Je... je ne sais pas.

— Menteur ! Et pourquoi avez-vous l'air si effrayé ? De quoi avez-vous peur ?

Le rouge de la colère empourpra les joues de Steven.

— Je n'ai pas peur ! protesta-t-il.

— Oh ! si, répliqua gaiement Tessa. Vous êtes même terrifié !

D'un geste vif qui la prit totalement au dépourvu, Steven passa le torchon autour de son cou et attira son visage vers le sien.

— Que... que faites-vous ? balbutia-t-elle.

— J'essaie peut-être de vous effrayer, vous aussi.

— Ah ! les choses commencent enfin à prendre une tournure intéressante..., murmura Tessa.

Puis elle se mit sur la pointe des pieds et leva la tête vers lui.

7.

Les lèvres de Tessa allaient se poser sur celles de
Steven lorsque quelqu'un frappa bruyamment à la
porte d'entrée. Ils s'écartèrent l'un de l'autre juste à
temps pour ne pas être surpris par Natalie, qui arrivait en courant de la chambre, Nicky sur ses talons.

— Qui ça peut bien être ? déclara la fillette,
comme si l'intrusion d'un étranger dans leur petit
monde clos la choquait.

Steven haussa les épaules d'un air innocent et
lança le torchon sur une chaise, comme pour se
débarrasser d'une pièce à conviction.

— Nous allons voir, dit Tessa en lissant discrètement de la main ses cheveux ébouriffés.

Avant qu'elle n'eût fini de se recoiffer, cependant,
la porte s'ouvrit et une voix annonça :

— Ce n'est que moi, Mme Mortimer.

Une femme corpulente aux traits forts et au visage
couperosé, vêtue d'une robe d'intérieur grise à pois
blancs, franchit le seuil. En apercevant les enfants,
elle s'écria avec ravissement :

— Alors vous avez amené ici les petits anges !
M. Gentry ne s'était donc pas trompé !

— J'ignore comment mes voisins se débrouillent pour toujours tout savoir sur moi, murmura Tessa à Steven.

Celui-ci se contenta de sourire. Qui aurait pu s'empêcher de s'intéresser à elle ?

— C'est nous, les petits anges ? demanda Nicky en tirant sur le T-shirt de la jeune femme.

— Bien sûr ! s'exclama Mme Mortimer. Et vous êtes célèbres : on parle de vous dans le journal... Et voilà l'heureux élu ! Dommage que vous n'ayez pas été dans le magasin au moment de la proclamation des résultats, monsieur Sanders, sinon vous auriez votre photo dans le journal, vous aussi !

Steven jeta un coup d'œil méfiant à ses enfants. Cette vieille dame semblait sortir tout droit d'un livre d'histoires : à quel personnage allaient-ils donc l'assimiler ?

— J'ai été surprise d'apprendre que notre Tessa avait un fiancé, poursuivit la logeuse en s'approchant pour lui donner une vigoureuse poignée de main.

La vivacité de ses mouvements étonna Steven. Elle devait avoir dans les soixante-cinq ans, et pourtant elle se déplaçait avec l'agilité d'une personne beaucoup plus jeune — et moins enrobée.

La deuxième chose qui le frappa, ce fut son affection évidente pour Tessa : elle la considérait sans doute un peu comme sa fille, et sa visite inopinée avait manifestement pour but de vérifier s'il était digne de sa protégée.

Le mauvais côté de cette démarche louable, c'était l'interrogatoire auquel elle comptait certainement le soumettre. Il redoutait à l'avance ses questions sur une relation inventée de toutes pièces : comment

130

pourrait-il se résoudre à mentir devant Natalie et Nicky alors que, dans le même temps, il essayait de leur enseigner à faire la part des choses entre réalité et fiction ? Il n'y avait décidément pas de métier plus difficile que celui de parent !

Par chance, les enfants le sortirent de ce dilemme en se dirigeant vers le couloir.

— Vous retournez dans la chambre de Tessa ? leur demanda-t-il, afin de s'assurer qu'ils n'avaient pas quelque bêtise en tête.

— Oui, répondit Natalie. On cherche sa dot.

— Allez-y ! dit la jeune femme, jugeant probablement leur départ préférable, elle aussi.

— Comme c'est touchant ! s'écria Mme Mortimer. A présent, si vous me racontiez comment vous vous êtes connus, tous les deux ? Les autres locataires voudront le savoir, et il faut que je puisse leur donner des informations exactes.

— Nous nous sommes connus à New York, déclara Tessa. C'était l'an dernier, à l'époque où je travaillais à Paris.

Elle avait vécu à Paris ? pensa Steven, surpris. Il se sentait soudain avide d'en apprendre davantage sur elle. C'était pourtant dangereux, car cela la rendrait encore plus réelle, encore plus attirante...

— Oui, je comprends ! s'exclama la logeuse. New York est une ville si romantique !

— Vous y êtes déjà allée ? s'enquit Steven, dans l'espoir de détourner la conversation.

— Non, mais j'ai vu *Diamants sur canapé* au moins vingt fois, et la Cinquième Avenue est visiblement l'endroit idéal pour une jeune fille en quête d'aventure.

La vieille dame ferma les yeux et poussa un soupir mélancolique, comme si elle s'identifiait temporairement à Audrey Hepburn, mais elle rouvrit vite les paupières — bien trop vite au goût de Steven — et encouragea du regard Tessa à continuer.

— Steven habite New York, expliqua docilement cette dernière, et nous nous sommes rencontrés à Central Park. Il y avait beaucoup de vent, mon écharpe s'est envolée et il a couru pour la rattraper. J'avais apporté un pique-nique, que nous avons partagé...

— Et l'étincelle s'est produite, enchaîna Steven avant d'enlacer la taille de Tessa.

Sa voix exprimait une émotion qui paraissait sincère, mais Tessa eut à peine le temps de s'en étonner, car les doigts de son « fiancé » touchèrent soudain la bande de peau que laissait à découvert le bas de son T-shirt. Cela ne dura qu'une seconde, mais cette seconde lui suffit pour être submergée par une vague de volupté.

— Quoi qu'il en soit, dit-elle d'une voix aussi calme que le lui permit le trouble de ses sens, Steven a voulu me faire une demande en mariage surprise. Et quand, en arrivant à Londres, il a découvert que DeWilde organisait ce concours, il a vu là l'occasion de me surprendre encore plus.

— C'était un signe du destin, comme dans les films ! s'exclama Mme Mortimer, aux anges.

Natalie et Nicky reparurent alors et s'approchèrent d'un pas décidé de la vieille dame. Les appréhensions de Steven revinrent : ils avaient sans doute discuté d'elle et s'apprêtaient maintenant à vérifier la justesse de leurs conclusions.

— C'est ta maison, ici ? lança Nicky à la logeuse.

— Euh... oui, répondit-elle, interloquée. J'y vis depuis trente ans.

— Tessa peut en partir quand elle veut ?

— Partir ? Mais oui, bien sûr !

Le petit garçon donna un coup de coude à sa sœur, qui dut comprendre que c'était à elle de poser la question suivante, car elle demanda aussitôt :

— T'as un grand four ?

Tessa toussota pour attirer l'attention de la fillette et, lorsque leurs regards se croisèrent, elle fronça les sourcils en guise d'avertissement.

— Ah oui ! déclara Natalie en se tournant vers son frère. Mme Mortimer est une personne réelle, Nicky, et je suis sûre que son four lui sert juste à cuisiner de bons petits plats.

— J'ai justement fait une tarte aux pêches, cet après-midi, indiqua la vieille dame, et ça me rappelle que je suis montée pour vous proposer de venir en manger un morceau.

— C'est généralement moi sa goûteuse attitrée, expliqua Tessa aux enfants, mais je pense qu'elle ne m'en voudra pas si je vous laisse ma place aujourd'hui.

— On peut, papa ? s'écrièrent en chœur Natalie et Nicky.

Steven hésita. Il n'avait guère envie de voir disparaître son moyen de défense le plus sûr contre les tentatives de séduction de Tessa, mais comment résister au regard suppliant de ses enfants ?

— D'accord, dit-il.

— Je vous les ramène dans une demi-heure, annonça Mme Mortimer.

Lorsqu'il fut seul avec Tessa, Steven secoua la tête et observa :

— J'ai bien cru que votre propriétaire allait se retrouver dans le rôle peu flatteur de la sorcière de Hänsel et Gretel, mais vous avez sauvé la situation d'un simple froncement de sourcils... Quel est votre secret ?

— Et si vos enfants avaient raison, finalement ? Si j'étais une héroïne de conte de fées dotée de pouvoirs magiques ?

— Non, ils commencent eux-mêmes à comprendre que certaines personnes réelles peuvent être aussi fascinantes que les fées et les princesses de leurs livres d'histoires.

— Merci, murmura la jeune femme en rougissant.

— C'est à moi de vous remercier : vous avez fait exactement ce qu'il fallait pour convaincre Natalie et Nicky de votre réalité.

Steven hésita à continuer, puis s'assit dans un fauteuil, comme si le poids de l'aveu qu'il avait sur le bord des lèvres l'écrasait.

— Vous les avez de toute évidence subjugués, finit-il par déclarer.

— Si nous oubliions un peu les enfants pour nous occuper de nous, à présent ? suggéra Tessa en s'approchant de lui et en posant les mains sur ses épaules.

Le cœur de Steven s'emballa. L'instant redouté était arrivé... Allait-il pouvoir résister à la tentation ?

— Non, Tessa, articula-t-il avec peine, ce n'est pas une bonne idée.

— Pourquoi ?

— A cause de la différence d'âge, pour commencer : j'ai trente-sept ans, et vous à peine vingt-cinq, j'imagine...

— J'en aurai vingt-six dans quelques mois, et l'âge n'a de toute façon aucune importance à mes yeux.

— Admettons, mais il y a plus grave : je repars dans une semaine, et je suis sûr que vous n'êtes pas une adepte des amours de passage.

— Qu'en savez-vous ?

— Cela ne correspond pas à ce que j'ai déjà pu deviner de votre personnalité.

Les arguments de Steven n'eurent aucun effet sur Tessa. Au lieu de s'écarter, elle se mit à lui couvrir le dos de lentes caresses et remarqua :

— Inutile de me dire que je vous laisse indifférent, parce que je ne vous croirai pas. Et je n'ai pas peur, moi, de reconnaître que vous me plaisez.

Pour se retenir de l'enlacer, Steven s'obligea à se rappeler ses bonnes résolutions de tout à l'heure : Tessa était vulnérable, et il risquait de lui faire du mal en cédant à son désir. Et une autre raison venait à présent renforcer sa résolution : elle représentait une menace pour lui aussi, car il la sentait capable d'exhumer des émotions et des secrets qu'il préférait garder enfouis au plus profond de lui-même.

— Restons-en là ! décida-t-il. Vous m'attirez, je l'admets...

— Alors, où est le problème ?

— ... mais je refuse de profiter des circonstances artificielles qui nous ont amenés à nous rencontrer, et de m'engager dans une liaison en sachant qu'elle se terminera à peine commencée. Les chances de ne pas s'en sortir indemnes sont trop élevées, pour vous comme pour moi.

— Je ne pense pas que je vais pouvoir résister à l'envie de vous embrasser, chuchota Tessa avec un sourire espiègle.

— Merci de me prévenir !

— Vous ne me croyez pas ?

— Non !

— Eh bien, vous avez tort !

Tessa s'assit alors à califourchon sur les genoux de Steven, mit les mains de chaque côté de son visage et s'empara de ses lèvres. Une onde brûlante se répandit aussitôt dans ses veines, et il oublia tout le reste. Sa bouche s'ouvrit d'elle-même pour accueillir le voluptueux assaut de la langue de Tessa, et il se laissa emporter par le tourbillon de sensations qui fusaient en lui.

La voix de la sagesse finit cependant par couvrir le tumulte de ses sens : non, il ne devait pas continuer ; ce fougueux baiser dépassait déjà les limites du raisonnable, et risquait de l'entraîner encore plus loin.

Il repoussa doucement la jeune femme, la souleva par la taille et la posa sur le sol.

— Qu'y a-t-il ? s'écria-t-elle. Vous trouvez que j'embrasse mal ?

— Non, au contraire, mais comme je vous l'ai dit tout à l'heure...

— Vous ne voyez donc pas qu'il se passe quelque chose de fort entre nous, quelque chose contre quoi aucune de vos objections ne peut rien ? Songez aux confidences que vous m'avez faites hier et aujour-d'hui... N'étaient-elles pas aussi intimes que celles que partagent des amants ?

— J'ai trop parlé..., marmonna Steven, d'autant plus agacé par cette remarque qu'elle était sans doute vraie.

— Alors demandez-vous pourquoi ! Pourquoi un homme aussi méfiant que vous à l'égard des femmes s'est ainsi épanché auprès d'une parfaite étrangère... Ou, si cela vous gêne moins, pourquoi je me montre si entreprenante avec vous, malgré tout ce qui nous sépare... Je vous répète qu'il se passe entre nous quelque chose de fort, qui échappe à notre contrôle ! Mais vous préférez le nier... Je vous ai rendu le service que vous attendiez de moi et, maintenant, je ne suis plus qu'un fardeau pour vous !

Tremblante de colère, Tessa courut vers la porte et l'ouvrit toute grande.

— Vous me jetez dehors ? s'exclama Steven, consterné.

— Non. Par égard pour les enfants, je ne le ferai pas, mais je ne supporterai pas de rester une minute de plus seule avec un homme qui vient de m'infliger une telle humiliation ! Nous allons descendre manger la tarte aux pêches de Mme Mortimer, nous conduire comme si nous étions les meilleurs amis du monde, et ensuite je vous dirai adieu — pour toujours !

— Ah, te voilà enfin, maman ! s'écria Steven en levant les yeux du cahier à dessin ouvert devant lui, sur le bureau du salon.

— Enfin ? répéta la vieille dame avant de refermer la porte et d'enlever son manteau. Il n'est pas si tard : à peine minuit !

— Tu te couches pourtant bien plus tôt, d'habitude.

Les joues de Millicent devinrent aussi roses que son élégante robe de cocktail en mousseline de soie.

— C'est vrai, admit-elle, mais je m'amusais tellement que j'ai oublié l'heure.

— Je suis ravi que tu aies passé une bonne soirée. Si tu me la racontais ?

— Non, tu es en plein travail. Je ne veux pas te déranger.

Steven posa son crayon, se leva et s'étira. Sa mère était en train d'ôter ses sandales argentées et s'efforçait de prendre un air blasé, mais elle était manifestement plus excitée qu'il ne l'avait vue en trois ans.

C'était bien là l'ironie du sort, songea Steven : elle venait de passer l'une de ses meilleures journées depuis bien longtemps, et lui l'une des pires.

— J'ai besoin de faire une pause, déclara-t-il, et je sais, en plus, que tu meurs d'envie de me rapporter tous les commérages que tu as recueillis ce soir.

— Des commérages ? J'étais en brillante compagnie, je te signale !

— Ah bon ? Et qui composait cette « brillante compagnie » ?

— La comtesse Elise Van Tileckie, Paul Filborn et le baron Edward Westcott.

— Je ne connais aucune de ces personnes.

— Evidemment : tu ne t'es jamais intéressé à mes relations. Je suis sûre que tu ne te rappelles même pas mes liens avec les DeWilde.

— J'avoue que non. Quelle est la nature de ces liens ?

— Ma vieille amie Céleste Montiefiori leur est apparentée.

— N'est-ce pas elle qui a abandonné sa famille ?

— Si, mais cela ne l'empêche pas d'être quelqu'un de charmant, et ses petits-enfants le sont tout autant, d'après ce que j'ai entendu dire.

— Je n'ai pas l'intention de faire des mondanités pendant ce séjour à Londres, alors n'accepte aucune invitation pour moi, je t'en prie ! Tu me le promets ?

— Je te jure de ne plus te présenter personne sans ton accord.

— Bien... Raconte-moi ta soirée, à présent !

Millicent s'installa dans le canapé et expliqua, après avoir invité son fils à s'asseoir près d'elle :

— Nous sommes d'abord allés voir un vieux film avec Gary Cooper, et j'ai ensuite proposé un dîner au Wiltons. Tu sais, ce restaurant que j'aime tellement... Nous avons commandé du caviar en entrée, et je tiens à préciser, avant que tu ne me reproches de ne pas avoir respecté mon régime hyposodé, que j'en ai mangé très peu. En plat principal, j'ai pris la grande spécialité du Wiltons, les côtes d'agneau à la sauce à la menthe, et en dessert...

— Un diplomate à la cerise, coupa Steven avec un sourire amusé.

— Suis-je donc si prévisible ? s'écria sa mère en riant.

— Pas toujours, malheureusement.

— Arrête de me taquiner !

Steven, qui n'avait pas vu Millicent depuis le petit déjeuner, la trouvait transformée. Avec ses yeux brillants, son visage animé, elle paraissait dix ans de moins que son âge. Il en fut content, mais aussi troublé, car cela lui rappelait que ses enfants et lui empêchaient la vieille dame de mener une vie qu'elle adorait.

— Qu'y a-t-il, chéri ? demanda-t-elle. Tu as l'air soucieux, tout d'un coup.

— Non, j'étais juste en train de me dire que tu as

dû consentir beaucoup de sacrifices, ces trois dernières années. Tu n'as presque plus de temps à toi, et je suis heureux que, pour une fois, tu aies la possibilité de t'amuser avec des amis dans l'une de tes villes préférées.

— Oui, c'était merveilleux ! J'ai noué la plupart de ces liens quand j'accompagnais ton père en voyage d'affaires. Le plus important, alors, c'était de se faire des relations utiles pour le développement de l'entreprise, et j'en ai retiré de grandes satisfactions. Mais à présent, je peux en profiter pleinement, parce qu'il n'y a plus de pression ni d'enjeu. C'est l'un des rares avantages de la vieillesse : les gens âgés n'ont plus d'obligations qu'envers leurs amis et leur famille.

— Mais toi, tu as été obligée de te couper de tes amis pour élever tes petits-enfants...

— Et alors ? C'est un choix, et je ne le regrette pas. Ces deux petits monstres sont ce que j'ai de plus cher au monde.

— Je suis sûr que tu n'as pas arrêté de parler d'eux, pendant le dîner. Il y a toujours une sorte de rivalité, entre les grands-parents, pour savoir qui a les petits-enfants les plus beaux et les plus intelligents.

— Tout à fait. Et les miens ont gagné haut la main !

— Cette soirée ne t'aurait pas fait changer d'avis sur l'opportunité d'engager une gouvernante, par hasard ?

— Pas du tout ! Pourquoi aurais-je changé d'avis ?

— Parce que, en plus de te décharger d'une responsabilité lourde et fatigante, cela te permettrait de voyager et de sortir avec tes amis aussi souvent que tu le voudrais.

La vieille dame se redressa vivement et s'exclama d'une voix vibrante de colère :

— Ma vie me convient parfaitement telle qu'elle est, et je continuerai de m'occuper des enfants jusqu'à ce que tu aies trouvé une meilleure solution... A moins que je ne meure avant ! Mais je te préviens : j'ai la vie dure, aussi tu vas devoir te décider à te remarier, ou bien à cesser de récriminer. Si tu pouvais faire les deux à la fois, ce serait parfait... Et à propos de perfection, comment s'est passée ta journée avec Tessa ?

— Bien. Elle a réussi à convaincre Natalie qu'il y avait plus d'avantages à aimer une personne en chair et en os qu'un être imaginaire.

— C'est très habile de sa part, compte tenu de l'influence qu'a Natalie sur son frère. Tu peux remercier Tessa : elle t'a rendu un immense service.

— Quand elle a pris une décision, elle s'y tient.

Cette remarque valut à Steven un regard inquisiteur de la part de Millicent. Il pensa aussitôt qu'il aurait mieux fait de se taire. Sa mère était d'une perspicacité redoutable.

Et en effet, elle observa sans le quitter des yeux :

— Il y a dans ta voix une gravité qui m'inquiète.

— Tu as trop d'imagination !

— Non, tu as eu un problème avec Tessa, je le sens.

— Eh bien, oui, si tu veux le savoir ! Il se trouve que je l'attire... Elle a même tenté de m'embrasser.

— Vraiment ? Et y est-elle arrivée ?

— Euh... oui, répondit Steven en croisant les bras

pour empêcher sa mère de voir que ses mains tremblaient.

— Et ça t'a plu ?

— Beaucoup.

— Mais ensuite, tu t'en es voulu de t'être laissé aller, alors tu as retourné ta colère contre Tessa ?

— C'est elle qui a décrété que nous devions cesser toute relation.

— Dans le seul but de sauvegarder sa dignité, sans aucun doute.

— Tu n'y étais pas. Tu ne peux pas comprendre...

— Détrompe-toi : je te connais mieux que tu ne te connais toi-même... Allons nous coucher, à présent. La nuit porte conseil.

— Vas-y, toi ! Moi, il faut que je sorte.

— A cette heure ? Pour quoi faire ?

Steven n'avait pas l'intention de parler à sa mère de la tournure inquiétante qu'avaient prise ses négociations avec Butler Toys. Il avait promis à son père mourant d'épargner à Millicent tout souci concernant les affaires de Sanders Novelties, et la reculade de Franklin Butler à propos de l'achat des droits des Galaxy Rangers l'aurait beaucoup tracassée.

Quand elle était arrivée, tout à l'heure, Steven venait d'avoir Barry Lambert au téléphone, et ils étaient convenus de se retrouver chez lui dès que Millicent serait là pour garder les enfants. Ils y passeraient la nuit si nécessaire, mais il fallait absolument découvrir le moyen d'apporter aux figurines le « quelque chose » dont Franklin Butler les accusait de manquer.

Rompant le silence tendu qui s'était installé dans la pièce, la vieille dame déclara :

142

— Tu as rendez-vous avec ce Barry Lambert, n'est-ce pas ? Il n'a donc pas fini de te présenter toutes les femmes sans cervelle ni éducation qu'il connaît ?

Pour une fois, la mauvaise opinion que Millicent avait de son ami arrangeait Steven.

— Je vais en effet rejoindre Barry dans sa garçonnière, répondit-il. Si tu as besoin de m'appeler, son numéro est dans mon carnet d'adresses, près du téléphone.

— Tu es sûr que les enfants dorment ?

— Oui, je ne les entends plus depuis deux bonnes heures.

— Alors, à demain.

— Bonne nuit, maman.

Pendant que sa mère se dirigeait vers la chambre qu'elle partageait avec Natalie et Nicky, Steven retourna au bureau, enleva de son cahier à dessin les feuilles qu'il avait noircies depuis le coucher des enfants, puis il se hâta de les mettre dans sa poche, au cas où Millicent aurait rebroussé chemin.

Mais la vieille dame était trop en colère pour s'occuper plus longtemps de son fils. Elle ouvrit doucement la porte et entra à pas de loup dans la chambre. À la lumière qui filtrait du salon, elle vit les deux petites silhouettes perdues dans le grand lit, et son visage s'adoucit.

Le drap et les couvertures étaient en désordre — sans doute les enfants avaient-ils sauté dessus avant de se coucher —, et Millicent alla border le lit, du côté de Nicky d'abord, puis du côté de Natalie.

La fillette était allongée en chien de fusil, le visage tourné vers la fenêtre, un Galaxy Ranger serré contre sa poitrine. Elle préférait les poupées, mais son amour pour son père la poussait à tenter de lui faire plaisir en montrant qu'elle s'intéressait aux productions de l'entreprise familiale.

Les règles qu'appliquait Millicent en matière d'éducation étaient peu nombreuses et assez souples, mais il y en avait une qui lui tenait à cœur : les enfants ne devaient pas dormir avec les Rangers ; ces derniers étaient en plastique très dur et risquaient de les blesser pendant leur sommeil.

Très doucement, elle enleva la figurine à Natalie, qui soupira et roula sur le dos. Ses longs cheveux bruns se déployèrent sur l'oreiller, et la vieille dame étouffa un cri.

Le collier de perles et de diamants des Montiefiori brillait au cou de la fillette !

8.

Millicent porta une main à sa gorge.

La vue du collier de Tessa l'avait mise en état de choc. Son cœur battait à grands coups dans sa poitrine, et elle ne parvenait à former qu'une seule pensée cohérente : ce bijou n'avait pas de prix, pas de prix, pas de prix...

Comment s'était-il retrouvé autour du cou de Natalie ? se demanda-t-elle quand un peu de sang-froid lui fut revenu. S'efforçant de chasser les images de policiers arrivant, toutes sirènes hurlantes, pour accuser son fils et sa petite-fille de vol qualifié, elle chercha une explication raisonnable à ce mystère. Malgré son imagination fertile, elle n'en découvrit malheureusement aucune qui aurait pu innocenter la fillette.

Non, il fallait se rendre à l'évidence : Natalie avait trouvé le collier dans l'appartement de Tessa au cours de l'après-midi, il lui avait plu, et elle l'avait emporté — en le cachant sans doute au fond de son grand sac à main.

Le pouls de Millicent s'affola de nouveau : et si Tessa avait pris Natalie sur le fait ? Pourquoi Steven n'avait-il pas surveillé les enfants de plus près ? Mais ce dernier était si occupé à lutter contre son attirance pour la jeune femme qu'il avait manqué à tous ses devoirs paternels...

Une ombre masqua soudain la lumière qui entrait par la porte, et Millicent sursauta violemment.

— Tout va bien, maman ? chuchota Steven.

— Oui, répondit-elle après avoir remonté le drap sur le menton de Natalie. Tu peux partir tranquille : les enfants dorment à poings fermés.

— Tu n'es plus fâchée contre moi, alors ?

— Non, non ! Pars, je te dis !

Afin d'écarter tout risque de voir son fils s'approcher du lit, la vieille dame le rejoignit et le poussa dans le salon en murmurant :

— Ne restons pas là ! Le bruit et la lumière vont finir par les réveiller.

Il la considéra un instant d'un air perplexe, puis l'embrassa sur le front.

— Bon, je file... A demain, maman !

— Steven ?

— Oui ?

— Tessa a-t-elle offert quelque chose aux enfants, aujourd'hui ?

— Non, si ce n'est son temps et à déjeuner... Pourquoi cette question ?

— Pour rien. Je voulais juste m'assurer que tu appréciais à sa juste valeur ce qu'elle a fait pour toi.

— Comment cela ? Ah ! ça y est, je comprends...

— Tu... tu comprends ?

— Oui. En allant dans la chambre, tu t'es aperçue de...

— Alors, tu savais ?

— Que le lit était un vrai champ de bataille ? Evi-

146

demment ! Je les ai entendus sauter dessus, pendant que je travaillais, mais je me suis contenté de leur crier d'arrêter. Et toi, tu essaies de me dire qu'une mère — une femme comme Tessa, par exemple — aurait pris la peine de se déplacer, de calmer les enfants et de refaire le lit. Eh bien, je suis désolé, maman, mais ce n'est pas une raison suffisante pour me convaincre de me remarier.

D'abord tout à son soulagement d'apprendre que son fils n'avait pas découvert le vol du collier, Millicent songea ensuite qu'il était littéralement obsédé par Tessa. La perspective des réjouissances qui l'attendaient chez Barry Lambert n'avait même pas réussi à la chasser de son esprit.

— Tessa était vraiment très en colère, quand vous vous êtes séparés ? demanda la vieille dame.

— Oui.

— Et ces mauvaises dispositions risquent de s'étendre au reste de la famille... Voilà qui est très ennuyeux !

Steven commençait à perdre patience. Quelle mouche piquait sa mère ? D'abord, elle le mettait pratiquement dehors, et la minute d'après, elle le retenait avec une interminable série de questions !

— Les enfants n'ont rien remarqué d'anormal, si c'est cela qui t'inquiète, déclara-t-il. Lorsque nous nous sommes quittés, Tessa et moi avons feint d'être en excellents termes.

— Que t'a dit Natalie sur le chemin du retour ? C'est un vrai moulin à paroles, et je serais surprise que cette visite chez Tessa ne lui ait inspiré aucun commentaire.

— Maintenant que j'y pense, elle a été étonnamment silencieuse, dans le taxi qui nous a ramenés. J'ai cependant eu l'impression qu'elle était très contente de sa journée.

— Et une fois ici, elle ne t'a rien dit non plus ?

— Non, et si elle avait eu des craintes, ou un souci quelconque, elle m'en aurait parlé. Elle me confie toujours tout.

Millicent leva les yeux au ciel. Son fils ne comprenait décidément rien aux femmes, quel que fût leur âge !

— Pars, à présent ! grommela-t-elle.

— Si tu élabores déjà un plan pour me réconcilier avec Tessa, je t'avertis que tu perds ton temps ! Elle ne reviendra pas sur sa décision de ne plus jamais nous revoir.

D'un geste impatient de la main, la vieille dame invita Steven à s'en aller et, quand il eut obéi, elle poussa un soupir de soulagement. Il n'y avait rien à attendre de lui. S'il était assez bête pour repousser une femme aussi remarquable que Tessa, il l'était sans doute aussi pour commettre une erreur qui l'enverrait tout droit en prison !

Elle regagna la chambre, tourna doucement Natalie sur le côté et détacha le collier. Elle ressortit sans bruit, le bijou à la main et fulminant toujours intérieurement contre son fils.

Qu'avait-il dit, tout à l'heure ? Que l'éducation de deux jeunes enfants était une responsabilité lourde et fatigante ? Trop lourde et trop fatigante pour elle, devait-il penser, puisqu'il voulait recruter une gouvernante... C'était pourtant lui qui avait manqué de vigilance, aujourd'hui ! Et c'était elle qui allait leur éviter à tous de graves ennuis, en appelant tout de suite Tessa et en lui présentant des excuses assorties de la promesse de lui restituer le collier dès le lendemain.

Après avoir cherché ses lunettes pendant un bon moment, Millicent finit par les trouver sur la télévision. Elle se dirigea vers le bureau, posa le bijou à côté du téléphone et ouvrit le carnet d'adresses de Steven. Pourvu qu'il eût noté le numéro de Tessa dedans... Mais non, il n'y était pas, constata la vieille dame... avant de se rendre compte qu'elle était à la page des « M », comme Montiefiori. Elle alla à celle des « J ». Les coordonnées de Tessa y étaient inscrites.

Millicent décrocha le combiné et composa le numéro en faisant bien attention à ne pas se tromper de touche. Il était presque 1 heure du matin, et elle ne voulait pas déranger inutilement quelqu'un au milieu de la nuit. Si la situation n'avait pas été aussi dramatique, elle n'aurait même appelé Tessa que le lendemain.

Au bout de cinq sonneries, il y eut un petit déclic, puis la voix de la jeune femme résonna dans l'écouteur :

— Allô !

— Tessa ? Ici... Ah ! vous m'avez reconnue... Excusez-moi de vous téléphoner si tard, mais il s'agit d'une affaire urgente.

Lorsque la vieille dame eut tout raconté à Tessa, cette dernière voulut venir chercher le collier sur-le-champ, mais elle lui expliqua qu'il ne risquait rien : il passerait la nuit dans sa boîte à bijoux, elle-même enfermée dans le coffre-fort du salon.

Tessa annonça alors sa visite pour 6 heures, avant le lever des enfants, et Millicent la remercia de sa compréhension avant de raccrocher. La jeune femme avait eu l'air surprise, ennuyée, mais, Dieu merci, elle n'allait pas porter plainte.

Le temps de se déshabiller et de se coucher, Millicent était assez rassurée pour se remettre à échafauder des plans de mariage pour son fils. Elle ne l'imaginait plus en uniforme de prisonnier, mais en jaquette et pantalon rayé ; il n'était plus en train de casser des cailloux dans un bagne, mais occupé à recevoir les félicitations et les vœux de bonheur de centaines d'invités au côté de sa jeune épouse — Tessa Montiefiori.

A 6 heures précises, Tessa frappa à la porte de la suite des Sanders. Millicent vint immédiatement lui ouvrir, vêtue d'un chandail vert jade et d'un pantalon noir. La jeune femme n'avait pas pris la peine de soigner autant son apparence : après s'être tournée et retournée dans son lit pendant les quelques heures qui la séparaient de ce rendez-vous, elle avait enfilé un vieux jean et une grosse veste en patchwork de sa fabrication, elle s'était donné un rapide coup de peigne, avait attrapé son sac et sauté dans sa voiture.

— Merci d'avoir accepté d'attendre jusqu'à ce matin, lui dit Millicent en l'introduisant dans le salon, et excusez-moi encore de vous avoir appelée si tard... Cela ne vous a pas trop inquiétée ?

Tessa secoua négativement la tête, mais par pure politesse, car la sonnerie du téléphone, au beau milieu de la nuit, lui avait évidemment fait très peur. Le temps pour elle d'allumer la lampe de chevet et de décrocher, toutes sortes de catastrophes possibles lui étaient venues à l'esprit : l'hospitalisation en urgence d'un membre de sa famille, le décès d'un ami dans un accident de voiture... Elle avait même pensé que ce pouvait être un journaliste qui aurait découvert la supercherie de ses fiançailles.

A sa grande honte, elle avait aussi espéré entendre la voix de Steven, anxieux de se faire pardonner sa conduite de la veille...

Les mâchoires de Tessa se crispèrent, comme chaque fois qu'elle évoquait sa tentative de séduction manquée. En la repoussant, en assimilant son désir sincère de rapprochement aux provocations d'une nymphette en mal de proie, il lui avait infligé une humiliation dont lui seul aurait pu la guérir. Par un acte de repentance en bonne et due forme...

Mais c'était Millicent qui appelait, et elle avait l'air si bouleversée que Tessa n'avait pas douté un instant de la légitimité de sa démarche. La vieille dame était peut-être la reine de la manipulation mais, à ce moment-là, son émotion n'était nullement feinte.

Apprendre que Natalie était partie avec le collier avait évidemment stupéfié Tessa. Et le fait que Millicent eût tout de suite vu qu'il s'agissait de perles et de diamants authentiques l'avait à peine moins étonnée.

— Asseyons-nous! déclara la vieille dame, ramenant Tessa au présent. J'ai commandé du thé et des viennoiseries. Vous en voulez?

Tessa, qui mourait de faim, lança un regard de convoitise au plateau posé sur la table basse, mais elle se savait incapable d'avaler la moindre bouchée avant d'être rentrée en possession du bijou.

— Si ça ne vous ennuie pas, j'aimerais d'abord mettre le collier en sûreté, dit-elle en sortant de son sac l'écrin bleu des magasins DeWilde. Il appartient à mes employeurs, vous comprenez...

— Oui, bien sûr ! Désolée, j'aurais dû y penser toute seule.

Pendant que Millicent se dirigeait vers le bureau, sur lequel trônait une grosse boîte à bijoux, Tessa se sentit obligée d'expliquer :

— Gabriel DeWilde m'a demandé de le lui rendre ce soir.

— Il doit avoir une immense confiance en vous, pour vous l'avoir ainsi confié pendant toute une semaine.

Tessa rougit. Cette histoire de prêt n'était pas crédible, et elle trouvait que son interlocutrice s'y intéressait un peu trop. Ses soupçons de la veille revinrent : la vieille dame aurait-elle deviné sa véritable identité ? Et serait-elle maintenant en train de ruser pour la lui faire avouer ?

D'un autre côté, sa remarque pouvait tout aussi bien relever de la simple curiosité. Tessa était bien placée pour savoir que la discrétion n'était pas son fort.

Elle alla la rejoindre près du bureau et la regarda sortir le collier de la boîte à bijoux, puis, d'une main un peu tremblante, le placer dans l'écrin.

— Votre fils est au courant ? demanda-t-elle.

— Non. Il n'était pas là quand j'ai découvert le pot aux roses, et il est sorti juste après. Il n'est même pas encore rentré.

Où avait-il passé la nuit ? ne put s'empêcher de s'interroger Tessa. Le lit de quelle femme avait-il réchauffé au lieu du sien ?

Comme si elle lisait dans ses pensées, Millicent reprit :

— Il est allé chez une de ses relations d'affaires, un certain Barry Lambert.

— Merci de cette précision, mais vous n'étiez pas obligée de me la donner : cela ne me regarde pas, après tout.

— Si, car je sais que Steven vous attire.

— Il vous a donc raconté ce qui s'est passé hier entre nous ? Vous devez trouver ma conduite très choquante...

— Non, pas du tout. J'aime les gens décidés, qui n'ont pas peur de prendre des initiatives pour obtenir ce qu'ils veulent.

— Il est vrai que, dans ce domaine, vous ne craignez personne !

— Vous êtes décidément une femme selon mon cœur ! s'écria Millicent en riant. Allons nous asseoir, à présent. Un bon petit déjeuner nous fera du bien à toutes les deux.

Après avoir remis l'écrin dans son sac, Tessa s'installa à côté de la vieille dame, dans le canapé, et lui servit une tasse de thé.

— Mon fils m'a dit aussi que vous aviez su ôter de la tête de Natalie l'idée que vous étiez une héroïne de conte de fées, déclara Millicent.

— Oui, et c'était visiblement la seule chose qu'il attendait de moi. Il a jugé le reste... superflu.

— Je crains que ce ne soit en partie ma faute : il s'était donné pour priorité absolue d'empêcher les enfants de pâtir du malentendu que j'ai provoqué en les poussant à participer au concours.

Bien que cette explication ne lui parût pas entièrement satisfaisante, Tessa préféra se taire. Elle n'avait pas envie de prolonger une discussion qui lui rappelait de très mauvais souvenirs.

— Vous voulez de la crème dans votre thé ? demanda-t-elle poliment.

— Non, merci, je suis au régime et j'ai déjà commis beaucoup d'excès hier. J'ai dîné au restaurant avec des amis, et le menu était si alléchant que je n'ai pas pu résister à la tentation.

— Vous avez beaucoup d'amis à Londres ?

— Oui, c'est une ville où j'ai fait de nombreux séjours, quand mon mari et moi parcourions le monde pour promouvoir Sanders Novelties. Un bon réseau de relations est aussi important, dans les affaires, que la qualité des produits eux-mêmes.

Tout en buvant son thé à petites gorgées, Tessa réfléchit aux informations fournies par Millicent, et ses suspicions s'en trouvèrent renforcées. Il était en effet fort possible qu'au cours de ses pérégrinations, le chemin de la vieille dame eût croisé celui de parents des DeWilde. Si elle avait reconnu une Montiefiori dans le mannequin qui présentait la robe de mariée dans le magasin, sa conduite s'expliquait mieux, car elle n'avait guère de raison de juger une parfaite étrangère — une humble employée, de surcroît — digne d'épouser son fils.

La descendante d'une famille riche et prestigieuse devait en revanche constituer un choix sûr à ses yeux. Le collier était peut-être l'indice qui l'avait mise sur la voie : Céleste le portait souvent, autrefois, et comme les deux femmes avaient à peu près le même âge et fréquentaient les mêmes milieux, elles avaient très bien pu devenir amies.

Oui, tout concordait : Millicent savait que Tessa Jones était en réalité Tessa Montiefiori, et elle avait résolu de la marier à son fils !

Décidée à aller au fond des choses, Tessa utilisa la flatterie pour orienter la conversation dans la bonne direction.

— Je vous trouve extraordinaire, observa-t-elle.

— Vraiment? s'exclama son interlocutrice avec un sourire radieux. Et pourquoi donc?

— Parce que vous vous êtes tout de suite rendu compte de la valeur du collier, pour commencer.

— C'est normal : je m'y connais en bijoux.

— Sans doute, mais si, en plus, vous l'aviez déjà vu, cela vous aurait aidée, non?

Millicent s'agita nerveusement dans son siège, parut hésiter, puis déclara d'une voix mal assurée :

— Maintenant que j'y pense, il se peut que je l'aie déjà vu, en effet.

— Et vous ne vous demandez pas ce qu'il faisait au cou d'une modeste styliste comme moi?

— Non, parce qu'à la place des DeWilde, je vous l'aurais prêté, moi aussi : ce concours était très important pour eux.

— Mais il est terminé, et je suis toujours en possession du collier.

— Oui, apparemment...

— Comment l'expliquez-vous?

Au lieu de répondre, la vieille dame prit un croissant sur le plateau et susurra avant de mordre dedans :

— Mangez, Tessa! Vous en avez besoin : vous êtes si menue...

— N'essayez pas d'éluder ma question : je vous la poserai autant de fois qu'il le faudra pour obtenir la vérité.

— Bon, d'accord..., dit Millicent avec un soupir résigné. Je sais que vous êtes la petite-fille de Céleste Montiefiori. Nous étions très amies, autrefois, elle et moi... Mais rassurez-vous : je n'ai révélé votre véritable identité à personne. J'ai pensé que vous vouliez percer dans votre métier sans que l'on puisse vous soupçonner de le devoir à vos liens de parenté avec les DeWilde.

— Vous avez tout compris : je ne compte pas sortir de l'anonymat avant d'avoir prouvé ma valeur intrinsèque.

— Vous avez tout à fait raison, et je vous souhaite bonne chance.

Tessa fut une nouvelle fois surprise par l'incapacité de Millicent à mesurer les conséquences de ses actes.

— Une seconde ! s'écria-t-elle. C'est très gentil à vous de me souhaiter bonne chance, mais je vous signale que vous avez sérieusement compromis mes projets en m'obligeant à me faire passer pour la fiancée de Steven !

— Le mariage apporte beaucoup de joies. Vous serez très heureuse, vous verrez !

Ces paroles laissèrent Tessa sans voix, puis elle balbutia :

— Mais... mais Steven et moi n'avons pas la moindre intention de nous marier !

— Vous avez pourtant admis, il n'y a pas dix minutes, qu'il vous plaisait.

— Oui, mais cela ne veut pas dire que je désire l'épouser ! De toute façon, je ne l'intéresse pas.

— C'est faux, et vous le savez aussi bien que moi.

— Alors pourquoi m'a-t-il repoussée ? Je... je ne me suis jamais sentie aussi mortifiée de toute ma vie.

— Vous devriez vous en féliciter, au contraire : c'est très encourageant.

— Encourageant ? Je ne comprends pas...

— Steven a peur de s'engager dans une relation sérieuse. Il multiplie les aventures avec des femmes

156

dont il est sûr de ne pas tomber amoureux, et s'il refuse de céder à son désir pour vous, cela signifie qu'il craint de voir cette attirance physique se transformer en un sentiment plus profond.

— Mais pourquoi cette idée l'effraie-t-elle tant ?

— Il vous a parlé de la mort de Renée ?

— Oui. Cela a dû vous causer à tous un choc terrible.

— Et à Steven en particulier. Nous savions qu'elle avait souffert, enfant, de rhumatisme articulaire aigu, mais personne ne connaissait la gravité des séquelles qu'elle en avait gardées.

— Excusez-moi, mais je ne vous suis pas...

— Eh bien, la crise cardiaque qui a emporté Renée a eu lieu la nuit. Steven venait de rentrer d'un long voyage d'affaires, et...

— Il l'a trouvée morte dans son lit ?

— Non, elle était bien dans son lit quand c'est arrivé, mais elle ne dormait pas.

— Ils... ils étaient en train de...

Tessa ne termina pas sa phrase, mais Millicent avait compris, et elle hocha tristement la tête avant d'observer :

— Les retrouvailles d'un couple après plusieurs semaines de séparation peuvent être très... passionnées. Maintenant, si je vous ai révélé une chose aussi intime, c'est uniquement parce que je vous crois sincèrement attachée à Steven, et que cette information devrait vous convaincre de persévérer. Il vous faudra sans doute du doigté et de la patience, mais je suis certaine que vous parviendrez à lui faire oublier le traumatisme qu'il a subi.

Le jour de leur première rencontre, Steven avait dit à

157

Tessa qu'il ne voulait pas se remarier pour ne pas risquer de revivre l'épreuve qu'avait été la mort prématurée de son épouse, mais elle mesurait à présent toute l'horreur de la situation : il pensait avoir tué sa femme en lui faisant l'amour avec trop de fougue ! Un terrible sentiment de culpabilité devait le ronger, et il n'était donc pas étonnant qu'il eût édifié une épaisse muraille autour de son cœur...

— Je regrette maintenant d'avoir été si dure avec lui, déclara Tessa au terme de ses réflexions.

— Non, il ne peut s'en prendre qu'à lui-même, répliqua Millicent. Il a tort de s'accuser de la mort de Renée, car, compte tenu de ses antécédents, elle commettait beaucoup d'imprudences : elle fumait, elle pratiquait des sports violents, comme le squash et l'aérobic... Cet accident aurait fini par arriver tôt ou tard, et s'il s'est produit dans ces circonstances particulières, ce n'est qu'un malheureux hasard. Je l'ai répété des dizaines de fois à Steven, mais il refuse de m'écouter.

— Je comprends mieux son comportement, à présent, mais je ne partage pas votre optimisme : même avec beaucoup de patience et de doigté, je doute de parvenir à le conquérir. Il adorait certainement Renée, pour la pleurer encore...

— Oui, mais personne n'est irremplaçable... Vous voulez un conseil ?

— Dites toujours !

— Expliquez-lui que, contrairement à moi, vous ne cherchez ni à le changer, ni à l'acculer au mariage. Révélez-lui aussi votre véritable identité, avant qu'il ne l'apprenne par les journaux. Ce sera une preuve de confiance qui le touchera.

— Je ne vous promets rien, sinon d'y réfléchir, et encore, à condition que vous me parliez de ma grand-mère. C'est un sujet que mon père n'évoque jamais, et j'aimerais en savoir plus sur elle.

Millicent ne se fit pas prier. Elle raconta ses souvenirs, tous les bons moments qu'elle avait passés avec Céleste, et Tessa lui aurait encore posé de nombreuses questions si Natalie n'avait brusquement surgi dans le salon, les deux mains sur sa gorge, en criant :

— Grand-mère ! Grand-mère ! On m'a cambriolée !

— Non, c'est moi qui l'ai été, rectifia Tessa.

La fillette s'arrêta net, baissa la tête et se mit à tripoter nerveusement le col de sa chemise de nuit.

— Bonjour, Tessa, murmura-t-elle. Je savais pas que t'étais là.

— J'ai trouvé son collier sur toi, hier soir, et je lui ai téléphoné, expliqua Millicent d'un ton sévère qui ne devait pas lui être habituel.

— Tu me dis toujours que c'est vilain de rapporter, alors pourquoi tu l'as fait, toi ? s'exclama Natalie d'une voix indignée.

— Il y a une grande différence entre les bêtises de Nicky et le vol d'un bijou !

— Je suis sûre qu'elle est assez intelligente pour s'en rendre compte, remarqua Tessa. Viens me voir, ma puce !

Les yeux fixés sur ses pieds nus, la démarche traînante, Natalie s'approcha de la jeune femme, qui l'installa sur ses genoux et demanda en lui caressant doucement les cheveux :

— Pourquoi as-tu pris ce collier ?

— T'es fâchée parce que c'est ta dot ?

— Je ne suis pas fâchée, et les dots ne sont plus très

en vogue, de nos jours. Je veux juste connaître la raison de ton geste.

— Eh ben, je voulais faire semblant d'être toi. Et ça a marché ! J'ai mis le collier pour dormir, et j'ai rêvé que j'étais une belle mariée qui fabriquait des robes pour un magasin de luxe.

Tessa se sentit fondre devant le regard adorateur de la fillette.

— Tu devrais commencer comme moi, en jouant les couturières pour tes poupées, observa-t-elle.

— Et si tu as du talent, tu créeras un jour des habits aussi jolis que ceux de Tessa, enchaîna Millicent. Tu as vu sa veste ? Je suis sûre qu'elle l'a confectionnée elle-même !

— Chaque morceau vient d'un de mes vieux vêtements et me rappelle de bons souvenirs, expliqua la jeune femme. Quand tu seras grande, Natalie, tu pourras te fabriquer le même genre de veste.

— C'est drôlement chouette, comme idée ! Et si on m'en faisait une tout de suite ?

— Non, tu es encore trop petite pour avoir usé assez d'habits et engrangé assez de souvenirs. Mais si la couture t'intéresse vraiment, rien ne t'empêche de t'inscrire à des cours dès maintenant.

Millicent se pencha alors vers l'enfant et lui tapota l'épaule en disant :

— Avant toute chose, tu dois présenter des excuses à Tessa pour lui avoir volé son collier.

— Je l'ai juste emprunté ! protesta la fillette.

— C'est quand même mal de prendre ce qui ne vous appartient pas.

— Même un bout de pain dans une boulangerie quand on meurt de faim ?

160

— Arrête de discuter et excuse-toi, Natalie !

— Bon, d'accord... Excuse-moi, Tessa, j'aurais pas dû... Tu veux bien continuer à être mon amie ?

— Oui, et je le resterai quoi qu'il arrive, affirma la jeune femme.

— Papa sait ce que j'ai fait, grand-mère ?

— Non, pas encore, et il sera très fâché quand il l'apprendra.

— Je ne crois pas utile de l'en informer, intervint Tessa. Pour moi, c'est une affaire classée. J'ai récupéré mon collier et Natalie a reconnu ses torts. Dans ces conditions, à quoi bon ennuyer Steven avec ça ?

— Oh, merci ! s'écria la fillette.

Puis elle passa les bras autour du cou de Tessa et posa la joue contre la sienne. Du coin de l'œil, la jeune femme vit alors Nicky entrer dans la pièce, les yeux gonflés de sommeil... et en costume d'Adam !

— Nicky ! s'exclama Millicent. Où est ton pyjama ?

— Je l'ai perdu.

Un soupir exaspéré s'échappa de la poitrine de la vieille dame, qui se leva, attrapa le petit garçon par la main et l'entraîna vers la chambre.

Tessa et Natalie se regardèrent et éclatèrent de rire.

— C'est bien que tu sois là, maintenant, déclara la fillette, parce que ça fatigue grand-mère de s'occuper de nous.

Tessa n'eut pas le cœur de lui préciser qu'elle ne serait pas toujours là, mais Natalie avait raison au moins sur un point : Millicent semblait harassée. Elle s'était couchée tard et levée tôt à cause de l'histoire du collier, et il ne se passait sans doute pas de jour sans que ses petits-enfants ne l'obligent à puiser dans ses réserves physiques.

— Et si tu restais, pour que grand-mère puisse se reposer ? suggéra Natalie.

L'idée de voir soudain Steven entrer dans l'appartement, une bouteille de champagne vide sous le bras, fit hésiter Tessa. Malgré les efforts de Millicent pour la persuader du contraire, elle demeurait en effet convaincue qu'il l'avait repoussée la veille faute de la trouver assez désirable. Il devait avoir passé la nuit à boire et à s'amuser en galante compagnie.

Mais le regard suppliant de Natalie finit par balayer ses réticences. Jamais elle n'aurait cru que ces enfants prendraient si vite et si facilement une telle place dans son cœur.

— D'accord, dit-elle. Je peux te donner ta première leçon de couture, si tu veux. J'ai une mallette avec toutes les fournitures nécessaires, dans le coffre de ma voiture.

— Si on fabriquait des habits de poupée, comme ceux du musée, hier ?

Tessa soupira intérieurement. Elle avait pensé à une réalisation plus simple, comme un napperon, mais comment refuser la proposition de Natalie ? C'était elle, après tout, qui lui avait parlé de commencer son apprentissage en confectionnant des vêtements pour ses poupées...

— Je dois avoir ce qu'il faut, mais ce ne sera rien de très élaboré, je te préviens ! déclara-t-elle. Tu as une poupée préférée ?

— Papa en a plein !

— Pardon ?

— Bouge pas ! Je vais te montrer.

La fillette descendit des genoux de Tessa et se précipita vers la pièce attenante en criant :

162

— Nicky ! J'ai une grande nouvelle !

Alarmée, Tessa bondit sur ses pieds et lui courut après.

— Attends, Natalie ! Précise bien à ton frère que je ne peux pas rester longtemps ! Je dîne ce soir au Savoy, j'ai mille choses à faire avant, et...

Mais la petite fille avait déjà disparu dans la chambre.

9.

— Tu m'as demandé de t'accompagner uniquement pour que je te protège des foudres de ta mère, n'est-ce pas ?

Ignorant la remarque sarcastique de Barry, Steven le poussa dans l'ascenseur de l'hôtel. Il devait se dépêcher de se doucher et de se changer, car il portait encore les vêtements qu'il avait mis la veille en rentrant de chez Tessa — un pantalon de velours et un pull-over marron, complétés par une veste de cuir fauve. Barry, lui, était déjà habillé du costume trois-pièces qui convenait pour la fête donnée par Franklin Butler à l'occasion de son anniversaire.

— Il est 15 h 30, et la réception commence à 17 heures, observa Steven après avoir jeté un coup d'œil à sa montre. Si j'avais dû aller te rejoindre chez toi, nous ne serions pas arrivés à temps pour la réunion de travail prévue avant.

— Non, tu as peur de ta mère, dit Barry avec un sourire qui releva les extrémités de sa fine moustache.

— Admettons... Mais surtout, n'oublie pas de tenir ta langue : ma mère ne doit savoir ni que les négociations sont bloquées, ni que nous avons passé la nuit à chercher un moyen de rendre les Galaxy Rangers plus attrayants aux yeux de ton patron.

— Tu préfères donc la laisser croire que nous avons fait la noce toute la nuit ?

— Oui, c'est un moindre mal, car je ne veux pas qu'elle s'inquiète pour l'avenir de l'entreprise. A un moment donné, mon père a refusé d'adapter ses produits aux nouvelles tendances du marché, et il a failli tout perdre. J'ai réussi à redresser la situation, mais ma mère vit dans la crainte que cela ne se reproduise, et le stress provoqué par l'échec possible des négociations serait plus que son vieux cœur ne pourrait en supporter.

— Elle ne me semble pourtant pas si fragile !

— Les apparences sont trompeuses... En outre, si elle était au courant, elle courrait voir Franklin Butler et ferait du forcing pour le convaincre de céder, comme du temps où mon père était en vie.

— Peut-être aurait-elle une idée intéressante à proposer ?

— Non, et Franklin n'est pas du genre à se laisser dicter ses décisions par qui que ce soit. L'intervention de ma mère aurait pour seul résultat de le braquer définitivement contre moi.

— Je ne suis tout de même pas ravi de te servir de bouc émissaire... D'autant que, pour cette nuit au moins, nous sommes innocents comme l'enfant qui vient de naître.

— Oui, je sais, elle a tendance à mettre mes incartades sur le compte de mes mauvaises fréquentations. Ça a commencé à l'école primaire, et ce n'est pas maintenant que les choses vont changer !

— Franchement, je continue à penser que j'aurais dû attendre dans la voiture.

166

— Non, tu occuperas ma mère pendant que je me préparerai, et j'aurai ainsi l'esprit libre pour essayer de trouver une solution de dernière minute.

— Tu n'y arriveras pas plus sous la douche que chez moi tout à l'heure. Franklin lui-même est incapable de dire ce qu'il reproche exactement à tes figurines... Dans ces conditions, comment pourrions-nous réussir à le satisfaire ?

— Le problème, je crois, c'est que je les trouve très bien telles qu'elles sont. Elles se vendent comme des petits pains aux Etats-Unis, et si je manque à ce point d'idées, c'est sans doute parce que je n'ai aucune envie de les modifier, au fond.

— Je travaille pour Franklin depuis sept ans, et je sais qu'il aime marquer tous ses produits de son empreinte. Il faudrait parvenir à provoquer le déclic qui enflammerait son imagination et lui donnerait le sentiment d'avoir apporté sa pierre à l'édifice.

— C'est du narcissime, ou de la mégalomanie !

— Les deux, peut-être... Mais si tu veux voir ton projet d'expansion aboutir, il faut que tu en tiennes compte.

— Je suis prêt à le faire, à condition que leur éventuelle transformation soit positive pour mes Galaxy Rangers et en conformité avec les histoires que j'ai déjà écrites pour eux. Mais c'est la quadrature du cercle, et je commence à me demander si je ne devrais pas tout laisser tomber et reprendre dès demain l'avion pour New York.

— Cela te permettrait de fuir en même temps des problèmes d'une autre nature, marmonna Barry.

La porte de l'ascenseur s'était ouverte pendant qu'il parlait, et Steven déclara en sortant de la cabine :

167

— Tu disais ?

— Qu'il nous fallait maintenant affronter un problème d'une autre nature : celui de ta mère, pour être plus précis.

— Ce n'est pas ce que j'avais compris, mais peu importe... Allons-y !

Les deux hommes remontèrent le couloir. Steven ouvrait la marche, sa clé déjà à la main, mais il n'eut pas à s'en servir : il lui suffit de tourner la poignée pour que la porte s'ouvrît.

Surpris et vaguement inquiet, il entra dans le salon. Le spectacle qui s'offrit à ses yeux le cloua sur place, car il pensait ne plus jamais avoir l'occasion de le contempler : Tessa Jones était assise à même le sol, entourée de Natalie qui, blottie contre elle, la regardait coudre un morceau de tissu, et de Nicky, la tête sur son épaule, l'air béat.

Il se dégageait de cette scène une telle impression de bonheur et de sérénité que Steven eut envie d'en faire partie... pour toujours.

Mais c'était impossible : Tessa sortirait de sa vie dans moins d'une semaine. Elle était même censée en être déjà sortie... Dans ces conditions, que signifiait sa présence dans l'appartement ? Pourquoi donnait-elle aux enfants des raisons supplémentaires de s'attacher à elle, en leur consacrant son dimanche après-midi — ou peut-être plus, d'ailleurs : comment savoir depuis combien de temps elle était là ?

A la colère grandissante de Steven s'ajouta un pincement de jalousie lorsque Nicky l'aperçut et se contenta de lui adresser un petit signe de la main. D'habitude, il l'accueillait en poussant des cris de joie et en courant se jeter dans ses bras... Quant à Natalie, elle n'avait même pas remarqué son retour !

Il reporta son attention sur Tessa, et un puissant élan de désir le souleva. Il en fut étonné, car elle ne ressemblait plus du tout à la jeune femme provocante de la veille : absorbée par ses travaux de couture, vêtue d'un vieux jean, d'une veste bigarrée ouverte sur une sorte de caraco rose pâle, elle avait l'air aussi juvénile et innocente qu'une collégienne penchée sur ses devoirs du soir.

Afin de couper court au dangereux émoi qu'il sentait monter en lui, Steven annonça d'une voix de stentor :

— Papa est revenu !

Tessa sursauta, se piqua le doigt avec son aiguille et laissa échapper un petit cri de douleur.

— T'es méchant, papa ! s'exclama Natalie. Regarde ce que t'as fait !

— Moi ? Mais je n'ai rien fait ! déclara-t-il hypocritement en refermant la porte.

— Si, tu nous as fait peur !

S'efforçant de garder son sang-froid, Steven alla accrocher sa veste dans la penderie, puis demanda :

— Que se passe-t-il, ici ? Où est votre grand-mère, les enfants ?

— J'ai proposé à Millicent de m'occuper d'eux un moment pour qu'elle puisse se reposer, répondit Tessa.

— Elle aurait dû m'appeler. Je lui avais laissé un numéro où me joindre.

— C'était pas la peine, puisqu'on avait Tessa, observa Nicky avec un sourire angélique, avant de poser un gros baiser mouillé sur la joue de la jeune femme.

La fureur de Steven fut bien près d'éclater, cette fois : quel besoin Tessa avait-elle de se rendre ainsi indispensable ?

— Natalie voulait apprendre à coudre, expliqua cette dernière, et je suis allée chercher les fournitures qui se trouvaient dans le coffre de ma voiture.

La façon dont Steven la fixait, ses yeux bleus brillant comme des agates, fit affluer le sang à ses tempes. Elle avait conscience d'éprouver encore plus d'attirance pour lui maintenant qu'elle connaissait les circonstances exactes de la mort de Renée, mais ses sentiments à lui devaient avoir suivi le processus inverse depuis qu'elle l'avait quasiment chassé de chez elle... Il avait peut-être même l'intention de lui rendre la monnaie de sa pièce, en la sommant de partir. Et comme elle n'avait pas l'intention de subir cette nouvelle humiliation — devant les enfants, de surcroît —, elle s'agenouilla et entreprit de rassembler les affaires éparpillées sur la moquette.

Ce fut ce moment que choisit Millicent pour sortir de sa chambre, son corps mince enveloppé dans un déshabillé de satin blanc.

— Ah! tu es rentré, Steven..., remarqua-t-elle. Il me semblait bien avoir entendu ta voix.

— Bonjour, maman. Tu vas bien?

— Merveilleusement bien, grâce à Tessa qui m'a permis de récupérer quelques heures de sommeil.

— Je suis contente de vous avoir été utile, déclara la jeune femme, mais je dois m'en aller, à présent.

Elle referma le couvercle de sa mallette et se releva. Les enfants se précipitèrent sur elle pour l'embrasser. Leur vitalité, leurs démonstrations d'affection bruyantes et un peu désordonnées les faisaient ressembler à de jeunes chiots.

— Au revoir, mes chéris, dit Tessa. Et n'oubliez pas : nous resterons toujours amis.

Puis elle se pencha pour prendre sa mallette, mais Steven la devança. Il saisit la poignée et annonça :

— Je vais vous la porter jusqu'à la voiture.

Barry, qui avait jusque-là observé la scène d'un œil amusé, mais en simple spectateur, intervint alors :

— Je te rappelle que nous sommes pressés, Steven !

— Il a raison, renchérit Millicent. Va plutôt te préparer !

Comme la veille, Steven eut le sentiment que sa mère lui cachait quelque chose. Qu'avait-elle encore inventé ? Que s'était-il passé en son absence ? C'étaient deux questions — parmi d'autres — qu'il avait la ferme intention de poser à Tessa.

— Je n'en ai pas pour longtemps, déclara-t-il avant de pousser la jeune femme vers la porte.

Lorsqu'ils furent partis, trois paires d'yeux inquisiteurs se fixèrent sur Barry. Brusquement gêné, lui qui se vantait pourtant de ne jamais se départir de son flegme, il s'écria avec un entrain forcé :

— Alors, les enfants, qu'avez-vous fait pendant que votre père...

— Excusez-moi, mais il faut que j'aille m'habiller, coupa sèchement Millicent.

Désemparé, Barry la regarda s'éloigner vers la chambre d'un pas majestueux. Elle lui reprochait d'avoir entraîné son fils dans ce qu'elle pensait être une nuit de débauche, et il ne supportait pas qu'une femme, jeune ou vieille, fût en colère contre lui. Steven devait absolument dissiper ce malentendu avant qu'ils ne quittent l'appartement.

Pendant ce temps, Natalie s'était rassise par terre, devant les chutes d'étoffe empilées par Tessa, et elle fouillait dedans d'une main impatiente.

— On a cousu de nouveaux habits pour nos poupées, annonça-t-elle. Tu veux les voir, monsieur ?

— Volontiers ! Et appelle-moi Barry !

La fillette sortit de l'amas de bouts de tissu un Galaxy Ranger, puis un deuxième, et un troisième...

— C'est ça, vos poupées ? demanda Barry en s'agenouillant près d'elle.

Le nom que donnaient les enfants de Steven aux créations de leur père l'intriguait, car cela signifiait qu'ils prêtaient à ces froids guerriers de l'espace une valeur humaine et sentimentale. C'était une vision originale, et pas inintéressante du tout.

— Ben oui, c'est ça, nos poupées ! répondit Natalie comme s'il s'agissait d'une évidence. Tessa leur a fabriqué de beaux costumes, et elle m'a montré comment on fait. Un jour, je serai une grande styliste, comme elle !

Barry examina les figurines l'une après l'autre et murmura :

— Elles sont méconnaissables !

— Ça veut dire que tu les trouves mieux ou moins bien qu'avant ? demanda la fillette, l'air inquiet.

— Beaucoup mieux ! Si on les mettait dans l'attaché-case de ton père ? Tu imagines la surprise qu'il aura, quand il l'ouvrira ?

Un sourire espiègle illumina le joli visage de la fillette.

— D'accord ! s'exclama-t-elle. Papa aura décidément eu beaucoup de surprises, en Angleterre !

— Donnez-moi ça et retournez à l'appartement !

Loin d'obéir à l'ordre de Tessa, Steven resserra son

étreinte sur la poignée de la mallette. C'était le seul prétexte qu'il avait pour accompagner la jeune femme jusqu'à sa voiture et se ménager ainsi un tête-à-tête avec elle.

— Il faut d'abord que nous parlions, déclara-t-il.

Le signal sonore d'un ascenseur retentit soudain dans le couloir, et Tessa courut vers les portes qui s'ouvraient. Il y avait déjà beaucoup de gens dans la cabine, et elle se glissa au milieu d'eux, soulagée de ne pas se retrouver seule avec Steven dans un espace aussi étroit. Il y entra à son tour, et ils n'échangèrent pas un mot pendant le trajet.

Une fois dans le hall, Tessa tendit la main vers sa mallette, mais Steven l'ignora. Toujours en silence, elle boutonna sa veste, puis franchit le tourniquet, contourna le bâtiment et s'engagea dans une rue transversale.

En voyant la Honda stationnée à quelques mètres, Steven observa :

— Pour avoir pu vous garer si près de l'hôtel, vous avez dû arriver tôt ce matin... Je me demande bien pourquoi !

La jeune femme lui arracha la mallette des mains, ouvrit son coffre et la jeta dedans en grommelant :

— Mêlez-vous de vos affaires !

— Mais ce *sont* mes affaires, figurez-vous ! Vous n'avez pas le droit de faire ainsi irruption dans mon appartement, dans ma vie...

— Dans votre vie ? Vous n'avez donc pas remarqué que votre apparition a marqué pour moi le signal du départ ? Et c'est vous qui avez insisté pour m'accompagner jusqu'à ma voiture, je vous le rappelle !

— Attendez... Je crois que j'ai compris.

— Quoi ? Qu'avez-vous compris ?

— Vous n'êtes pas venue ici aujourd'hui de votre propre initiative, mais à la requête de ma mère. Elle vous a téléphoné et invitée à passer un moment avec les enfants. Elle pensait sans doute que, charmé par le spectacle qui m'accueillerait à mon retour, je me jetterais à vos pieds en implorant votre pardon... La connaissant, vous auriez cependant dû vous méfier... à moins que vous n'ayez deviné ses intentions et trouvé son plan excellent. L'ennui, c'est que je n'ai pas réagi comme ma mère et vous l'aviez espéré... Aussi, vous avez pris la fuite !

Furieuse de s'entendre injustement accuser de manœuvres déloyales, Tessa fut tentée d'informer Steven du véritable motif de sa visite — le vol de son collier. Il était si sûr de lui, tellement convaincu qu'elle était venue pour lui... Comme il aurait été satisfaisant de lui démontrer qu'il se trompait complètement !

Mais elle avait promis à Natalie de garder le secret...

Pour se donner le temps de recouvrer son sang-froid, elle referma le coffre et respira à fond, puis elle déclara d'un ton posé :

— Je voulais simplement voir les enfants une dernière fois. Je n'en avais ni après vous, ni après votre argent, ni après quoi que ce soit d'autre qui fait de vous un beau parti.

Le vent glacé qui soufflait soulevait les cheveux dénoués de Tessa et s'engouffrait sous sa veste. Se rappelant qu'elle ne portait presque rien dessous, Steven fronça les sourcils ; il se reprochait soudain de ne pas avoir insisté pour discuter au chaud, dans le hall ou le bar de l'hôtel. Elle devait mourir de froid.

— Pourquoi me regardez-vous comme ça ? demanda-t-elle.

174

— Euh... j'étais en train de penser que votre tenue manquait de sa... recherche habituelle. N'est-ce pas un caraco que vous portez sous votre veste?

— Non, c'est... un haut de pyjama.

— Désolé! s'écria Steven avec un sourire narquois. Je ne m'y connais pas très bien en lingerie féminine.

Tessa s'efforça de rester calme et digne, mais elle s'en voulait de son étourderie. Dans son impatience de récupérer le collier, ce matin, elle s'était habillée trop vite. Cette faute d'inattention lui valait à présent les railleries de Steven, et elle risquait en plus d'éveiller ses soupçons.

— Restons-en là! se dépêcha-t-elle de déclarer avant de sortir ses clés de son sac et de se diriger vers la portière du conducteur. Nous n'avons plus rien à nous dire.

Mais Steven l'arrêta en l'attrapant par le poignet.

— Si, j'ai encore quelque chose à vous dire, moi! s'écria-t-il. Vous n'auriez pas dû venir sans m'en demander d'abord l'autorisation. J'aurais très bien pu annoncer aux enfants qu'ils ne vous reverraient plus jamais, et quel crédit auraient-ils ensuite accordé à mes propos, sur vous ou sur tout autre sujet?

La tentation de lui révéler le vol du collier s'empara de nouveau de Tessa. Ce déluge de reproches immérités la faisait bouillir de colère, et si elle dénonçait Natalie, serait-ce vraiment si grave? La fillette ignorait la valeur du bijou, elle l'avait pris uniquement pour jouer avec... Son père était bien capable de comprendre cela, non? Il comprendrait même sans doute que Millicent et Tessa, après avoir grondé Natalie, aient décidé d'enterrer l'affaire.

Mais une promesse était une promesse...

Elle se sentait tiraillée entre l'envie de se justifier et le respect de la parole donnée. Elle avait l'habitude de n'agir qu'en fonction de ses propres intérêts — c'était à ses yeux l'avantage majeur d'être célibataire et sans enfants —, mais il s'avérait que les enfants des autres pouvaient, eux aussi, peser dans la balance... En deux jours seulement, Natalie et Nicky lui étaient devenus très chers. A leur contact, elle s'était découvert des trésors de patience, qualité dont elle pensait manquer totalement, et des obligations morales envers autrui.

Cette longue introspection lui permit de mettre fin à son dilemme : non, il lui était impossible de parler du vol du collier. Si elle trahissait la confiance de Natalie, une simple blessure d'amour-propre serait remplacée par un terrible sentiment de honte.

— Ecoutez, Steven, je suis désolée..., commença-t-elle.

— C'est déjà quelque chose ! coupa-t-il sur un ton sarcastique.

— Laissez-moi finir ! Je n'allais pas m'excuser d'être revenue, mais de ne pas pouvoir m'excuser de l'avoir fait... Vous me suivez ?

— Non. Pourquoi faut-il que tout soit si compliqué, avec vous, même des excuses ?

— Vous ne comprenez pas ? Eh bien, tant pis pour vous ! Croyez ce que vous voulez, après tout, quelle importance ? Et maintenant, lâchez-moi !

Il obéit immédiatement et reprit d'une voix radoucie :

— Ce que je ne comprends pas, c'est surtout pourquoi vous êtes tellement fâchée contre moi. Je m'efforce depuis le début d'être honnête avec vous, pour votre bien et pour le mien.

— Non, vous vous mentez à vous-même! protesta-t-elle avec véhémence. Vous avez peur, à cause des circonstances dans lesquelles votre femme est morte.

Ces mots lui avaient échappé sous l'effet de la colère, et elle les regretta aussitôt. Steven avait pâli, et ce fut dans un murmure à peine audible qu'il dit :

— Ainsi, ma mère vous a raconté...

— Oui, elle jugeait utile que je le sache.

— Utile? Je me demande bien en quoi!

Ils se turent ensuite, chacun ruminant son propre chagrin, puis Tessa monta dans sa voiture et démarra.

Le moteur rugit, et les roues crissèrent sur l'asphalte. Elle ne tourna même pas la tête pour voir Steven une dernière fois.

10.

— Arrête de te faire des reproches ! déclara Barry en manœuvrant habilement sa Corvette rouge vif au milieu du trafic de Park Lane. Tu ne pouvais pas deviner que Natalie avait subtilisé ce collier, et que Tessa était venue dans le seul but de le récupérer !

Steven regarda distraitement les pelouses de Hyde Park qui défilaient derrière la vitre. Franklin Butler habitait le quartier de Kensington, tout près de là, et ils auraient dû passer chaque minute de ce court trajet à chercher une idée susceptible de sauver les négociations. Mais Tessa occupait toutes ses pensées et, en plus, c'était d'elle que Barry tenait apparemment à parler...

Quand Steven avait regagné l'appartement, quelques instants plus tôt, Natalie l'attendait devant la porte. Elle s'était jetée à son cou et, d'une voix entrecoupée de sanglots, lui avait avoué le vol du bijou. Il l'avait réconfortée tout en songeant à l'abnégation dont Tessa avait témoigné : elle aurait pu se justifier d'un seul mot de toutes les accusations qu'il avait déversées sur elle, et pourtant elle s'était tue, pour ne pas trahir le secret de Natalie.

— Cela explique son départ précipité, en tout cas, observa-t-il. Elle savait qu'à moins de me dire la vérité, elle ne parviendrait pas à me convaincre que sa visite n'avait aucun rapport avec moi.

— Les choses auraient été beaucoup plus simples si tu avais cédé à ses avances, hier, tu ne crois pas?

— Je craignais de lui faire du mal.

— Et aujourd'hui?

— Pareil.

— Et demain?

Steven garda le silence. Barry ne pouvait pas comprendre. Même s'il avait voulu revoir Tessa, le souvenir de Renée aurait continué de se dresser entre eux. Personne d'autre que lui — même pas Millicent — ne connaissait les circonstances exactes de la mort de son épouse. Des circonstances qui l'avaient à jamais dissuadé de se remarier.

Tessa était de loin la femme la plus attachante qu'il eût rencontrée depuis son veuvage, mais c'était une raison supplémentaire pour la fuir — dans leur intérêt à tous les deux.

La réception battait déjà son plein lorsqu'ils sonnèrent à la porte du domicile de Franklin Butler, une grande maison de brique d'où s'échappait un brouhaha de conversations et de rires sur fond de musique classique.

Un domestique en veste blanche et pantalon noir vint leur ouvrir et proposa de mettre au vestiaire l'attaché-case de Steven, que Barry tenait à la main, mais ce dernier refusa.

— Pourquoi as-tu insisté pour le prendre? lui chuchota Steven. Il n'y a rien d'intéressant dedans, et nous sommes de toute façon en retard : ton patron est trop occupé avec ses invités, maintenant, pour nous recevoir en privé.

— Laisse-moi faire, dit Barry. Je vais poser ça dans le bureau de Franklin et je reviens.

Steven regarda son ami s'éloigner et, en l'attendant, il alla contempler le portrait de la famille Butler accroché dans le vestibule. Franklin y tenait sa femme enlacée, et ils considéraient avec tendresse leurs enfants, un garçon et trois filles au visage avenant. Ils souriaient tous les quatre, l'air si heureux de poser en compagnie d'un père et d'une mère aimants que le cœur de Steven se serra.

— Pourquoi as-tu cet air sombre ? Allez, secoue-toi ! Tu pourras rejoindre Tessa plus tard dans la soirée.

La voix de Barry fit sursauter Steven. Depuis combien de temps était-il en arrêt devant ce tableau ?

— Non, c'est terminé, déclara-t-il.

— Alors, j'ai bien envie de tenter ma chance, une fois que tu ne seras plus là. L'histoire du collier me fournira une excellente excuse pour approcher Tessa : je lui expliquerai que Natalie t'a avoué son forfait et que tu as eu honte de ta conduite au point de ne pas oser reprendre contact avec elle avant ton départ. Je lui proposerai de l'emmener dîner quelque part, sous prétexte de discuter de tout cela plus en détail, puis j'orienterai la conversation sur un sujet plus intéressant.

— Toi, par exemple ?

— Par exemple... Mais je ne la brusquerai pas. Je me contenterai, la première fois, de lui effleurer la main, de l'embrasser sur la joue en la ramenant chez elle...

— Cela me paraît bien peu excitant pour un grand séducteur comme toi.

— Oui, mais Tessa n'est pas le genre de femme qu'on abandonne à peine séduite. Elle vaut la peine qu'on fasse des efforts pour la conquérir durablement, et je vais bientôt avoir quarante ans... Il est peut-être temps que je me range, que je fonde un foyer.

— Tu essaies juste de me rendre jaloux !

— Le mariage a beaucoup d'inconvénients, mais...

— Barry ! s'écria Franklin Butler en surgissant brusquement près des deux hommes. Je vous interdis de dissuader Steven d'épouser la charmante jeune femme dont j'ai vu la photo dans le journal !

— Loin de moi cette pensée ! répliqua Barry avec un sourire narquois. C'est plutôt lui qui, sans le vouloir, m'a donné envie de goûter aux joies du mariage.

— Ah ! j'aime mieux ça...

A la grande surprise de Steven, le P.-D.G. de Butler Toys n'était pas en costume-cravate, mais vêtu d'un pantalon de velours vert foncé, d'une chemise rayée et d'un cardigan. Il semblait aussi beaucoup plus détendu qu'au bureau.

Peut-être cela le porterait-il à se montrer plus compréhensif si le sujet des Galaxy Rangers venait à être abordé, songea Steven.

— Bon anniversaire, Franklin ! déclara-t-il. Excusez notre retard, mais j'ai été retenu par ma fille et par Tessa.

— Vous êtes tout excusé ! Et à ce propos, où est votre fiancée ? Elle est allée se repoudrer le nez ?

— Non, je ne l'ai pas amenée. Elle était...

— Epuisée après une longue séance de couture avec les enfants, intervint Barry. A eux trois, ils ont plus d'idées que tous les créatifs d'une agence de publicité réunis.

Steven fixa son ami d'un air perplexe, mais Franklin ne lui laissa pas le temps de poser de questions.

— Quel dommage ! s'exclama-t-il. J'étais très impatient de rencontrer cette jeune femme... Si nous allions parler affaires dans mon bureau, à présent ?

— Ce serait indélicat de notre part de vous enlever à vos invités, se hâta d'objecter Steven, nullement pressé d'avouer son échec.

— Non, je profiterai mieux de cette réception quand ma curiosité sera satisfaite. Le coup de téléphone de Daisy m'a beaucoup intrigué.

— Tu as appelé Franklin ? demanda Steven, partagé entre l'incrédulité et la panique, en se tournant vers son ami. Quand ?

— Pendant que tu te douchais. Je voulais lui dire que nous serions en retard...

— Et que vous aviez une suggestion à me faire, compléta Franklin. Allez, venez !

Les deux hommes le suivirent dans son bureau, immense pièce remplie de meubles d'acajou et de sièges de cuir souple, dont les murs étaient entièrement tapissés de rayonnages remplis de livres. Steven vit son attaché-case posé sur une table et regarda avec inquiétude son ami s'en approcher. La triste vérité était sur le point d'éclater. Il était impossible que Barry eût trouvé la solution du problème en si peu de temps, et, une fois découvert, son mensonge détruirait leur dernière chance d'obtenir un nouveau délai : Franklin serait furieux, et les négociations s'arrêteraient là.

Pour l'instant, il était penché sur la table et attendait en frétillant d'impatience que Barry ouvrît la mallette.

Lorsque le bruit des serrures qui se relevaient retentit, Steven ferma les paupières. S'il l'avait pu sans se ridiculiser complètement, il se serait bouché les oreilles pour ne pas entendre le cri de déception de Franklin.

Au bout d'un moment, comme rien ne se produisait, Steven se risqua à jeter un coup d'œil en direction de la table. Il n'en crut pas ses yeux : Franklin avait à la main deux Galaxy Rangers en habits de mariés.

— Comme vous le voyez, monsieur, c'est un concept très simple, entreprit alors d'expliquer Barry. Le seul fait de débarrasser les figurines de leurs uniformes futuristes les rend plus humaines, plus attachantes. Vous avez là un charmant couple de jeunes mariés, et regardez la troisième : ce n'est plus un personnage désincarné, mais un cow-boy qui semble sortir tout droit de la grande légende du Far West.

— Oui, je suis de votre avis, dit pensivement Franklin. Ces nouveaux vêtements intègrent les Rangers dans une réalité quotidienne ou historique qui parle immédiatement à l'imagination.

Steven n'en revenait pas : Barry avait apparemment provoqué le « déclic » qu'il évoquait quelques heures plus tôt... Quand et comment ce miracle s'était-il produit ?

Mais il aurait tout le temps de s'interroger ensuite. Dans l'immédiat, il fallait battre le fer pendant qu'il était chaud, alimenter l'intérêt de Franklin avec de nouvelles suggestions.

— L'angle historique est particulièrement riche en possibilités, improvisa Steven. Il pourrait donner lieu à toute une ligne de figurines représentatives de différentes époques, et dont les aventures se situeraient dans le cadre d'événements connus de tous : la conquête de l'Ouest, la Révolution française...

Les idées lui venaient au fur et à mesure qu'il parlait, et il conclut triomphalement :

— J'ai même déjà trouvé un nom pour cette ligne : les Rétrorangers !

— Excellent ! s'écria Franklin. Je suis très impressionné, messieurs ! Jusqu'ici, je n'arrivais pas à mettre le doigt sur ce qui me gênait chez les Galaxy Rangers, mais maintenant, j'ai compris : ils manquaient à mes yeux de vie, de charge affective... Je sais qu'ils se vendent très bien aux États-Unis, mais les modifications que vous leur avez apportées les rendent à mon avis plus attrayants pour le public anglais.

— Je suis prêt à tenter l'aventure, déclara Steven, mais à condition que vous ne touchiez pas aux Galaxy Rangers. Tels qu'ils sont, ils ont une image forte, et les histoires que j'ai inventées pour eux s'inscrivent dans un univers futuriste, certes, mais cohérent. Je pense que cela vaut la peine de leur donner une chance sur le marché britannique.

— Vous voulez donc que je les commercialise en plus des Rétrorangers, et non à leur place ?

— Oui. Cela représente cependant un très gros investissement.

— Accordez-moi la distribution exclusive des deux lignes en Europe, et je prends en charge la moitié du coût de développement des Rétrorangers.

— Je vous l'accorde si vous lancez les Galaxy Rangers en Angleterre sans attendre que leurs lointains ancêtres sortent des ateliers de fabrication.

— Marché conclu !

Steven s'avança pour serrer la main à Franklin, puis il adressa un sourire reconnaissant à Barry, qui lui lança un clin d'œil complice avant de déclarer :

— La solution était simple, finalement... Nous aurions dû y penser plus tôt.

— C'est vrai, admit Franklin, et j'aimerais savoir qui a créé ces ravissants habits. J'ai déjà ma petite idée sur la question, remarquez...

Maintenant qu'il avait l'esprit libre, Steven n'eut pas à réfléchir longtemps pour trouver la réponse.

— Il s'agit de Tessa, bien sûr, dit-il.

— Et c'est la raison de notre retard, mentit Barry. Ce matin encore, les choses étaient au point mort, et il a ensuite fallu que toute la famille de Steven mette la main à la pâte pour que les figurines soient prêtes à temps.

— Accepter de se faire aider est une preuve d'intelligence, observa gravement Franklin. Moi, quand je manque d'inspiration, je me tourne souvent vers ma femme et mes enfants, et vous avez beaucoup de chance, Steven, d'avoir pour fiancée une femme aussi talentueuse que Tessa. Je suis encore plus désireux de la rencontrer, maintenant... Appelez-la donc et demandez-lui de venir ! Je vais retourner m'occuper de mes invités et ouvrir mes cadeaux, pendant ce temps... Je vous félicite, messieurs ! Vous avez bien travaillé, et vous, Barry, vous verrez que vous n'avez pas affaire à un ingrat.

— A votre service, monsieur, susurra l'interpellé avec une feinte humilité.

Lorsque Franklin fut parti, Steven laissa éclater sa joie.

— On a réussi ! On a réussi ! s'exclama-t-il.

— « On » ? répéta Barry d'une voix moqueuse.

— Oui, excuse-moi... C'est toi l'artisan de ce succès. Moi, même si j'avais vu les Galaxy Rangers ainsi transformés, je n'aurais pas eu assez de vivacité et de souplesse d'esprit pour discerner si vite leur potentiel.

— Je suis sûr que tu aurais fini par t'en rendre compte, mais tu avais autre chose en tête à ce moment-là, déclara Barry.

Puis il se dirigea vers le bar à alcool et se servit un grand verre de whisky.

— Tu ne manques pas de toupet ! s'écria Steven.

— Franklin me doit bien ça ! répliqua Barry, désinvolte. Et pour en revenir à Tessa, je me suis tout de suite souvenu, devant son travail sur les figurines, qu'elle était styliste chez DeWilde et devait donc très bien s'y connaître en matière de goûts et de tendances du marché. Comme c'est aussi le cas de Franklin, je me suis dit que ses idées de costumes l'intéresseraient forcément. Au pire, il nous aurait demandé un peu de temps pour réfléchir, mais j'étais sûr que le concept lui plairait.

Mais Steven n'écoutait plus son ami que d'une oreille. Il fixait le téléphone d'un air hésitant, et Barry finit par s'en apercevoir car, changeant brusquement de sujet, il s'exclama :

— Allez, appelle-la !

— Oui, tu as raison.

Steven se dirigea vers le bureau, souleva le combiné et composa le numéro de Tessa, mais n'eut que son répondeur.

— Elle n'est pas là, annonça-t-il en raccrochant.

— Je souhaite pour toi qu'elle ne soit pas partie à quelque rendez-vous galant, observa Barry.

— Non, je ne pense pas, car elle veut que les gens nous croient vraiment fiancés. Mais il faut à présent que j'explique à Franklin pourquoi j'ignore où est ma dulcinée... Toi qui n'es jamais à court d'imagination quand il s'agit de mentir, tu n'as pas une idée ?

— Non, mais attends... Je suis en train de penser à un autre moyen de la joindre.

— Lequel ? La télépathie ?

— Ta mère ! Elle connaît peut-être, elle, les projets de Tessa pour ce soir.

— C'est bien possible, en effet, dit Steven en décrochant de nouveau le téléphone. Et pour une fois, j'espère qu'elle s'est mêlée ce qui ne la regardait pas.

11.

— Tu as eu raison de suggérer à Gabe de dîner au Savoy, Tessa. C'est l'un des restaurants de Londres que je préfère.

— Moi aussi, et tu sais pourquoi, déclara la jeune femme en baissant son menu pour sourire à son oncle Jeffrey, assis en face d'elle.

Jeffrey DeWilde était connu du grand public comme le cerveau de la célèbre société qu'il dirigeait. A cinquante-six ans, il était dans la force de l'âge, et son esprit d'analyse, son sens des affaires faisaient l'admiration de tous.

Mais pour Tessa, ce n'était pas cela le plus important. Elle voyait surtout en lui l'homme au cœur tendre qui se cachait derrière un masque impassible. Il l'emmenait souvent au Savoy, quand elle était petite, il lui écrivait régulièrement pendant ses années de pensionnat, et c'était lui ou sa femme Grace qu'elle appelait en cas de problème : ils prenaient toujours le temps de l'écouter et de la conseiller.

Leur dernier repas ensemble au Savoy remontait à l'époque de son enfance, et elle n'en gardait qu'un souvenir assez vague. Jamais, cependant, elle n'oublierait son émerveillement devant ce cadre à la fois luxueux et raffiné, ni le sentiment valorisant qu'elle avait eu, alors, d'être admise dans l'univers fascinant des adultes.

— J'espère que cette invitation ne va pas compromettre ton anonymat, observa Jeffrey à voix basse, même si j'ai hâte de voir cette supercherie se terminer. J'ai failli avoir une attaque en apprenant par le *Guardian* que tu faisais partie des lots remportés par le gagnant !

Il y avait une nuance de reproche dans sa voix, mais Tessa le comprenait : l'image de la société DeWilde était en jeu.

— La comédie touche à sa fin, indiqua-t-elle d'un ton assuré. Deux reporters sont venus au magasin vendredi après-midi afin d'examiner mes réalisations de plus près, et les commandes pour ma robe de mariée affluent. Les comptes rendus des journalistes de mode paraîtront sans doute mardi prochain dans la presse spécialisée et, comme je suis certaine qu'ils seront élogieux, mon but sera atteint.

Gabe et Lianne apparurent à ce moment-là, et Jeffrey se leva aussitôt pour tirer à sa belle-fille la chaise placée à sa droite.

— Vous êtes ravissante, Lianne, lui dit-il. Cette robe pêche vous va à ravir.

— Excusez notre retard, déclara Gabe en s'asseyant. C'est nous qui vous invitons, et nous arrivons les derniers...

— Ce n'est pas grave, indiqua Jeffrey. Tessa et moi en avons profité pour échanger quelques nouvelles, notamment à propos du concours et de ses conséquences.

— Malgré la tournure inattendue qu'ont prise les événements, je crois qu'elle va en obtenir le résultat escompté, remarqua Gabe. Les médias et le public s'intéressent maintenant à ses créations, et personne ne pourra l'accuser de devoir son succès à sa parenté avec nous.

— Peut-être, mais il faut à tout prix éviter que le choix du vainqueur donne lieu à des soupçons de trucage.

— Nous en avons désigné un second, qui recevra exactement les mêmes cadeaux. Il s'agit d'une participante qui n'a aucune espèce de lien avec le magasin. Les journaux l'ont annoncé ce matin — pas en première page, bien sûr, mais ils en ont tout de même parlé.

— Oui, et j'ai également vu l'article sur Steven Sanders et sa famille. C'est vraiment très aimable à lui de se montrer aussi coopératif. Comment allons-nous le récompenser de sa peine ?

Les yeux de Jeffrey étaient rivés sur Tessa. Elle sentit son pouls s'accélérer en se rappelant les différents tête-à-tête qu'elle avait eus avec Steven au cours des deux jours précédents. Il regrettait sans doute de s'être impliqué dans cette affaire, mais il ne pouvait s'en prendre qu'à lui-même !

Jeffrey attendait de toute évidence une réponse de sa nièce, mais Gabe, volontairement ou non, la tira d'embarras en déclarant :

— Tout est réglé, papa. Nous lui avons offert un avoir pour une somme équivalente aux prix du concours, et valable à vie dans n'importe lequel des cinq magasins DeWilde.

Une expression de surprise passa dans le regard de Jeffrey, mais il ne fit aucun commentaire.

— Ainsi, Sanders n'a pas de griefs contre nous ? demanda-t-il à Tessa.

— Pourquoi en aurait-il ? répliqua-t-elle.

— Eh bien, il pourrait nous reprocher de l'avoir mis dans une situation gênante, par exemple...

— Non, il est assez intelligent pour comprendre que c'est sa mère la seule fautive.

— Bien... Et quand repart-il ?

— Au milieu de la semaine prochaine, je crois. Ainsi, l'épreuve ne durera pas trop longtemps.

— Pour qui est-ce une épreuve ? intervint Gabe. Pour lui ou pour toi ?

— Quelle importance ? s'exclama la jeune femme, agacée.

— Ça en a pour moi, nota Jeffrey. Cette histoire te perturbe visiblement, et je veux savoir pourquoi.

Consciente d'en avoir trop dit, Tessa se résigna à avouer une partie au moins de la vérité :

— J'ai pensé un moment qu'il se passait quelque chose de fort entre Steven et moi, mais je me suis trompée, et tout rentrera très vite dans l'ordre. Il ne s'agit que d'une tocade, et si j'avais eu la possibilité de mieux le connaître, je me serais rapidement rendu compte que nous n'avions aucun avenir ensemble. C'est donc beaucoup mieux ainsi : quand un océan nous séparera, il me suffira de quelques jours pour oublier jusqu'à son existence.

Au grand soulagement de Tessa, l'arrivée d'un serveur, qui venait prendre leur commande, interrompit la conversation. Jeffrey et elle avaient choisi le poulet à l'estragon, leurs compagnons du poisson grillé, et Gabe demanda au serveur de leur apporter tout de suite une bouteille de dom-pérignon.

192

— Excellente idée ! s'exclama Tessa. J'adore le champagne, et il y a une éternité que je n'en ai pas bu.

— Je t'en offrirai une caisse le jour où tu te décideras enfin à quitter ton taudis, déclara Gabe.

— Cesse donc ! lui dit Lianne. Je croyais que tu avais promis à ta cousine de ne plus l'ennuyer avec ça... Tu es une vraie mère poule !

Tessa soupira et annonça, en se renversant dans son siège :

— J'ai le regret de t'informer, Gabe, que je n'ai l'intention de déménager ni maintenant ni même lorsque j'aurai révélé ma véritable identité. Je te signale d'autre part que mon appartement n'a rien d'un taudis. Je m'y plais beaucoup, et je m'y plairai encore plus quand j'aurai eu le temps de le redécorer.

— Tu n'y jouis pourtant d'aucune intimité, observa Gabe. Je t'ai téléphoné ce matin, et c'est Mme Mortimer qui a répondu !

— Elle a la clé, en effet, et aussi celle de ses autres locataires, mais il faut la comprendre : elle possédait cette maison à elle toute seule, avant de la diviser en appartements, et je trouve normal qu'après tant d'années, elle se permette d'y circuler librement.

— Peut-être, mais elle ne se contente pas d'y errer comme un fantôme. J'ai subi un interrogatoire en règle, et quand elle a su qui j'étais, elle a eu l'audace de me suggérer de t'augmenter !

— Quel amour ! s'écria Tessa avec un sourire attendri.

— Elle m'a d'abord pris pour Steven Sanders.

— Ah !

La voix de Tessa s'était étranglée, car elle devinait ce qui allait suivre.

— Et je n'ai pas eu le temps d'ouvrir la bouche pour lui signaler son erreur qu'elle me complimentait déjà sur « mes petits anges », poursuivit Gabe, et sur le couple charmant que nous formions, toi et moi. Elle m'a ensuite félicité de t'avoir conquise, et remercié d'avoir apporté tant de joie dans sa vieille demeure... Tu lui as visiblement donné l'impression que tu étais très attachée à la famille Sanders ! Et je vais te dire une chose, Tessa : tu te trompes peut-être complètement à propos de Steven. Il semblait beaucoup t'intéresser, hier matin encore, et j'ignore ce qui s'est passé entre vous depuis, mais il se pourrait bien que ce soit l'homme de ta vie.

Les paroles de son cousin remuaient le fer dans la plaie, et Tessa poussa un nouveau soupir avant de remarquer :

— Je n'ai pas les idées très claires sur ce sujet, mais je te serais reconnaissante de ne pas t'en mêler. J'ai besoin d'être tranquille, pour réfléchir et me reconcentrer sur mes objectifs.

— Tu vas avoir du mal : ton appartement m'a l'air aussi fréquenté qu'un hall de gare, observa malicieusement Lianne.

— C'est faux ! protesta Tessa en tapant du poing sur la table. J'y suis parfaitement au calme, et je sais ce que je fais, alors arrêtez de me donner des conseils !

Le retour du serveur avec un seau à champagne créa de nouveau une heureuse diversion. Il déboucha la bouteille pendant que l'un de ses collègues posait quatre flûtes sur la table, mais Gabe déclina son offre de les remplir. Les deux hommes repartirent, et Jeffrey se pencha alors pour tapoter la main de Tessa.

— Que cela te plaise ou non, nous voulons t'aider,

lui dit-il. Tu es encore très jeune, et tu as en face de toi un adversaire redoutable.

Comme il n'était pas dans les habitudes de son oncle de s'ingérer dans la vie privée des autres, la jeune femme ne voyait qu'une explication au comportement de Jeffrey : il connaissait Millicent, ne serait-ce que de nom et de réputation.

— Ainsi, tu sais qui est cet adversaire ? déclara-t-elle.

— Oui, et c'est pour cela que je me permets d'insister. Tu dois affronter la situation avec beaucoup de prudence et de discrétion.

— Mais de quoi parlez-vous, tous les deux ? s'écria Gabe.

— De Millicent Sanders et de ses manœuvres souterraines, répondit son père.

Tessa aurait préféré garder cette information secrète, mais il était trop tard, à présent, aussi expliqua-t-elle à son cousin :

— A cause du collier que je portais avec ma robe de mariée, Millicent m'a tout de suite identifiée comme étant une Montiefiori. C'est une amie de Céleste, et elle a vu en moi la belle-fille idéale. Elle a donc poussé ses petits-enfants à participer au concours, avec pour objectif de provoquer une rencontre entre Steven et moi. Elle espérait qu'il tomberait amoureux de moi et me demanderait vraiment en mariage.

— Décidément, cette femme ne cessera jamais de m'étonner ! s'exclama Gabe. Elle est encore plus retorse que je ne le pensais !

— Elle ne risquait pas grand-chose, en fait, souligna Jeffrey. Si quelqu'un d'autre avait gagné le concours, il lui aurait suffi d'adopter un profil bas, et personne n'aurait rien su de ses intentions.

— Moi, je ne peux pas m'empêcher d'avoir pitié de ces pauvres petits orphelins, qui croyaient avoir trouvé la maman de leurs rêves, dit Lianne. Ils vont être terriblement déçus.

— Connaissant Millicent, je suis sûr qu'elle n'est pas près de s'avouer vaincue, remarqua Jeffrey. Il y a aux Etats-Unis de nombreuses jeunes femmes réunissant toutes les qualités qu'elle attend d'une belle-fille, et elle aura vite imaginé quelque autre plan pour marier son fils.

La gorge de Tessa se noua à l'idée qu'une étrangère la remplacerait bientôt dans le cœur de Natalie et de Nicky. C'était leur adoration pour elle qui l'avait touchée, au début, mais elle les aimait maintenant pour eux-mêmes.

Jeffrey se mit alors à raconter une soirée dans un bar de la Côte d'Azur où Millicent, un peu éméchée, avait poussé la romance, et toute la tablée s'esclaffa.

La gaieté de son père ravissait Gabe, nota Tessa. Depuis que Jeffrey s'était séparé de sa femme, au printemps dernier, il avait traversé des périodes très sombres. Vice-présidente de la société DeWilde, Grace avait travaillé à ses côtés pendant plus de trente ans, et ils formaient un couple parfaitement complémentaire — elle, enthousiaste et inventive, lui, calme et réfléchi. Lorsqu'elle avait quitté son mari — et l'entreprise — pour s'installer à San Francisco et y ouvrir son propre magasin, Jeffrey s'était senti doublement trahi, et personne n'avait dû le voir s'amuser ainsi depuis des mois.

Sa gravité habituelle ne tarda malheureusement pas à revenir, et ce fut d'un air pensif qu'il observa :

— Je regrette de ne pas avoir proposé à Millicent et à son fils de se joindre à nous ce soir.

196

— Il n'y a rien à regretter! s'écria Tessa. Cela aurait créé une situation très embarrassante.

— Non, cela nous aurait au contraire permis de rire tous ensemble des ridicules machinations de Millicent, et tes relations avec Steven se seraient ensuite détendues.

— Il ne sait pas qui je suis, avoua la jeune femme à contrecœur.

— Tu ne le lui as pas dit? Et pourquoi donc?

— J'ai jugé préférable de ne pas rendre les choses encore plus compliquées qu'elles ne le sont déjà.

— Tu ne craignais pas plutôt de lui donner plus de pouvoir sur toi qu'il n'en a déjà? demanda Gabe d'un ton taquin.

— Laisse-moi tranquille! Tu me rappelles Millicent, à me harceler ainsi pour que je voie en Steven l'homme de ma vie!

— Allons, calmez-vous, les enfants! ordonna Jeffrey.

— D'accord, Tess, je ne te parlerai plus de ça ce soir, déclara Gabe, mais uniquement parce que je suis trop heureux en ce moment pour me disputer avec qui que ce soit.

— Et trop distrait pour nous servir à boire, souligna sa cousine. Tu as commandé du champagne, et nous attendons toujours de pouvoir y goûter! J'aimerais aussi savoir ce qui nous vaut cette faveur.

— Tu es bien curieuse!

— Au nom du ciel, Gabe, arrête de tergiverser, sinon je vais exploser! s'exclama Lianne. Sans compter que le champagne aura perdu toutes ses bulles s'il reste trop longtemps dans la bouteille.

Gabe tendit la main vers le seau, en sortit le dom-pérignon et entreprit de faire le service. Quand il reposa la bouteille sans avoir rempli la flûte de Lianne, Tessa commença à se douter de ce qu'il allait dire.

Et elle ne se trompait pas...

— Papa, Tessa, déclara-t-il, j'ai l'immense plaisir de vous annoncer que ma charmante épouse est enceinte.

Avec des exclamations de joie, Jeffrey et Tessa levèrent leur verre pour porter un toast à la future mère, qui les remercia d'un gracieux salut de la tête.

— Toutes mes félicitations, Lianne ! s'écria Tessa en se penchant pour embrasser sa cousine. Je me demandais, depuis un moment, s'il n'y avait pas quelque chose dans l'air.

— Tu te flattes ! répliqua Gabe. Nous avons soigneusement gardé le secret.

— Peut-être, mais j'avais quand même noté chez vous deux certains signes de changement. J'ai été surprise, par exemple, de constater que le texte des petits Sanders t'avait touché à ce point, Gabe, et un rayonnement très particulier émane de toi, Lianne, depuis quelques semaines.

— Je vais être grand-père..., murmura Jeffrey, manifestement très ému. Nous étions si impatients de voir naître la prochaine génération de DeWilde, Grace et moi...

Il s'interrompit brusquement et vida son verre d'un trait, avant de le fixer d'un air sombre.

L'atmosphère se tendit, autour de la table. Gabe ne souriait plus, Lianne l'interrogeait du regard comme pour lui demander s'il valait mieux se taire ou relancer la conversation, et Tessa cherchait sans le trouver un moyen de réconforter son oncle.

Ce fut Jeffrey lui-même qui rompit le silence, mais sa voix et son visage continuaient d'exprimer une profonde détresse.

— Tu dois l'annoncer tout de suite à ta mère, Gabe, déclara-t-il.

— J'avais l'intention d'appeler d'abord Megan à Paris.

— Tu sais très bien qu'elle s'empressera de téléphoner à Kate pour le lui dire, et que Kate, habitant San Francisco comme Grace, la mettra immédiatement au courant... Mais n'est-ce pas ce que tu veux, en fait, afin de ne pas être obligé de parler à ta mère ?

— Il m'arrive de lui parler, même si j'admets avoir du mal à accepter son départ.

— Elle n'en reste pas moins ta mère.

« Et la femme de ma vie... » Jeffrey ne prononça pas ces mots à haute voix, mais ils résonnaient de toute évidence dans son esprit. Bien qu'il fût trop réservé pour avouer ses sentiments, même aux membres de sa famille, Gabe avait appris à deviner ses émotions. Lorsque Grace était allée vivre aux Etats-Unis, il avait senti la douleur et l'amertume de Jeffrey. Depuis quelque temps, cependant, son père lui semblait plus serein ; il souffrait toujours de l'absence de Grace, mais sa colère contre elle s'était calmée. La guerre qu'ils se faisaient l'attristait, et il souhaitait le retour de sa femme. Mais peut-être n'était-il pas prêt à le reconnaître, même en son for intérieur.

— Personne n'a perdu l'espoir de voir maman revenir un jour, finit par observer Gabe.

— J'ai une idée ! s'écria Lianne. Jeffrey et Tessa vont nous suivre à l'appartement, après le dîner, et nous appellerons Grace en mettant le haut-parleur pour que tout le monde puisse participer à la conversation. Qu'en dites-vous ?

— D'accord, répondit Tessa.

Craignant sans doute un refus de la part de Jeffrey, Lianne ne lui laissa pas le temps de donner son avis.

— Alors voilà une affaire réglée ! décréta-t-elle. J'aimerais bien qu'on apporte notre commande, à présent... Je meurs de faim !

Les plats arrivèrent peu après, et Tessa s'apprêtait à attaquer son poulet lorsqu'une voix annonça dans le système de sonorisation de la salle qu'on demandait Mlle Jones au téléphone.

— Un coup de fil pour toi ? déclara Gabe. Qui peut bien savoir que tu es ici ?

— Je n'en ai pas la moindre idée. Je vous prie de m'excuser...

La jeune femme se leva, lissa sa robe de laine blanche et se dirigea vers l'entrée du restaurant. Là, elle s'adressa au maître d'hôtel, puis se rendit dans le petit salon qu'il lui avait indiqué. La touche lumineuse du téléphone posé sur une belle table ancienne clignotait ; elle appuya dessus et décrocha d'un même mouvement.

— Allô !

— Tessa ?

— Steven ! s'exclama-t-elle sans même chercher à cacher son saisissement.

— Je suis désolé de vous ennuyer...

— C'est nouveau !

— S'il ne s'agissait pas d'une affaire importante, je ne...

— Comment m'avez-vous trouvée ?

— Les enfants savaient que vous dîneriez ce soir au Savoy.

— Il ne leur est rien arrivé, j'espère ? observa-t-elle, prise d'une brusque inquiétude.

— Non, rassurez-vous : ils vont très bien.

— Pourquoi m'appelez-vous, alors ? demanda-t-elle sèchement.

— Vous m'en voulez de vous avoir traitée si durement, n'est-ce pas ?

— Et comment ! Vous ne vous êtes pas gêné pour me dire tout le mal que vous pensiez de moi.

— J'aimerais que nous mettions cela de côté pour l'instant.

— Vous plaisantez ?

— Non, bien que je comprenne votre réaction. Je.. j'y suis allé un peu fort, cet après-midi.

— Un peu ?

— Bon, d'accord, j'ai carrément dépassé les bornes, et je suis navré. Ma seule excuse, c'est que je n'étais pas au courant du vol du collier, à ce moment-là.

La surprise laissa un instant Tessa sans voix, puis elle déclara :

— Alors... Natalie vous a tout raconté ?

— Oui.

— Et du coup, vous me trouvez de nouveau fréquentable ? Je ne vous apparais plus comme une intrigante ? Désolée, Steven, mais vous auriez dû au moins m'accorder le bénéfice du doute.

— Je le reconnais, et je vous remercie de vous être si bien occupée des enfants. Ils vous adorent.

— C'est réciproque. A présent, si ça ne vous dérange pas, je suis en train de dîner, et...

— Vous avez de riches relations, pour avoir été invitée au Savoy !

— En effet.

La jeune femme ne donna pas d'autres précisions. Steven la croyait sans doute en galante compagnie, mais elle n'avait pas la moindre intention de le détromper. Tant pis s'il était jaloux... Ou plutôt, tant mieux : elle s'était bien tourmentée, elle, à propos de ce qu'il avait fait la nuit précédente !

— On y mange très bien, remarqua Steven dans un effort évident pour prolonger la conversation.

— Oui, et mon poulet est en train de refroidir, alors...

— Non, je vous en prie, ne raccrochez pas ! Je... j'ai besoin de vous. Le P.-D.G. de la société avec laquelle je suis actuellement en négociation voudrait vous rencontrer. Tout de suite.

Les doigts de Tessa serrèrent le combiné aussi fort qu'elle aurait aimé pouvoir serrer la gorge de Steven. Ainsi, il ne l'avait pas appelée pour s'excuser, mais parce qu'il avait un nouveau service à lui demander ! Elle aurait dû se douter que ce coup de téléphone était intéressé !

— Quand vous avez accepté cette parodie de fiançailles, vous saviez sûrement que ce genre de problème risquait de se poser, non ? observa-t-elle.

— Oui, mais je pensais trouver chaque fois une explication à votre absence. Dans ce cas précis, cependant...

— Dites que j'ai la migraine ! C'est l'excuse que les femmes utilisent depuis des siècles pour s'éviter toutes sortes d'obligations, et elle marche toujours très bien.

— Non, les choses sont beaucoup plus compliquées que ça !

Il y avait une note de désespoir dans la voix de Steven, mais Tessa refusa de se laisser attendrir. Après l'humiliation qu'il lui avait infligée, il croyait pouvoir se contenter de siffler pour qu'elle accoure? Non, c'était plus que son amour-propre n'était prêt à en supporter...

— Vous m'avez clairement fait comprendre que je vous importunais, alors à vous d'en assumer les conséquences, maintenant! déclara-t-elle aussi posément que le lui permit sa fureur.

— Mais il veut absolument vous voir!

— Alors montrez-lui la photo que les journaux de vendredi ont publiée de moi!

Sur ces mots, elle raccrocha et regagna la salle de restaurant, où ses trois compagnons l'attendaient impatiemment.

— C'était Steven Sanders, annonça-t-elle en se rasseyant.

— Pourquoi t'appelait-il? demanda Gabe.

— Pour m'informer qu'on mangeait très bien au Savoy, répondit-elle avec une feinte désinvolture.

Aucun de ses interlocuteurs ne la crut, naturellement, mais l'expression farouche de ses yeux verts les dissuada d'insister.

12.

Plus personne ne parla de Steven Sanders pendant le reste du repas. Impatients d'annoncer la grande nouvelle à Grace, Gabe et sa femme proposèrent de prendre le dessert chez eux, et, une demi-heure plus tard, tous se retrouvèrent dans l'appartement du jeune couple.

— Nous allons utiliser le téléphone du bureau, proposa Lianne. C'est le seul qui soit équipé d'un haut-parleur.

Ils se rendirent alors dans le sanctuaire de Gabe, et celui-ci posa l'appareil au milieu de sa grande table de travail, avant de composer le numéro de sa mère à San Francisco. Il y eut deux sonneries, puis la voix de Grace retentit dans la pièce :

— Allô...

— Allô, maman ?

— Gabe ! Comme je suis contente de t'entendre !

Lianne passa un bras autour de la taille de son mari et expliqua rapidement la situation à sa belle-mère :

— Bonjour, Grace ! Je vous conseille de vous asseoir, parce que cet appel risque de durer longtemps : nous sommes plusieurs à vouloir bavarder avec vous.

— Vous avez organisé une réunion de famille ? demanda Grace d'une voix un peu étranglée. Vous avez eu de la chance de me joindre : je m'apprêtais à sortir.

— Tu déjeunes avec une de tes conquêtes ? intervint Jeffrey sur un ton rogue.

— Jeffrey ! Tu es là, toi aussi ?

— Oui, et j'en suis ravi, car cela me permet d'apprendre des choses que je n'aurais aucune chance de savoir autrement.

— Toujours aussi aimable, à ce que je vois ! s'écria Grace, sarcastique.

Un silence gêné s'ensuivit. Jeffrey s'éloigna de la table et se mit à arpenter la pièce, les mains dans les poches, tandis que Gabe et Lianne se regardaient d'un air désemparé. Pour détendre l'atmosphère, Tessa se pencha vers le téléphone et déclara :

— Bonjour, tante Grace. Devine qui est à l'appareil...

— Tessa ! Comment vas-tu ? Et comment les choses se passent-elles, au magasin ?

— Très bien.

— Tu étais encore à Paris, la dernière fois que nous nous sommes parlé.

— En effet. C'était il y a un peu plus de deux mois.

— Et tu élaborais alors un plan pour te forger une nouvelle identité en prévision de ton grand retour au pays, si je me souviens bien.

— Elle n'est pas la seule, grommela Jeffrey.

— Pardon ? Je n'ai pas compris...

— Ce n'est rien, maman, se dépêcha de répondre Gabe, non sans lancer à son père un coup d'œil réprobateur. En fait, Lianne et moi t'appelons pour savoir si ça t'intéresserait de créer des vêtements de bébé.

— Mais je ne me suis jamais occupée que d'articles de mariage !

— Le moment est peut-être venu de diversifier tes activités.

— Oh, Gabe... Serais-tu en train de me dire, par hasard, que Lianne attend un enfant ?

— Oui ! s'exclamèrent en chœur les deux futurs parents.

— Toutes mes félicitations... et mes remerciements ! J'avais tellement hâte de devenir grand-mère... Depuis combien de temps êtes-vous enceinte, Lianne ?

— Environ six semaines.

— Nous sommes allés au Savoy pour fêter l'événement, indiqua Gabe, et... et tu nous as manqué, maman.

— Vous me manquez, à moi aussi.

— Mais nous voulions que tu t'associes, même de loin, à notre joie.

— Je suis très sensible à cette attention.

— C'est moi qui ai demandé à Gabe de te téléphoner tout de suite, intervint Jeffrey. Personne ne savait mieux que moi à quel point cette nouvelle te rendrait heureuse.

— Oui, cela compense presque le fait qu'ils se soient mariés en secret.

Apparemment revenu à de meilleurs sentiments, Jeffrey s'assit sur le rebord de la table et fit observer :

— Cela fait plus que le compenser : ils auraient pu attendre des années, avant de nous offrir ce merveilleux cadeau.

Gabe entraîna alors doucement sa femme vers la porte et, d'un signe discret de la tête, invita Tessa à les suivre. Jeffrey ne parut pas remarquer leur départ. Le plaisir de partager avec Grace ce moment de bonheur avait eu raison de sa première réaction d'animosité.

— Lianne est rayonnante, poursuivit-il, et Gabe plus épanoui que je ne l'ai jamais vu. J'aurais dû me douter de quelque chose, quand il a proclamé vainqueur du concours un texte rédigé par des enfants. Et devine qui les avait poussés à y participer... Millicent Sanders ! Figure-toi qu'elle s'est mis dans l'idée de marier Tessa à son fils !

— Je ne crois pas le connaître.

— Moi non plus, et lui ignore visiblement tout de nous.

— Comment est-il ?

— Je ne le sais pas encore, mais je pense le rencontrer bientôt. Et pendant que je t'ai au téléphone, Grace, j'aimerais que tu me...

Les trois jeunes gens n'en entendirent pas plus : Gabe venait de refermer la porte du bureau.

— Ouf ! s'écria-t-il. J'ai craint le pire, au début, mais tout a fini par s'arranger.

— Oui, le courant semble de nouveau passer entre tes parents, dit Tessa.

— Grace manque de plus en plus à papa.

— Rien de tel qu'un enfant pour ressouder une famille, remarqua Lianne en se serrant tendrement contre son mari.

Tessa songea alors aux liens subtils que Natalie et Nicky avaient tissés entre Steven entre elle. Le seul fait de les aimer les rapprochait. S'ils avaient eu besoin d'elle, ce soir, elle aurait oublié sa rancœur contre leur père et serait allée le rejoindre sans hésiter.

— Désolé de t'avoir obligée à venir ici, Tess, déclara Gabe, mais papa n'aurait sans doute pas accepté de suivre le mouvement si tu n'avais pas été là pour nous servir d'alibi. Et la manœuvre a réussi : il nous a complètement oubliés... au profit de maman.

— Tu n'as pas à t'excuser : je ferais n'importe quoi pour oncle Jeffrey, et j'ai été contente de parler, même brièvement, à tante Grace.

— Tu veux un dessert ? Un café ? demanda Lianne.

— Non, rien, merci, répondit Tessa avant de se diriger vers la penderie pour y prendre son imperméable.

— J'ai l'impression que papa et maman connaissent bien Millicent Sanders, nota Gabe.

— Elle est très fière de ses relations londoniennes, et maintenant qu'elle n'a plus à cacher ses rapports d'amitié avec notre famille, je suis sûre qu'elle nous racontera beaucoup d'histoires semblables à celle d'oncle Jeffrey à propos de cette soirée dans un bar de la Côte d'Azur.

— C'est un sacré numéro ! observa Lianne en étouffant un bâillement.

— Et sans doute l'une des meilleures amies de ma grand-mère, souligna Tessa. Elle m'a expliqué qu'il arrivait à Céleste de lui prêter son collier, autrefois.

— Alors, elles devaient être très proches, en effet ! s'exclama Gabe.

— Oui, et cela excuse en partie la conduite de Millicent : il y avait des raisons sentimentales à sa volonté de marier son fils à une Montiefiori.

— A propos du collier..., dit Gabe. Tu me l'as rapporté, comme tu me l'avais promis ?

— Non, j'ai oublié, mais je te le rendrai demain au bureau.

— A la première heure !

— D'accord.

— Tu veux que je te raccompagne à ta voiture ?

— Non, c'est inutile. Va plutôt mettre ta femme au lit : elle tombe de sommeil. Bonne nuit... papa !

La vue de ses fenêtres illuminées surprit Tessa lorsqu'elle se gara dans sa rue. Elle n'attendait pourtant personne...

Mais ce ne devait être que Mme Mortimer, pensa-t-elle aussitôt.

Comme pour le lui confirmer, la silhouette massive de sa logeuse se profila alors derrière une vitre. Au moment où Tessa descendait de voiture, Mme Mortimer l'aperçut et lui fit de grands signes. Que se passait-il donc?

Intriguée, la jeune femme monta l'escalier à pas de loup pour ne pas réveiller M. Gentry, son voisin de palier. Ce facteur à la retraite se couchait tous les soirs à 22 heures, et il était déjà presque 23 h 30...

Tessa ouvrit silencieusement la porte de son appartement et vit sa logeuse confortablement installée dans le canapé, une tasse de thé à la main. L'unique théière de Tessa était posée devant elle, sur la table basse.

— Que faites-vous ici à cette heure? s'écria la jeune femme.

Pour la première fois depuis qu'elles se connaissaient, Mme Mortimer lui lança un regard gêné.

— Vous me dites toujours que je suis une mère pour vous, alors j'ai décidé de vous prendre au mot, répondit-elle.

— Comment cela?

— Vous me permettez d'être franche avec vous?

— Euh... oui.

— Dans ce cas, je ne vais pas y aller par quatre chemins: vous devriez avoir honte de traiter ainsi votre fiancé! Il est venu, tout à l'heure, et il a cogné comme un fou à la porte d'entrée!

210

— Je... j'ignorais qu'il comptait me rendre visite ce soir.

— Et ce pauvre M. Gentry, croyant qu'il y avait au moins le feu à la maison, est descendu en chaussettes et en caleçon !

Tessa essaya d'imaginer le vieil homme dans cette tenue et ne put s'empêcher de rire.

— En caleçon ? répéta-t-elle.

— Là n'est pas la question ! s'exclama son interlocutrice d'un ton sévère.

La mine faussement contrite, Tessa accrocha son imperméable au portemanteau. Le sermon de sa logeuse tombait mal, car elle en avait assez de s'entendre prodiguer conseils et remontrances à propos de Steven. Mais d'un autre côté, elle n'avait jamais caché ses sentiments quasi filiaux envers Mme Mortimer... Comment lui reprocher, dans ces conditions, de se conduire comme une mère avec elle ?

— Steven et moi nous sommes disputés, expliqua-t-elle, et nous allons rompre nos fiançailles.

— Ce n'est peut-être pas si grave, déclara la vieille dame. Je suis sûre qu'il est venu dans le but de se réconcilier avec vous.

— Non, je ne sais pas ce qu'il voulait, mais il est clair que tout est fini entre nous.

— Ne dites pas ça, ma chère enfant !

— Et pourquoi donc ? Vous ne le connaissez pas, madame Mortimer ! Il est incapable de faire le moindre effort pour régler notre désaccord.

Ravie de cette occasion de donner libre cours à sa colère contre Steven, Tessa croisa les bras et poursuivit :

— Vous me voyez partager la vie d'un mufle qui

porte des jugements hâtifs, qui soupçonne toujours les femmes des plus noirs desseins, mais n'hésite pas à les utiliser pour servir ses propres intérêts ?

— Le réquisitoire est terminé ?

C'était la voix de Steven, et Tessa se tourna vivement vers l'endroit d'où elle provenait — la cuisine, dont la porte était ouverte, mais où aucune lumière ne brillait. Steven apparut au même moment dans l'embrasure, vêtu d'un costume bleu marine, d'une chemise blanche et d'une cravate rouge au nœud desserré.

— Quelle idée de surgir ainsi à l'improviste ! s'écria la jeune femme en posant une main sur son cœur qui battait la chamade. J'ai eu une de ces peurs !

— Le réquisitoire est terminé ? répéta Steven.

— Regardez, Tessa ! intervint Mme Mortimer. Voilà un homme qui a sacrifié sa soirée pour faire la paix avec vous, afin que vous puissiez bien dormir cette nuit... Est-ce là le comportement d'un mufle ?

Tessa ne partageait pas du tout cette analyse. Avec ses poings serrés, ses mâchoires crispées, Steven semblait plus disposé à l'étrangler qu'à se jeter à ses genoux pour la supplier de lui pardonner. Mme Mortimer avait cependant de lui une image idéalisée, celle d'un héros romantique qui avait trouvé l'amour en se promenant à Central Park un jour de grand vent et, pour elle, il serait toujours paré de toutes les qualités. Inutile, donc, d'essayer de la détromper.

— Bonsoir, madame Mortimer, dit sèchement Tessa. Et merci.

Sa logeuse se leva, mais, avant de s'en aller, elle jugea encore utile de lancer à Steven un sourire attendri. Exaspérée, Tessa dut se retenir pour ne pas la pousser de force dans le couloir.

Enfin, la porte se referma derrière la vieille dame, mais le soulagement de Tessa fut de courte durée, car Steven s'approcha alors d'elle, l'air menaçant.

— Je crois que vous devriez partir, vous aussi, déclara-t-elle en réprimant un frisson.

Elle ne s'attendait pas vraiment à être obéie, mais elle s'attendait encore moins au geste de Steven, qui la prit par le menton et lui souleva la tête afin de l'obliger à le regarder dans les yeux.

— Nous avions conclu un accord et vous l'avez rompu, observa-t-il d'une voix dure.

— C'est ridicule !

Les efforts de Tessa pour se dégager furent vains : Steven la tenait solidement et n'avait manifestement aucune intention de la lâcher. Pourquoi ne pouvait-il se montrer aussi déterminé dans d'autres domaines que celui des affaires ? Pourquoi réservait-il ce genre de passion à la seule défense de ses intérêts professionnels ?

— Nous étions convenus de nous aider mutuellement, grommela-t-il.

— Et vous êtes fâché parce que j'ai refusé de jouer les potiches devant l'un de vos partenaires commerciaux ?

— Vous avez bien trop de personnalité pour vous laisser enfermer dans un rôle purement décoratif ! Et de toute façon, jamais je n'exigerais cela d'une femme.

Tessa en resta bouche bée : Steven avait réussi à renverser la situation ! Il était parvenu à se donner le beau rôle, et même à la contraindre de s'interroger sur le bien-fondé de sa colère.

— Pourquoi teniez-vous tant à ce que je vienne vous rejoindre, alors ? demanda-t-elle.

— Les habits que vous avez confectionnés pour mes Galaxy Rangers sont tombés sous les yeux de Franklin Butler, et...

— C'est avec la société Butler Toys que vous négociez? Elle est très puissante et très connue en Angleterre!

— Oui, et Barry Lambert, l'homme que vous avez rencontré cet après-midi à l'hôtel, y travaille. Pendant que je discutais avec vous dehors, les enfants lui ont montré vos réalisations. Il faut préciser que les figurines originales n'avaient pas enthousiasmé Franklin : il trouvait qu'il leur manquait « quelque chose ».

— Et Barry, pensant avoir perçu ce « quelque chose » dans la nouvelle apparence que je leur avais donnée, les lui a apportées?

— Exactement.

L'idée que le P.-D.G. de Butler Toys avait aimé ses créations remplit Tessa de fierté. Toute son assurance revenant d'un coup, elle tapa sur la main de Steven jusqu'à ce qu'il lâche prise, puis elle observa avec un sourire satisfait :

— Heureusement que je suis là pour résoudre vos problèmes... de toute nature.

— Dans la mesure où vous êtes responsable d'une bonne partie de ces problèmes, c'est le moins que vous puissiez faire! répliqua Steven.

— Vous continuez donc à me considérer comme une fautrice de troubles? Certains hommes apprécient pourtant ma compagnie. Ils me trouvent sympathique, et même désirable.

— Ça, je le sais..., marmonna Steven, songeant à Barry, à Franklin Butler et à tous les lecteurs qui avaient dû jeter des regards concupiscents sur la photo de Tessa publiée dans les journaux.

— Vous aussi, vous me trouvez désirable ? demanda-t-elle d'un ton léger.

— Oui, même si j'avais plutôt envie de vous tordre le cou, quand vous m'avez raccroché au nez sans me laisser la possibilité de vous exposer la situation.

— Désolée, mais de toute façpn, je n'aurais pas pu venir. J'ai une vie personnelle, et certaines obligations qui, ne vous en déplaise, ont la priorité sur celles que j'ai envers vous.

— Je comprends.

La colère de Steven avait cédé la place à un sentiment de résignation, presque de défaite. Oui, il était naturel que cette jeune femme ambitieuse et dynamique eût des journées chargées. Elle avait déjà consacré beaucoup de temps à la famille Sanders, et il n'avait aucun droit sur elle, puisqu'il avait refusé sa proposition de nouer avec lui des liens plus intimes.

— Comment avez-vous expliqué ma défection à Butler ? déclara-t-elle.

— J'ai prétendu que je n'étais pas arrivé à vous joindre, et il n'a pas eu l'air trop contrarié.

— Parfait !

— Mais c'est juste parce qu'il nous croit vraiment fiancés, et pense donc avoir très vite une autre occasion de vous rencontrer.

— Eh bien, tant pis pour lui !

— Tant pis pour lui ? répéta Steven, envahi par une nouvelle bouffée de colère. C'est tout ce que vous trouvez à dire ?

— Calmez-vous ! Franklin Butler apprendra bientôt notre « rupture », comme tout le monde. En attendant, il suffit de le faire patienter.

— Vous n'avez rien compris, alors ?

215

— Quoi ? Que suis-je censée comprendre ?

— Mais que vous avez une mine d'or à portée de la main ! Vous pouvez me demander des fortunes pour l'achat de vos créations !

— Ah, c'est de cela que vous parlez...

Cet aspect des choses n'avait bien sûr pas échappé à Tessa : si Steven accordait les droits de commercialisation de ses figurines transformées à Butler Toys, il devrait en toute justice lui verser soit une grosse somme forfaitaire, soit un pourcentage des bénéfices réalisés sur les ventes.

Mais elle s'en moquait. Il avait admis la trouver désirable, tout à l'heure, et c'était le plus important à ses yeux. Pourquoi s'obstinait-il à ramener la conversation sur le sujet des affaires, au lieu de laisser parler ses émotions ?

— Je vous autorise à utiliser les habits que j'ai créés comme bon vous semble, et sans contrepartie financière, annonça-t-elle. C'est Barry et vous qui avez compris le parti qu'on pouvait en tirer, après tout !

— Vous me rendez fou !

— Pourquoi ?

— Parce que vous êtes parfaite, tandis que moi, je ne cesse de me conduire comme un imbécile. Je me demande même ce qui vous a plu en moi, au départ.

Les raisons de cette attirance étaient évidentes pour Tessa : malgré tout ce qu'il avait enduré, Steven gardait une immense capacité d'aimer. Il adorait ses enfants et montrait beaucoup d'indulgence envers sa mère. C'était un homme de cœur, et elle voulait faire partie du cercle de ses intimes, se réchauffer à la flamme de tendresse et de générosité qui brûlait au fond de lui.

A en juger par le trouble qu'exprimait en ce moment son regard, il partageait ce sentiment... Mais était-il prêt à agir en conséquence, ou même seulement à le reconnaître ?

C'était pourtant à lui, maintenant, de prendre l'initiative : elle refusait de courir le risque d'une nouvelle rebuffade. Mais Steven repartait dans quelques jours... Le temps qu'il trouve le courage de surmonter sa peur, ne serait-il pas trop tard ?

Dans l'espoir de le forcer à admettre son attachement pour elle, Tessa lui demanda d'une voix douce :

— Pourquoi êtes-vous venu jusqu'ici pour me parler de cette histoire de figurines ? Un coup de téléphone aurait suffi.

— Celui que je vous ai donné au Savoy ne m'a pas valu un franc succès.

— Non, mais vous auriez pu réessayer. Vous devez maintenant savoir que je me laisse facilement attendrir, et que j'aurais donc fini par vous écouter.

— Alors vous seriez d'accord pour rencontrer Franklin Butler ?

— Oui. Organisez un rendez-vous, et j'irai. Voilà, vous êtes satisfait ? Je vous répète cependant que vous auriez obtenu le même résultat en m'appelant.

— Je n'en ai jamais douté, en fait. Si je me suis déplacé, c'est parce que j'avais envie de...

La phrase de Steven resta en suspens, et Tessa, le cœur battant, déclara :

— Envie de quoi ?

— De vous voir. Je n'arrête pas de penser à vous, quand nous sommes séparés.

Cet aveu lui avait visiblement coûté, mais il s'y était résolu, avec dans la voix une passion sous-jacente qui électrisa les sens de Tessa.

— Lorsque vous m'avez raccroché au nez, tout à l'heure, j'ai éprouvé un terrible sentiment de perte, poursuivit-il. Cela m'a amené à réfléchir, et j'ai soudain compris que je devais faire quelque chose. Alors, je suis venu...

— Et j'en suis ravie.

Steven s'approcha de Tessa et, d'un geste très doux, presque timide, l'attira contre sa poitrine.

— Vous êtes si belle..., murmura-t-il. Je brûle depuis deux jours de vous serrer contre moi, de vous embrasser, d'enfouir mon visage dans vos cheveux...

Se hissant sur la pointe des pieds, Tessa lui passa les bras autour du cou et couvrit sa gorge de petits baisers.

— Je rêve moi aussi, depuis deux jours, de faire ce que je suis en train de faire... et bien plus encore, chuchota-t-elle. Certains rêves peuvent donc devenir réalité...

— Mais d'autres pas... Alors, je vous en prie, Tessa, ne vous bercez pas d'illusions. Je ne voudrais surtout pas vous décevoir.

— Oui, je sais ce qui vous tourmente, mais laissez-vous aller, pour une fois... Oubliez Renée et profitez de l'instant présent.

Le nom de son épouse fit tressaillir Steven, mais Tessa l'étreignit alors plus étroitement et posa ses lèvres sur les siennes. Comme elle l'avait espéré, il répondit aussitôt à son baiser. Elle le sentit gagné par une fièvre qui balaya ses dernières réticences, et sans doute jusqu'au souvenir de Renée. Tandis qu'il l'embrassait avec une fougue grandissante, ses mains descendirent le long de la robe de laine blanche, se glissèrent dessous, puis remontèrent, éveillant sur leur passage de délicieux frissons.

— Mmh... c'est si bon ! murmura-t-elle.

Cette sensualité qui s'exprimait en toute franchise, comme si c'était la chose la plus belle et la plus naturelle du monde, décupla l'ardeur de Steven. Il voulait explorer chaque centimètre de ce corps menu et pourtant animé d'une extraordinaire vitalité.

Ses doigts cherchèrent la fermeture Eclair, sous la masse soyeuse des cheveux dénoués, et l'abaissèrent pendant que Tessa lui enlevait sa cravate et déboutonnait sa chemise.

L'instant d'après, ils étaient peau contre peau, aussi impatients l'un que l'autre d'assouvir leur désir. Leurs caresses se firent plus voluptueuses, les entraînant de manière inexorable vers l'union totale qui seule les satisferait pleinement.

— J'ai imaginé tant de fois ce moment..., chuchota Tessa entre deux soupirs de bien-être.

— Moi aussi, et c'est encore mieux dans la réalité, dit Steven.

Il eut du mal à reconnaître sa voix dans les sons rauques qui sortaient de sa gorge. Il était également surpris d'avoir prononcé ces mots, car ils témoignaient d'une passion dont il ne se croyait plus capable.

La pensée de Renée lui traversa l'esprit, mais il la repoussa avec détermination. Jamais, depuis la mort de son épouse, aucune femme ne l'avait attiré autant que Tessa, et il voulait que rien ne vienne troubler ces instants magiques. Ils se situaient dans une dimension à part, affranchie de toute notion de passé et d'avenir.

L'appel impérieux de ses sens le priva ensuite du peu de lucidité qui lui restait. Soulevant Tessa dans ses bras, il la porta jusqu'au canapé et l'allongea sur les coussins.

— Viens ! murmura-t-elle.

Il la pénétra d'une puissante poussée, puis se mit à bouger en elle sur un rythme lent, d'abord, mais qui alla en s'accélérant tandis qu'elle lui parlait, l'encourageait, exprimait sans retenue son plaisir et ses envies. Sa voix possédait une force incantatoire qui agissait sur lui comme un aphrodisiaque.

Lorsqu'elle atteignit l'orgasme, Tessa s'agrippa aux épaules de Steven, et un long frisson la secoua. L'explosion de la jouissance jaillit en lui juste après, si intense qu'un cri s'échappa de sa poitrine. Le souffle court, ils demeurèrent immobiles un moment, puis Steven roula sur le côté. Tessa se blottit contre lui, et il l'enveloppa de ses bras, rempli d'un sentiment proche de l'euphorie.

— Je voudrais rester comme ça toute ma vie, chuchota-t-elle.

Cette remarque ramena brusquement Steven à la réalité. Tous ses mécanismes de défense se réveillèrent d'un coup : ils avaient fait l'amour une seule fois, Tessa et lui, et elle pensait déjà qu'ils finiraient leurs jours ensemble... Avait-il dit quelque chose en ce sens, dans le feu de la passion ? C'était possible, car il avait conscience de s'être laissé emporter par un tourbillon de sensations qui lui avait enlevé toute maîtrise de lui-même, physique ou mentale.

Et il l'avait bien cherché... Pourquoi était-il venu rendre visite à Tessa, ce soir ? Il pressentait ce qui allait se passer, il savait qu'elle n'était pas femme à accorder ses faveurs à la légère et que lui, de son côté, ne comptait prendre aucun engagement à long terme. Il l'en avait avertie, mais sans doute espérait-elle, malgré ses affirmations, que le fait de devenir amants créerait entre eux un lien indestructible... C'était prévisible, alors pourquoi avait-il cédé à la tentation?

Tessa perçut immédiatement la tension de Steven, et elle se reprocha sa maladresse. Il n'était pas prêt à entendre ce genre de confidence, même s'il l'avait mal interprétée : c'était une simple façon de parler. Compte tenu de son histoire, pourtant, elle aurait dû deviner qu'il y verrait la confirmation de ses pires craintes. Elle aurait dû se contenter de ce qu'il lui avait donné.

Cette habitude d'exprimer ses sentiments de façon spontanée et sans se soucier des conséquences était cependant inhérente à son caractère, et Steven lui-même n'y pourrait rien changer. Dans le domaine affectif, il marchait sur des œufs, et elle... mettait les pieds dans le plat.

Steven s'en alla peu après, sous prétexte qu'ils avaient tous les deux besoin de dormir.

— Oui, le week-end est terminé, déclara-t-elle d'un ton dégagé.

Après avoir enfilé un peignoir de satin violet, elle accompagna Steven jusqu'à la porte, et il se rappela alors avec un pincement au cœur le moment où elle lui était apparue pour la première fois, vêtue d'un imperméable de la même couleur que ce peignoir. Avant même qu'ils n'eussent prononcé un mot, une mystérieuse alchimie s'était opérée entre eux. Il comprenait seulement maintenant que cela ressemblait fort à « l'étincelle » dont il avait parlé la veille en racontant leur fausse rencontre à Central Park.

La main sur la poignée, Tessa attendait que Steven dise ou fasse quelque chose, mais il se contentait de la considérer d'un air pensif. Elle soutint son regard, espérant voir s'y allumer une lueur de douceur ou de tendresse, mais rien ne vint. Il se pencha finalement vers elle, l'embrassa sur la joue, puis quitta l'appartement.

Partagée entre le chagrin et la colère, elle claqua la porte derrière lui.

C'était un baiser d'adieu qu'il lui avait donné, elle en avait la certitude. Leur histoire se terminait là.

Plus tard dans la nuit, Steven déchargea sa frustration sur son oreiller, en le frappant à coups de poing dans une vaine tentative pour trouver une position confortable, faire le vide dans son esprit et dormir au moins quelques heures.

Il finit par s'allonger sur le dos, aussi épuisé que s'il s'était battu contre un adversaire réel, et non avec un simple oreiller.

La stratégie qu'il avait adoptée avec les femmes depuis la mort de Renée ne fonctionnait plus : l'image de Tessa l'obsédait, et il se reprochait sa conduite envers elle, mais sans avoir la moindre idée de la façon dont il pourrait se racheter.

13.

Fidèle à sa promesse de rapporter le collier à son
cousin, Tessa arriva au magasin, le lundi matin, une
heure avant l'ouverture des portes. Elle prit l'ascenseur
pour monter à l'étage de la direction, traversa le vestibule peint en beige et vert mousse, et se souvint au dernier moment de se présenter à la réception, comme tout
employé était censé le faire.

Quand elle se fut nommée, la réceptionniste ouvrit
— apparemment pour la première fois de la journée —
le carnet de rendez-vous posé devant elle.

— Gabriel DeWilde m'attend, expliqua la jeune
femme.

— Une seconde... Il y a une note à la page d'aujour-
d'hui disant que vous devez aller voir M. Jeffrey
DeWilde.

— Ah bon...

Ce changement de programme ne surprenait pas
Tessa, car il y avait dans le bureau de son oncle un
coffre-fort où son collier serait parfaitement en
sécurité. La réceptionniste, elle, parut étonnée que la
perspective d'être reçue par le directeur de la société
en personne n'eût pas l'air d'impressionner son interlocutrice.

— Vous pourrez vous débrouiller toute seule ? lui demanda-t-elle.

Après ce qui s'était passé la nuit précédente, Tessa n'en était pas sûre, mais la question ne concernait évidemment pas sa vie sentimentale...

— Oui, ne vous inquiétez pas : je connais le chemin, déclara-t-elle avec un sourire.

Il était parfaitement stupide de tout ramener ainsi à Steven, songea-t-elle en s'engageant dans le couloir. Il fallait au contraire essayer de l'oublier, de faire comme lui, qui ne voyait dans leur étreinte de la veille qu'une aventure sans lendemain. Elle s'en voulait toujours d'avoir trop parlé, et encore plus que sur le moment, car elle avait compris, depuis, que sa remarque n'avait en fait rien d'anodin : l'idée de rester toute sa vie au côté de Steven lui avait bel et bien traversé l'esprit. Et sans doute espérait-elle inconsciemment l'entendre répondre qu'il le voulait lui aussi, qu'il l'aimait...

Au lieu de cela, il avait pris la fuite... Etait-ce le souvenir de Renée qui l'inhibait ? Ce devait être une femme remarquable ! Même Millicent semblait l'avoir adorée, alors que les relations entre belle-mère et bru sont pourtant réputées difficiles... Millicent n'en était pas moins prête à la remplacer, et elle reconnaissait à Tessa les qualités requises pour rendre son fils heureux. Dans ces conditions, pourquoi refusait-il, lui, de se donner une chance de retrouver le bonheur ?

Tessa en était là de ses réflexions quand elle poussa la porte du bureau de Monica, la secrétaire de Jeffrey. Les DeWilde la considéraient presque comme un membre de la famille, aussi ses paroles d'accueil ne surprirent-elles pas la jeune femme :

— Tiens, voilà notre championne de l'incognito !

224

J'ai le regret de vous annoncer que vous êtes la dernière : tout le monde vous attend.

« Tout le monde » ? Intriguée, Tessa se dirigea vers le bureau de son oncle, frappa une fois et entra. La pièce était imposante, avec ses meubles de style et ses lourdes tentures, et l'attitude de ses occupants ne faisait rien pour en rendre l'atmosphère plus légère : Jeffrey était assis derrière sa table, le visage grave, et Gabe marchait de long en large d'un air préoccupé.

Il y avait aussi là une troisième personne, un inconnu installé dans l'un des sièges réservés aux visiteurs. Bien qu'il fût vêtu du costume foncé typique des hommes d'affaires, Tessa eut l'impression que ce n'en était pas un. Sa carrure d'athlète, ses traits rudes et énergiques, quelque chose de sombre dans son regard lui donnaient plutôt l'allure d'un baroudeur — de quelqu'un, en tout cas, qui ne passait pas ses journées enfermé dans un bureau.

Lorsqu'il se tourna vers elle, aucun sourire ne vint adoucir la ligne dure de sa bouche, et il la fixa avec une telle intensité qu'elle eut le sentiment troublant de ne rien pouvoir lui cacher.

— Assieds-toi, Tessa, dit Jeffrey.

Il appuya ensuite sur le bouton de l'Interphone et pria sa secrétaire de ne le déranger sous aucun prétexte.

Une tension presque palpable régnait dans la pièce, et la jeune femme, après avoir obéi à son oncle, attendit avec une sourde inquiétude la suite des événements. Son cœur battait un peu vite : un nouveau problème aurait-il surgi, dont elle serait involontairement responsable ?

— Je te présente Nick Santos, Tessa, déclara Jeffrey. C'est un détective privé qui travaille pour moi. Nick, voici ma nièce, Tessa Montiefiori.

— Tu as apporté le collier ? s'enquit Gabe en s'approchant de sa cousine.

— Bien sûr, répondit-elle. Je te l'avais...

La voix lui manqua : Gabe venait de s'emparer de son sac à main et commençait déjà de fouiller dedans.

— Ne te gêne surtout pas ! s'écria-t-elle, indignée.

— Calme-toi, Tessa : nous voulons juste examiner ton collier, indiqua Jeffrey.

Stupéfaite, elle regarda les trois hommes se pencher au-dessus de l'écrin bleu, que Gabe avait ouvert et placé devant son père. Elle alla les rejoindre et demanda :

— Que se passe-t-il ?

— Une seconde, marmonna Jeffrey avant de poser une loupe de joaillier sur son œil. Il faut que je vérifie si les diamants sont vrais.

— Comment cela ? Soupçonnerais-tu ma grand-mère de les avoir remplacés par des faux ?

— Il s'agit d'une simple précaution, et je te rassure tout de suite : ce sont les pierres d'origine.

— Evidemment ! Même Millicent a tout de suite reconnu la valeur de ce collier !

— Qui est Millicent ? intervint Nick Santos d'un air suspicieux.

— Une vieille amie de la famille, répondit Jeffrey.

— Ne s'intéresserait-elle pas d'un peu trop près aux bijoux des DeWilde ?

— Millicent s'intéresse à tout d'un peu trop près, mais elle est d'une honnêteté absolue ! s'exclama Tessa, véhémente. Je peux vous garantir qu'elle n'a rien à voir avec votre problème, quel qu'il soit !

— Calme-toi ! répéta Jeffrey. Et ne t'en prends pas à Nick : il est juste de passage à Londres, et quand je lui ai parlé de ton collier, il a demandé à y jeter un coup d'œil.

— Quelqu'un daignerait-il enfin m'expliquer ce qui se passe ?

— Raconte-lui toute l'histoire, papa, déclara Gabe, avant qu'elle ne provoque Nick en duel pour défendre l'honneur de Millicent.

— D'accord, dit Jeffrey. Rassieds-toi, Tessa, et écoute-moi : nous faisons actuellement procéder à une enquête sur la disparition de plusieurs pièces de notre collection.

— Des bijoux de la famille ont disparu ? s'écria la jeune femme, ébahie.

— Oui, après la Seconde Guerre mondiale. Des copies leur ont été substituées, et c'est le vieux joaillier alors chargé de leur entretien qui s'en est aperçu. Il a accepté de garder le secret, et le public ne s'est jamais douté de rien... Mais cela a porté un rude coup aux DeWilde, d'autant plus rude que le plus célèbre de ces bijoux, le diadème de l'impératrice Eugénie exposé ici même, était au nombre des bijoux volés.

— Pourquoi la police n'a-t-elle pas été prévenue ?

— Parce que le coupable était probablement un membre de la famille. L'échange a eu lieu à peu près à l'époque où mon oncle Dirk a disparu.

— Je croyais qu'il était mort à la guerre ?

— Non, il a quitté New York en 1948, et plus personne ne l'a jamais revu. Peut-être en avait-il assez de s'occuper de l'entreprise familiale et a-t-il décidé d'aller recommencer sa vie ailleurs. Nous n'avons aucune certitude sur les raisons qui l'ont poussé à partir.

— Mais comment a-t-il pu se volatiliser ainsi ?

— La plus grande confusion régnait encore en Europe, à cette époque. De nombreux registres d'état civil avaient brûlé pendant le conflit, et beaucoup de gens s'étaient fait faire de faux papiers pour échapper aux nazis. D'autres se contentaient de donner leur nom et leur nationalité, et les autorités n'avaient souvent d'autre choix que de les croire sur parole. C'était le moment idéal pour obtenir un nouveau passeport, sous un nom d'emprunt.

Tessa secoua la tête d'un air incrédule.

— Moi qui suis née à l'ère de l'informatique, j'ai du mal à imaginer que quelqu'un puisse disparaître sans laisser de traces, fit-elle observer.

— La famille a loué les services d'une agence de détectives en 1949, indiqua Gabe, après avoir reçu de Dirk une lettre postée de Hong-kong, mais les recherches n'ont rien donné. Oncle Dirk avait manifestement pris soin de brouiller les pistes.

— Quoi qu'il en soit, reprit Jeffrey, le diadème de l'impératrice Eugénie — le vrai — a été mis en vente l'an dernier à New York, et j'ai engagé Nick Santos pour savoir d'où il venait à l'origine. Nous l'avons récupéré, et il a maintenant remplacé sa copie dans la vitrine du rez-de-chaussée. Plus récemment encore, le Cœur DeWilde, un bracelet composé d'émeraudes, de diamants et de perles roses, a fait sa réapparition en Australie. Cela nous permet d'espérer que les autres pièces manquantes sont intactes et peuvent être retrouvées.

Tessa réfléchit un moment, puis elle remarqua :

— Mon collier ne fait cependant pas vraiment partie de la collection de bijoux DeWilde.

— Non, admit Jeffrey, mais il a beaucoup voyagé au cours de ces cinquante dernières années, et, par précaution, Nick et moi voulions vérifier qu'il ne lui était rien arrivé.

— Si vous n'avez plus besoin de moi, monsieur DeWilde, je vais m'en aller, déclara le détective. J'ai d'autres affaires à régler.

Jeffrey le raccompagna jusqu'à la porte, et Tessa se leva elle aussi, prête à partir.

— Voilà une drôle de façon de commencer la semaine ! s'exclama-t-elle.

— Je mets tout de suite ton collier dans le coffre-fort de papa, annonça Gabe.

— Oui, merci... J'avoue que cette histoire de vol m'a secouée.

— Pour une fois que c'est nous qui te surprenons, et pas le contraire..., observa Jeffrey, narquois. Et puisque c'est le jour des révélations, si tu nous disais la vraie raison du coup de téléphone que t'a donné Steven Sanders au Savoy, hier soir ?

— Il m'a demandé de l'aider à négocier un contrat, et j'ai accepté : je lui dois bien ça.

— En quoi les affaires de cet homme te concernent-elles ?

— C'est sans importance... Maintenant, excusez-moi, mais si je ne veux pas recevoir un sermon de Shirley, il faut que je me dépêche de redescendre au rez-de-chaussée.

Sur ces mots, Tessa adressa aux deux hommes un bref salut de la main et quitta précipitamment le bureau.

Jeffrey secoua la tête, songeant avec un brin de nostalgie à l'époque où sa nièce et ses filles lui confiaient tous leurs secrets. Il était sûr que Tessa lui cachait encore quelque chose à propos de ses relations avec les Sanders, mais il connaissait heureusement une personne qui, elle, serait toute disposée à le renseigner.

— Quelle bonne idée vous avez eue de me proposer cette promenade ! s'écria Millicent en resserrant le nœud de son foulard de soie.

— Hyde Park est si près de votre hôtel que c'était tentant d'aller y prendre l'air, nota Jeffrey. Je trouve que les bars sont trop enfumés et bruyants, à l'heure du déjeuner.

Il passa son bras sous celui de la vieille dame, et, bien que de quinze ans son aînée, elle lui adressa un sourire charmeur.

— Ça ne vous ennuie pas que j'aie emmené Natalie et Nicky, j'espère ? demanda-t-elle. Ils avaient besoin de se dégourdir les jambes. Ils ne sont pas habitués à rester enfermés.

Jeffrey jeta un coup d'œil attendri aux enfants, qui gambadaient devant eux.

— Non, au contraire, déclara-t-il. J'étais très impatient de les connaître : d'après ce qu'en ont dit les journaux, ils sont adorables... et si imaginatifs ! Quand je pense qu'ils étaient sûrs d'avoir gagné Tessa, après leur victoire au concours !

— J'avoue les avoir poussés à y participer. Ils veulent une nouvelle mère, et comme ses affaires ne laissent pas à Steven le temps de se chercher une épouse, je suis obligée de prospecter à sa place.

— A vous entendre, on croirait que vous essayez de lui trouver un appartement !

— Ce serait beaucoup plus facile, mais je sais heureusement quel genre de femme il lui faut.

— Vous n'avez pas changé, Millicent ! s'exclama Jeffrey en riant. Vous êtes toujours aussi vive et déterminée.

— Merci. C'est très agréable, à mon âge, de recevoir des compliments d'un bel homme comme vous.

Ils marchèrent ensuite un moment en silence, attentifs à ne pas perdre les enfants de vue au milieu de la foule des promeneurs. Le soleil avait en effet chassé la brume du matin, et incité de nombreux touristes à venir flâner dans les allées du parc.

— Comment va Grace ? demanda soudain Millicent.

Jeffrey aurait dû s'attendre à cette question. Elle le prit pourtant au dépourvu, et il dut s'éclaircir la voix avant de répondre :

— Nous sommes séparés depuis presque un an.

— Oh, mon Dieu... Je suis désolée : je l'ignorais. C'est bizarre, mais je n'arrive pas à vous imaginer sans Grace...

— Je me débrouille très bien sans elle, répliqua-t-il sèchement.

— Mais elle vous manque, n'est-ce pas ?

La franchise brutale de la vieille dame irrita Jeffrey. Il avait oublié que cette femme connue pour son esprit retors pouvait aussi s'exprimer de façon très directe.

— Oui, elle me manque, et même beaucoup, si vous voulez le savoir ! s'écria-t-il.

S'il n'avait pas été en colère, jamais ces mots n'auraient franchi ses lèvres, et un doute subit l'envahit : Millicent ne l'avait-elle pas en fait volontairement provoqué, dans l'espoir d'obtenir une confidence qu'elle n'aurait pas eue autrement ?

Son interlocutrice confirma ses soupçons en observant alors :

— Je suis sûre que vous vous sentez mieux, maintenant que vous nous avez dit la vérité.

— Nous ? répéta-t-il, surpris.

— Oui, car j'ai la nette impression que cet aveu, vous venez de le faire à vous-même en même temps qu'à moi.

— Peut-être, admit-il à regret. Peut-être...

Après avoir recommandé aux enfants de ne pas trop s'éloigner, la vieille dame déclara :

— Vous savez qu'il m'arrive de voir votre mère ?

La pensée de Mary qui, à plus de quatre-vingts ans, continuait de partager son temps entre Londres et New York, adoucit l'humeur de Jeffrey.

— Elle est comme vous : elle ne change pas, remarqua-t-il. J'ai même renoncé à la persuader d'arrêter de fumer.

— Je crains en effet qu'il ne soit trop tard pour qu'elle perde cette mauvaise habitude, mais son long fume-cigarette orné de pierreries ne lui en donne pas moins une classe folle... Et à propos de bijoux, Tessa vous a-t-elle dit que j'avais découvert ma petite-fille endormie avec le collier de Céleste autour du cou, l'autre soir ?

— Non. Que s'est-il donc passé ?

Millicent raconta toute l'histoire, et Jeffrey l'écouta en se félicitant de la voir amener d'elle-même la conversation sur les relations de Tessa avec les Sanders.

— Ma nièce traverse une période de grande tension, déclara-t-il quand le récit fut terminé, et elle n'a sans doute pas été aussi vigilante qu'elle l'aurait dû. Je la trouve nerveuse, ces temps-ci, et particulièrement lorsque le sujet de votre fils est abordé : tantôt elle le critique, tantôt elle le défend... Cette attitude me laisse perplexe.

— Alors, vous êtes venu me demander des éclaircissements...

— Je l'avoue, même si je voulais aussi prendre de vos nouvelles.

— Eh bien, je peux vous dire que Steven et Tessa ont noué des liens très... intimes, hier soir.

— Ils se sont pourtant disputés au téléphone. Lorsqu'elle a regagné la salle de restaurant après avoir parlé à votre fils, elle avait l'air furieux.

— C'était donc avec vous qu'elle dînait ? Je savais qu'elle serait au Savoy, mais j'ignorais qui l'y avait invitée. Toujours est-il que Steven et elle se sont retrouvés plus tard et que là, ils ont fait mieux que se réconcilier.

— Comment pouvez-vous l'affirmer ? Vous n'y étiez pas !

— Bien sûr que non, mais le bruit de la porte m'a réveillée, quand Steven est revenu, et je me suis levée parce que j'avais soif. En entrant dans le salon, je l'ai vu enlever ses souliers, et quelle n'a pas été ma surprise en constatant que ses chaussettes étaient à l'envers ! Il les avait certainement mises à l'endroit

233

lorsqu'il s'était changé, l'après-midi, pour se rendre à une réception. Cela m'a suffi pour deviner ce qui s'était passé entre Tessa et lui.

— Vous êtes redoutable, Millicent! Mieux vaut vous avoir comme amie que comme ennemie.

— Mais je suis votre amie, Jeffrey. Je ne veux que votre bonheur et celui de tous les membres de votre famille.

— Dont Tessa... Je ne suis cependant pas persuadé que Steven puisse la rendre heureuse.

— Moi, j'ai la conviction qu'ils sont faits l'un pour l'autre. Tant de choses les unissent déjà, et même sur le plan professionnel : Franklin Butler, le directeur de la société avec qui Steven est en train de négocier un gros contrat, a vu des habits de poupée fabriqués par votre nièce pour les enfants, et il est très intéressé. Il tient beaucoup à la rencontrer.

C'était donc de cela que parlait Tessa ce matin dans son bureau..., songea Jeffrey.

— Butler ne connaît pas la véritable identité de ma nièce, j'imagine? déclara-t-il.

— Non, sûrement pas.

— Alors je me demande si Tessa est consciente du problème qu'aura Steven quand elle révélera son vrai nom — c'est-à-dire demain.

— Quel problème?

— Eh bien, d'après ce que j'ai compris, ils avaient prévu au départ de ne pas se montrer ensemble en public, afin d'éviter les questions embarrassantes. Et c'était une sage décision.

— Parce que, à force de mentir, on finit toujours par se couper?

— Exactement, mais la situation est maintenant

234

encore plus compliquée, car Steven va se couvrir de ridicule aux yeux de Butler lorsqu'il devra avouer avoir ignoré que sa « fiancée » était une Montiefiori. Butler ne refusera-t-il pas, alors, de traiter avec un homme apparemment aussi naïf ?

— Vous avez raison et, aux dernières nouvelles, il avait l'intention de se rendre aujourd'hui chez DeWilde pour y rencontrer Tessa... Il faut absolument que Steven apprenne la vérité avant de les présenter l'un à l'autre.

— Et c'est à ma nièce de le mettre au courant. Quelle que soit la nature de leurs relations, elle doit être honnête avec lui.

Millicent rappela les enfants, puis déclara à Jeffrey :

— Laissez-moi parler à Tessa. Je lui avais déjà conseillé de révéler sa véritable identité à mon fils — sans résultat, visiblement... Mais cette fois, je saurai la convaincre.

— Entendu, dit Jeffrey. Il faut que je retourne travailler, à présent, et je peux vous déposer devant le magasin, si vous voulez.

A la grande déception de Millicent, ce fut le chef du service « créations » qui l'accueillit à son arrivée. Natalie et Nicky se dirigèrent aussitôt vers l'endroit où Tessa présentait sa robe, la semaine précédente, mais la jeune femme n'y était plus, bien sûr : deux mannequins en fibre de verre — un couple de mariés en grande tenue — l'y avaient remplacée.

— Bonjour, madame Sanders, susurra Shirley Briggs en lançant un regard suspicieux aux enfants.

— Bonjour. Tessa n'est pas là ?

— Non, elle est sortie déjeuner.

— Avec qui ? demanda vivement la vieille dame.

— Denise, une de ses collègues. Y aurait-il un problème, madame Sanders ? Votre fils et un autre monsieur cherchaient eux aussi Tessa, à l'instant...

— Oh, mon Dieu... Où est-elle allée ?

— Dans un pub de King's Road.

— Vous l'avez dit à mon fils ?

— Oui, bien qu'il soit contraire à la politique de la maison de donner ce genre de renseignement personnel sur ses employés.

Millicent se moquait de la politique de la maison. Tout ce qui lui importait, c'était de prendre Steven de vitesse.

— Vous avez le numéro de téléphone de ce pub ? demanda-t-elle.

— Oui, car je dois toujours pouvoir joindre mes stylistes, au cas où un client important se présenterait.

— Alors appelez Tessa là-bas. Il faut que je lui parle immédiatement.

— Expliquez-moi d'abord ce qui se passe, et je verrai ensuite si...

— Non. Il s'agit d'une affaire urgente, mais qui ne vous regarde en rien.

Manifestement vexée, Shirley trouva un moyen de se venger en observant d'un ton accusateur :

— J'aimerais que vos petits-enfants ne touchent pas aux marchandises exposées.

La vieille dame se tourna vers Natalie et Nicky, et, constatant qu'ils se contentaient en réalité d'admirer les mannequins, elle rétorqua sèchement :

— Ils ne touchent à rien, et si vous refusez d'accéder à ma requête, je me plaindrai au directeur.

— Très bien, grommela son interlocutrice avant de se diriger vers le téléphone posé sur le comptoir.

Par précaution, Millicent demanda aux enfants de la rejoindre. Ils obéirent à contrecœur, et Shirley revint une minute plus tard.

— J'ai Tessa au bout du..., commença-t-elle.

Les mots moururent sur ses lèvres : Millicent était partie comme une flèche, manquant la bousculer au passage.

— Il y a vraiment des gens qui se croient tout permis ! s'écria-t-elle.

— Grand-mère est très gentille, alors arrête de dire du mal d'elle ! protesta Nicky.

— Oui, et on t'a entendue, tout à l'heure, renchérit Natalie. T'as menti exprès, parce que tu nous aimes pas. On touchait pas du tout aux mariés : on leur parlait juste tout bas, pour les distraire. Ils doivent s'ennuyer, seuls comme ça pendant des journées entières !

Contente que les enfants retiennent l'attention de Shirley et l'empêchent d'écouter la conversation téléphonique qui allait suivre, Millicent souleva le combiné et déclara :

— Tessa ? Je suis bien soulagée d'avoir pu vous joindre !

Debout dans l'entrée du pub rempli de monde, la jeune femme recula jusqu'au vestiaire et se boucha l'oreille pour étouffer le vacarme ambiant.

— Je m'apprêtais à partir, Millicent, annonça-t-elle. Mon amie m'attend déjà dehors.

— Alors... Steven n'est pas là ?

— Non. Pourquoi serait-il...

— Il est sans doute en train de se rendre au pub avec Franklin Butler, en ce moment même.

Se rappelant avoir accepté de rencontrer l'homme d'affaires anglais, Tessa esquissa une moue de contrariété.

— Là, je n'ai pas le temps, indiqua-t-elle, mais je vais leur dire que je tâcherai de leur accorder quelques minutes plus tard dans l'après-midi.

— Non, il ne faut pas !

— Mais j'ai promis à Steven de...

— Je dois absolument vous parler avant qu'il ne vous présente à Franklin Butler. Je vous attends ici, au magasin.

— Mais je...

La bouffée d'air froid qui venait de frapper la joue de Tessa lui fit tourner la tête vers la porte, et elle vit Steven surgir dans l'embrasure, accompagné d'un homme corpulent au visage barré par une grosse moustache grise.

D'un geste vif, elle tendit le bras pour reposer le combiné et se réfugia ensuite dans la pénombre du vestiaire. De là, elle entendit Steven interroger la réceptionniste, qui lui donna obligeamment le numéro de la table réservée par Tessa Jones et proposa aux deux hommes de les y conduire. La jeune femme patienta trente secondes, puis se glissa dehors.

Steven ne se serait douté de rien s'il ne s'était retourné pour vérifier qu'il avait bien refermé la porte. Il eut la vision fugitive d'une silhouette en imperméable violet qui franchissait le seuil, et son sang se figea dans ses veines. Tessa l'avait forcément vu, et elle l'avait donc volontairement évité.

Une onde de douleur le submergea : elle avait une raison valable de lui raccrocher au nez, la veille au soir, mais sa conduite d'aujourd'hui, de toute évidence causée par un désir de vengeance, prouvait qu'elle avait décidé de cesser toutes relations avec lui.

Et la présence de Franklin Butler lui interdisait de se lancer à sa poursuite...

Bien que passé maître dans l'art de cacher ses émotions, Steven eut beaucoup de mal à dissimuler sa détresse. Il ne s'était encore senti aussi triste et désarmé qu'une seule fois dans sa vie, au moment de la mort de Renée.

La résolution qu'il avait alors prise de ne plus jamais tomber amoureux d'aucune femme était censée lui épargner de nouvelles souffrances, mais il se rendait maintenant compte que tout effort de volonté était vain dans ce domaine : Tessa lui avait ravi son cœur, sans qu'il pût rien faire pour l'en empêcher.

14.

Vingt minutes plus tard, Tessa s'enfermait avec Millicent dans l'un des salons d'essayage du magasin.

— Voilà! dit-elle en se mettant à marcher nerveusement de long en large. Denise surveille les enfants, et personne ne peut ni nous voir ni nous entendre... Quel est le problème?

Avant de répondre, la vieille dame s'assit dans l'un des fauteuils recouverts de satin rose qui meublaient la petite pièce. Elle semblait calme mais déterminée.

— J'ai eu une longue conversation avec votre oncle Jeffrey..., commença-t-elle.

— Vous êtes vraiment impossible! la coupa Tessa. Toutes les complications que vous avez déjà provoquées ne vous suffisent donc pas?

— J'avais l'intention de ne plus me mêler de vos relations avec Steven, mais Jeffrey a soulevé une question qui m'oblige à intervenir de nouveau.

— Je ne vois pas le rapport entre mon oncle et le fait que je doive éviter Franklin Butler!

— Il en existe pourtant un, même s'il est indirect : l'homme d'affaires en Jeffrey a perçu une difficulté qui nous avait échappé à toutes les deux.

— Laquelle ?

— Eh bien, que vous épousiez Steven ou non...

— Parce que vous y croyez encore ? Désolée, mais ce n'est plus à l'ordre du jour !

— Laissez-moi parler ! s'écria impatiemment Millicent. Et je vous signale que je suis au courant, pour hier soir : quand son fils rentre au milieu de la nuit avec ses chaussettes à l'envers, une mère n'a pas besoin d'explications pour comprendre ce qui s'est passé.

Tessa leva les yeux au ciel. Y avait-il une seule chose qu'il était possible de cacher à cette diablesse de femme ?

— Quoi qu'il en soit, continua Millicent, Jeffrey m'a expliqué que Steven allait perdre toute crédibilité aux yeux de Franklin Butler le jour où votre véritable identité serait dévoilée au public. Il n'a aucune chance de le convaincre, après coup, qu'il la connaissait depuis le début.

— En effet, déclara Tessa, pensive. Franklin restera persuadé que Steven s'est fait duper.

— Il est cependant encore temps d'agir : arrangez-vous pour le voir en privé, et dites-lui que vous êtes une Montiefiori. Ainsi, quand la nouvelle s'ébruitera, elle ne lui causera pas un choc qui rendra ensuite vaine toute tentative de donner le change : il se sera préparé à prétendre qu'il était déjà au courant, mais avait respecté votre volonté d'anonymat.

— Je crains malheureusement qu'il ne soit trop tard : mon manque d'intérêt pour les avantages financiers que pourrait me valoir son contrat avec Butler Toys surprend beaucoup Steven et, s'il en a parlé à Franklin, celui-ci ne comprendra pas, plus tard, la raison de cet étonnement : si Steven avait toujours su qui j'étais vraiment, il aurait également su que je n'avais pas besoin d'argent.

Le visage de Millicent s'assombrit, et elle demanda avec une pointe de reproche dans la voix :

— Pourquoi ne lui avez-vous pas dit la vérité, comme je vous l'avais conseillé ?

— Il refuse de sortir de sa coquille, et je devrais, moi, lui confier tous mes secrets ?

— Même si vous êtes en colère contre lui, vous ne voudriez pas qu'il rate un gros contrat à cause de vous ?

Tessa se sentit faiblir.

— Non, répondit-elle avec un soupir résigné. Le concours a attiré sur moi l'attention des médias, et, pour être parfaitement honnête, le rôle qu'y a joué votre famille est pour beaucoup dans la publicité qu'il m'a rapportée. Je serais donc très ingrate vis-à-vis de Steven si je n'essayais pas au moins de le tirer d'embarras.

— Alors vous acceptez de lui parler avant de rencontrer Franklin Butler ?

Oui ! Maintenant, excusez-moi, mais le temps qu'on m'accorde pour ma pause déjeuner est largement dépassé.

Quand elle fut seule, Millicent se leva lentement, à la fois perplexe et déçue. S'était-elle trompée ? Steven avait-il enlevé ses chaussettes, la nuit précédente, pour faire l'amour avec une autre femme que Tessa ? La réception donnée par Franklin Butler avait peut-être tourné à l'orgie, après tout...

Pour la première fois depuis qu'elle avait élaboré son plan, la vieille dame se demanda s'il n'allait pas échouer.

Le seul moyen qu'avait Tessa de préserver son intimité dans son appartement était de mettre la chaîne de sûreté. Même Mme Mortimer ne pouvait rien contre cela et, ce soir, la jeune femme ne voulait voir personne. Il était 20 heures, et elle devait retoucher une robe de mariée pour une cliente qui s'était retrouvée enceinte depuis le dernier essayage. Il y avait chez DeWilde des couturières spécialisées dans ce genre de travail, mais là, il s'agissait d'une urgence, et la cliente en question était une amie de Lianne, qui avait supplié sa cousine de lui rendre ce service. Tessa avait accepté, et reçu de Lianne des remerciements émus qu'elle ne méritait pas, car elle avait en fait besoin de s'occuper les mains... et l'esprit.

Le téléphone sonna soudain, mais elle ne bougea pas : le répondeur était branché, et Franklin Butler, qui avait déjà appelé une heure plus tôt, réessayait peut-être de la joindre... Elle avait joué à cache-cache avec Steven et lui pendant une bonne partie de l'après-midi, parce que à aucun moment les deux hommes ne s'étaient séparés. Ils avaient fini par quitter le magasin, et depuis qu'elle était rentrée chez elle, Tessa redoutait leur visite : il fallait absolument qu'elle parle à Steven en privé avant de rencontrer Franklin Butler.

— Tu es là, Tessa ?

C'était la voix de Steven et, sous l'effet de l'émotion, la jeune femme laissa tomber ses ciseaux.

— Tu m'as évité toute la journée et tu crois peut-être que je ne m'en suis pas aperçu, continua-t-il, mais je t'ai vue, au pub... Pourquoi t'es-tu enfuie ? Tu avais pourtant accepté que je te présente à Franklin Butler !

Tessa traversa le séjour, décrocha le combiné et annonça :

— Je suis là, Steven. Désolée, mais j'étais en plein travail.

— Tu as quand même entendu ce que je viens de dire, alors réponds-moi : pourquoi as-tu manqué à ta promesse ?

— Ta mère ne t'a donc pas expliqué la situation, ou au moins indiqué que je désirais te parler seule à seul ?

Il y eut un petit silence, au bout du fil, puis Steven déclara :

— Maman a emmené les enfants prendre le thé chez une de ses vieilles amies qui voulait les connaître, et ils ne sont pas encore revenus. C'est mieux ainsi, car elle a l'art de compliquer les choses les plus simples. De plus, je ne vois pas en quoi cette affaire la concerne.

— Elle m'a téléphoné au pub, juste avant ton arrivée, pour me dire de vous éviter à tout prix, Butler et toi, tant qu'elle n'aurait pas eu un entretien particulier avec moi.

— Alors ce n'est pas pour te venger de mon comportement d'hier soir que...

— Bien sûr que non ! J'étais pressée, au pub, mais sans l'intervention de Millicent, je t'aurais quand même salué, et demandé de passer au magasin avec Butler un peu plus tard.

— C'est ce que nous avons fait, mais sans réussir à mettre la main sur toi.

— J'avais entre-temps discuté avec ta mère, et je t'ai rendu un fier service en t'évitant, crois-moi !

— Je ne comprends rien à ce que tu racontes ! Tout cela est ridicule !

Le ton méprisant de Steven exaspéra la jeune femme.

— Ridicule ? s'écria-t-elle. C'est ainsi que tu qualifies les efforts que j'ai déployés pour t'épargner de gros ennuis — et par pure bonté d'âme, je te le signale, parce que notre accord ne le prévoyait pas au départ !

— Ecoute, je vais venir. Mieux vaut nous expliquer face à face qu'au téléphone.

Tessa parcourut des yeux son séjour encombré de matériel de couture, et son regard finit par se poser sur le canapé où Steven et elle avaient fait l'amour... Pourrait-elle le recevoir dans cette même pièce, s'asseoir peut-être à son côté sur ces mêmes coussins, sans fondre en larmes à l'idée de ce qu'elle avait perdu ?

— Non, inutile de te déranger, déclara-t-elle. Je voulais seulement t'informer que...

— Attends que je sois là ! J'ai des choses à te dire, moi aussi, et je préfère pour cela t'avoir en face de moi.

Certaine que ces « choses » étaient l'annonce de la rupture de leur brève liaison, Tessa insista :

— Je te répète que ce n'est pas la peine de te déranger, et je vais même te faciliter la tâche : je ne pense plus que nous ayons un avenir ensemble. Tu ne risques donc pas de me surprendre, ni d'avoir à me consoler après, alors finissons-en tout de suite !

— Je sais pourquoi tu es arrivée à cette conclusion... Je me suis encore conduit comme un imbécile, hier soir, et je te présente mes excuses.

La perspective de se retrouver seule avec Steven dans son appartement parut soudain beaucoup moins déplaisante à Tessa.

— Tu me permets de venir ? reprit-il.

— Bon, d'accord...

— Reste où tu es, ne laisse pas Mme Mortimer entrer chez toi et, en m'attendant, recommence à te demander si nous n'avons pas un avenir ensemble, finalement.

Après avoir raccroché, Tessa rangea le séjour, puis elle s'arrêta un moment devant la glace et fit bouffer ses cheveux. Avait-elle le temps d'échanger son survêtement contre une tenue plus élégante ? Le seul fait de se poser la question la surprit. Une femme libre et indépendante comme elle ne devrait pas se préoccuper de plaire ou non à un homme qui l'avait déjà humiliée par deux fois... A moins qu'elle ne fût amoureuse de cet homme ?

Ce ne fut qu'en entendant quelqu'un frapper et essayer ensuite vainement d'entrer que Tessa se rappela avoir mis la chaîne de sûreté. A présent vêtue d'un pantalon blanc et d'un pull-over rouge, elle sortit en courant de sa chambre et déverrouilla la porte. Steven attendait sur le palier, un bouquet de roses à la main. Un immense espoir gonfla le cœur de Tessa. Et dire qu'elle avait failli lui interdire de venir...

Il lui tendit les fleurs en silence, et elle nota que son costume gris — le même que celui du matin —

était froissé. Une ombre de barbe lui recouvrait également les joues, et l'ensemble lui donnait un air à la fois sexy et vulnérable. Jamais elle ne l'avait trouvé aussi séduisant.

— Je vais mettre ces roses dans l'eau, annonça-t-elle. Je n'en ai que pour une minute.

Steven la regarda se diriger vers la cuisine, de cette démarche gracieuse qui le fascinait tant, et son pouls s'accéléra. Il avait à présent conscience de ne plus pouvoir se passer d'elle. Sans qu'il comprît comment ni pourquoi, elle faisait désormais partie de sa vie et de celle de sa famille. C'était la chose la plus évidente, la plus naturelle du monde, même s'il avait préféré le nier jusque-là.

— Je te dois des explications, déclara-t-elle en regagnant le séjour, les mains vides mais le sourire aux lèvres.

— Non, laisse-moi parler d'abord.

— Comme tu voudras.

— Voilà : j'ai réfléchi, depuis hier soir, et je... je me suis aperçu que l'idée de te perdre m'était insupportable.

Une expression d'intense bonheur éclaira le visage de la jeune femme. Elle s'approcha de Steven, l'enlaça et posa la tête contre sa poitrine. Leurs deux cœurs battaient aussi vite l'un que l'autre.

— J'ai une proposition à te faire, reprit-il en se penchant pour l'embrasser sur la tempe, et je suis sûr que tu l'accepteras.

— Je t'écoute.

— Viens vivre à New York !

— Tu veux que je renonce à ma carrière en Angleterre ? Et qu'aurai-je en échange ?

— Tu seras près de nous, et je t'offrirai, bien sûr, une place dans ma société. Je sais que tu aimes trop ton métier de styliste pour devenir gouvernante, mais tu pourras voir les enfants quand il te plaira, et le reste du temps, tu travailleras à mes côtés, tu créeras des vêtements pour mes figurines.

Tessa s'écarta de Steven et le considéra un moment d'un air pensif avant de dire :

— Alors c'est ça, ta proposition ?

— Oui. J'ai conscience de te demander un gros sacrifice, mais ce changement d'emploi est un défi intéressant à relever, et tu auras des compensations.

— Lesquelles ?

— Un très bon salaire et la chaleur d'un foyer où tu seras toujours la bienvenue. N'est-ce pas suffisant pour te convaincre de quitter Londres ?

Affreusement déçue, Tessa baissa la tête. Non, ce n'était pas suffisant, songea-t-elle. C'était même loin de répondre aux espérances qu'elle avait eu la sottise de nourrir.

Si seulement Steven pouvait partir, maintenant, et la laisser seule avec son chagrin... Elle ne voulait pas pleurer devant lui, et une rupture franche et rapide l'empêcherait au moins de perdre toute dignité.

— J'ai ici des attaches plus fortes que tu ne le penses, finit-elle par déclarer.

— Assez fortes pour que tu refuses cette chance de promouvoir ta carrière ? Je croyais pourtant que la réussite professionnelle était ton principal objectif... Et comme nous habiterons la même ville, nous pourrons continuer de sortir ensemble.

— Arrête, Steven ! Chaque mot que tu prononces me fait un peu plus mal.

— Je ne comprends pas ! Je me mets en quatre pour concilier les intérêts de tout le monde, et toi, tu...

— Non, la peur de t'engager t'aveugle : la solution que tu as trouvée n'arrange en fait que toi. Elle te permet de m'avoir sous la main, sans te sentir envers moi d'autre obligation que celle d'un patron envers une employée.

Steven ouvrit la bouche pour protester, mais Tessa ne lui en laissa pas le temps.

— Il faudrait beaucoup plus qu'une offre d'emploi, même alléchante, pour me persuader de quitter Londres et les DeWilde, poursuivit-elle, et cela m'amène à ce que j'avais à te dire : je leur suis apparentée. Mon nom de famille n'est pas Jones mais Montiefiori. Gabriel DeWilde est mon cousin, et Jeffrey mon oncle.

— C'est de cela que vous avez parlé, aujourd'hui, ma mère et toi ?

— Oui. Millicent voulait éviter que tu ne me présentes à Franklin Butler sans savoir qui j'étais vraiment, car tu n'aurais pas réussi ensuite à le convaincre que tu connaissais la vérité depuis le début. Tu serais alors passé pour un idiot à ses yeux, et il aurait peut-être rompu toute négociation avec toi.

— C'était donc pour cela que ma mère tenait tant à nous marier ! Elle a une très haute opinion de ta famille... Mais pourquoi m'a-t-elle caché ta véritable identité ?

— Pour ne pas déranger mes plans. Le concours était destiné à faire reconnaître mon talent sans que personne puisse attribuer mon éventuel succès à mes relations familiales dans les milieux de la mode. La comédie touche à sa fin, maintenant : la presse spécialisée publiera demain des articles sur mes créations, et je révélerai alors publiquement qui je suis.

— Je comprends, maintenant, ton refus de te mettre au service d'une autre société... L'empire DeWilde te tend les bras !

— Effectivement, et je ne suis pas prête à le quitter juste pour aller travailler ailleurs, mais là n'est pas le problème, quoi que tu en penses. La vraie question, ce sont les gens : toi, moi, les enfants, ta mère et ta femme.

— Ma femme ? répéta Steven.

Il avait parlé sur un ton menaçant, mais Tessa ne se laissa pas impressionner. Elle n'avait plus rien à perdre, alors autant obliger Steven à regarder la réalité en face.

— Oui, Renée ! s'écria-t-elle, envahie par une brusque bouffée de colère. C'est à cause d'elle que tu ne veux pas t'engager. Je sais que sa mort soudaine t'a porté un coup terrible, je sais que tout le monde l'adorait, mais de là à vivre éternellement dans son souvenir, de s'interdire toute chance de la remplacer... Je ne prétends évidemment pas lui ressembler, mais...

— Non, en effet, tu ne lui ressembles en rien, l'interrompit Steven.

Toute sa détresse, toute sa douleur du matin étaient revenues, mais il ne se sentait pas le courage de faire plus de concessions pour reconquérir Tessa. Elle avait raison : il était lâche.

Sans un mot, il pivota sur ses talons et quitta l'appartement.

Le lendemain matin, Tessa arriva au magasin juste avant l'heure de l'ouverture, la robe de mariée retouchée sur le bras, protégée par une housse de plastique.

— Vous êtes en retard! lui lança Shirley Briggs.

La jeune femme la fusilla du regard. Elle venait d'accomplir une tâche qui lui avait beaucoup coûté : aller voir Franklin Butler, lui révéler son vrai nom et, jouant les fiancées béates, lui confier qu'elle n'avait pas encore décidé de la suite de sa carrière après son mariage avec Steven. L'entretien s'était bien passé, Butler l'avait félicitée pour la transformation opérée sur les Galaxy Rangers, et, comme elle préférait parler travail que vie privée, elle lui avait même présenté de nouvelles idées pour la collection de figurines qu'il projetait de commercialiser.

Elle avait maintenant la conscience tranquille : les négociations de Steven ne risquaient plus d'échouer par sa faute. Il lui avait cependant été douloureux de se mettre dans la peau d'un personnage qu'elle n'incarnerait jamais dans la réalité, et elle était de fort méchante humeur.

— Cessez de me fixer de cet air insolent! déclara Shirley. Ce n'est pas parce que la presse vous encense que...

— Les critiques sont parues? s'écria Tessa avant de se diriger vers le comptoir, sur lequel s'empilaient plusieurs magazines de mode.

Shirley la suivit et l'empêcha de prendre les revues en posant la main dessus.

— Vous les lirez plus tard! décréta-t-elle.

— Et pourquoi pas maintenant? demanda la jeune femme, stupéfaite.

— Parce que Gabriel DeWilde veut vous voir immédiatement, et je vous préviens qu'il est furieux contre vous.

— Vous êtes sûre de ne pas avoir pris pour de la colère l'excitation que lui cause mon succès?

— Non, je crois plutôt qu'il a l'intention de vous renvoyer.

— C'est ridicule!

— Il y a là-haut quelqu'un qui...

— Un journaliste?

— Non, une personne qui a visiblement des comptes à régler avec vous.

C'était Steven! songea Tessa. Il ne lui avait donc pas fait assez de mal comme ça?

— J'y vais, annonça-t-elle. Apportez cette robe à Lianne DeWilde, pendant ce temps.

— Mais...

— Elle l'attend, et vous pouvez me remercier de vous confier cette mission, vous qui ne perdez pas une occasion d'étaler vos prétendus mérites devant les DeWilde.

— Quelle impudence! Redescendez dès que Gabriel DeWilde en aura terminé avec vous, et nous aurons une petite explication, toutes les deux!

— A vos ordres, susurra Tessa.

Puis elle tendit la robe à Shirley et se dirigea à grands pas vers l'ascenseur. Une fois arrivée à l'étage de la direction, elle passa sans s'arrêter devant la réception, et entra comme une tornade dans le bureau de son cousin.

— Gabe, je...

Les mots lui manquèrent : elle venait de poser les yeux sur la personne qui, selon Shirley, avait des comptes à régler avec elle, et ce n'était pas Steven mais Natalie ! Habillée d'un joli manteau bleu et de bottines fourrées, elle était assise dans le canapé de cuir, raide comme la justice.

Tessa finit par retrouver sa voix. Elle s'approcha de la fillette et demanda :

— Que fais-tu là, ma chérie ?

— Renvoie-la, Gabe ! cria Natalie en pointant un index accusateur sur elle. Renvoie-la tout de suite !

— Attends, déclara Gabe. Maintenant que Tessa est là, explique-moi ce que tu lui reproches exactement.

— C'est plus mon amie ! répondit la fillette, les lèvres tremblantes.

— Ne dis pas ça ! protesta la jeune femme. Je t'ai promis que nous resterions toujours amies.

— Non, je veux plus : tu es trop méchante. Tu as fait pleurer mon papa !

Sur ces mots, Natalie fondit elle-même en larmes. Tessa brûlait de l'attirer dans ses bras pour la consoler, mais comme c'était apparemment elle la responsable de ce gros chagrin, son geste aurait sans doute été mal accueilli. Elle avait cependant du mal à croire la fillette : l'image de Steven en train de pleurer — et à cause d'elle, de surcroît — n'arrivait pas à se former dans son esprit.

— Natalie est venue toute seule ? demanda-t-elle à son cousin.

— Oui, elle a pris un taxi et, une fois ici, a exigé de me voir.

— C'était très risqué de quitter l'hôtel sans un adulte pour t'accompagner, ma puce !

— Il faut bien que... quelqu'un fasse quelque chose, balbutia la petite fille entre deux hoquets. Grand-mère est... tellement fâchée contre papa qu'elle... veut nous ramener à New York aujourd'hui. Et papa est... tellement fâché contre tout le monde qu'il parle plus à personne. Et Nicky est qu'un bébé... C'est toujours moi qui dois m'occuper de tout...

— Ma pauvre chérie !

Cette fois, Tessa ne put s'empêcher de rejoindre Natalie et de l'enlacer. Gabe lui montra le téléphone du doigt, et elle comprit qu'il avait appelé les Sanders.

— T'as fait du mal à mon papa, dit la fillette, la tête sur l'épaule de Tessa mais d'un ton encore chargé de reproche.

— Je suis désolée, murmura la jeune femme. Les grandes personnes se font du mal, quelquefois, et il arrive que des innocents comme toi en pâtissent.

La porte s'ouvrit alors brusquement, et Steven se rua dans la pièce, seulement vêtu d'un T-shirt, d'un pantalon de jogging et de son anorak.

— Natalie ! cria-t-il.

— Oh, papa ! s'exclama la fillette en s'élançant vers son père qui s'était accroupi, bras tendus.

— Tu n'aurais pas dû venir ici, déclara-t-il.

— Grand-mère me l'a pas interdit !

— Evidemment, puisqu'elle dormait encore quand tu es partie... Si je retrouve le chauffeur de taxi qui a pris en charge une enfant de ton âge sans se poser de questions, il passera un mauvais quart d'heure ! Mais pourquoi ne m'as-tu pas rien dit ?

— T'étais pas là.

— Il te suffisait d'appeler le gymnase de l'hôtel : j'y étais, et tu le savais.

— Oui, mais tu m'aurais pas permis, et il fallait que je te défende! Tessa t'a fait pleurer... Je la déteste!

— Ce n'est pas vrai. Tu l'aimes beaucoup, au contraire.

— Non! On va chercher une autre maman Cendrillon pour Nicky!

Steven leva la tête et planta son regard dans celui de Tessa. Ses yeux bleus exprimaient un mélange de douleur et de regret qui la bouleversa. Il n'avait plus peur de lui montrer ses sentiments... Si chacun d'eux faisait un pas vers l'autre, peut-être leur restait-il une chance de se quitter au moins bons amis?

— Tu peux nous laisser, Gabe? demanda-t-elle. Et emmène Natalie, s'il te plaît.

— Euh... oui, bien sûr, répondit son cousin, l'air surpris. Tu viens, ma puce? Tu n'as sans doute pas eu le temps de manger, et il y a un distributeur de boissons et de confiseries au bout du couloir.

La fillette lança un coup d'œil interrogateur à son père.

— Vas-y! lui dit-il. Je te rejoins dans une minute.

Lorsque Gabe et la fillette furent partis, Steven se redressa lentement. Il semblait porter tout le poids du monde sur ses épaules. Tessa eut envie de le serrer dans ses bras pour le réconforter, comme Natalie tout à l'heure, mais elle n'osa pas.

— Je suis navrée de cet incident, se borna-t-elle à déclarer.

— Moi aussi. J'espérais que les enfants pourraient reprendre le cours normal de leur existence, en ne gardant de toi que des souvenirs heureux.

— Tu me permets de te donner un conseil? Dans l'intérêt de ta famille comme du tien, engage une bonne gouvernante, ou bien remarie-toi.

— J'avais résolument opté pour la première solution, mais aucune des candidates que j'ai reçues ne m'a plu. Et puis tu es arrivée, et j'ai cru le problème réglé.

— Mais au lieu de cela, je t'en ai posé un nouveau...

— Oui. Tu sais, notre dispute d'hier m'a obligé à réfléchir, et j'ai enfin compris ce que ma proposition avait d'insultant pour une femme entière comme toi. J'avais l'impression de faire une énorme concession en t'offrant de poursuivre notre liaison, mais tu m'as ouvert les yeux : c'était en réalité égoïste et lâche de ma part.

La gorge de Tessa se serra. Rien ne pouvait l'émouvoir davantage que le repentir de cet homme habituellement si sûr de lui et de son bon droit.

— Natalie t'a vraiment surpris en train de pleurer? demanda-t-elle.

— Oui. Tes critiques m'ont d'autant plus blessé qu'elles étaient fondées.

— Toi aussi, tu m'as blessée en me disant que je ne soutenais pas la comparaison avec ta femme.

— Tu as mal interprété mes paroles : j'ai seulement dit que tu ne lui ressemblais pas du tout, et c'était un compliment.

— Il n'empêche que tu as épousé Renée et que tu ne veux pas m'épouser, moi. Et si la comparaison est réellement en ma faveur — ce dont je continue de douter —, de quoi as-tu peur exactement? Qu'il ne m'arrive la même chose qu'à elle, que je ne meure dans tes bras pendant un rapport sexuel particulièrement... passionné?

— C'est ma mère qui t'a raconté cela, n'est-ce pas?

— Oui.

— Eh bien, elle se trompe. Je suis le seul à savoir comment ma femme est morte.

— Tu peux m'expliquer? Enfin, si cela ne t'ennuie pas... Rien ne t'y oblige, après tout.

Steven vint s'asseoir à côté de Tessa et déclara, les yeux perdus dans le vague:

— Tout le monde voyait en nous le couple idéal. Et nous avons en effet été très heureux ensemble, au début. Renée avait toujours été un peu égocentrique, mais elle pouvait se montrer charmante, quand elle le voulait et, en public, elle jouait à la perfection son rôle d'épouse modèle.

— Mais ce n'était qu'une apparence?

— Oui. Quand je suis rentré à la maison, ce fameux soir, je l'ai trouvée couchée en compagnie d'un autre homme. Elle était tout ce qu'il y a de plus vivante, à ce moment-là, et très étonnée de me voir! Comme un idiot, je pensais lui faire une surprise agréable en revenant plus tôt que prévu... Je savais que notre mariage ne la satisfaisait pas pleinement: elle me reprochait de trop travailler, de la négliger... Je n'avais cependant pas le choix: je m'efforçais alors de sauver ma société de la faillite. Je ne cessais de répéter à Renée que j'aurais ensuite plus de temps à lui consacrer, et je croyais qu'elle le comprenait, malgré ses récriminations... En fait, son insatisfaction augmentait de jour en jour, et elle m'en attribuait l'entière responsabilité.

— C'était très injuste !

— Oui, mais Renée accusait toujours les autres d'être la cause de ses problèmes. Même quand je l'ai prise en flagrant délit d'adultère, cette nuit-là, elle a prétendu que c'était ma faute, qu'une femme avait le droit d'aller chercher ailleurs ce dont son mari la frustrait. Elle m'a agoni d'injures. Je... je frémis rien que d'y penser.

La douleur crispait en effet le visage de Steven, et Tessa lui laissa un moment pour se ressaisir avant de demander :

— Tu connaissais son amant ?

— Non. C'était un gamin d'à peine dix-huit ans venu lui livrer un carton d'épicerie, ou je ne sais quoi. Il n'était apparemment pas le premier à profiter de ses faveurs, mais il a eu moins de chance que ses prédécesseurs : je lui ai fourré ses vêtements dans les bras et je l'ai jeté dehors.

— Qu'est-ce qui a provoqué la crise cardiaque de Renée, alors ?

— D'après le médecin, son cœur a lâché sous l'effet conjugué d'un rapport sexuel avec un adolescent trop fougueux et de la violente colère qui l'a saisie juste après. Au milieu d'un nouveau flot d'insultes, elle s'est élancée pour me frapper... et elle s'est écroulée. J'ai tout de suite appelé le SAMU, j'ai essayé en l'attendant de pratiquer la respiration artificielle, mais il n'y avait plus rien à faire : elle était morte.

— Cela doit être difficile pour toi d'entendre ta mère chanter ses louanges !

— Oui, et je suis parfois tenté de rétablir la vérité, mais même si nous avions des problèmes de couple,

Renée était une bonne mère, et je me sens déjà assez coupable sans la discréditer en plus aux yeux de ma famille.

— Mais tu n'as rien à te reprocher, dans cette affaire !

Steven se tourna vivement vers Tessa, l'air surpris qu'elle ne comprenne pas.

— Si j'étais rentré une heure plus tard, pourtant, je n'aurais pas trouvé Renée au lit avec ce garçon, expliqua-t-il, et elle serait toujours en vie à l'heure qu'il est.

— Mais au lieu de se mettre en colère contre toi, elle aurait peut-être prolongé ses ébats avec le livreur, et le résultat aurait été le même. A cette différence près que tu n'aurais pas pu garder le secret sur ses infidélités.

— Je n'avais jamais envisagé les choses de cette façon...

— Parce que tes remords t'empêchent d'en juger objectivement. Pour moi, il est évident que tu n'es en rien responsable du décès de ta femme : c'est elle qui a pris un gamin de dix-huit ans pour amant, elle qui t'a fait une scène — injustifiée —, et si cette crise cardiaque n'avait pas eu lieu ce soir-là, elle se serait sûrement produite peu de temps après, lors d'un effort trop violent.

Le visage de Steven s'éclaira un peu.

— Tu as sans doute raison, déclara-t-il, et j'ai eu de la chance dans mon malheur, au fond, car les enfants étaient allés passer la nuit chez des amis. Le spectacle de leur mère foudroyée par un infarctus leur aura au moins été épargné.

— Maintenant que je connais toute l'histoire, je

crois comprendre la raison de ta réticence à te remarier : la peur d'une nouvelle trahison. Mais jamais je ne te trahirais, moi, jamais je...

— Oui, Tessa, je le sais, et ce n'est pas de toi que je doute, mais de moi. Je crains de ne pas être capable de rendre une femme heureuse.

— Personne ne peut faire à lui seul le bonheur de quiconque. Dans un couple, il faut juste se montrer honnête et donner le meilleur de soi-même. Ce sont les deux seules choses que des conjoints ont le droit d'exiger l'un de l'autre.

— Renée n'était pas de cet avis...

— Eh bien, elle avait tort ! décréta la jeune femme. Tu t'es bien conduit envers elle... et mal envers moi. Tu as toi-même admis que je ne lui ressemblais pas, et je trouve particulièrement injuste de subir les conséquences de ses manquements à elle !

Sa franchise brutale parut déconcerter Steven, puis il éclata de rire et s'exclama :

— Oh ! Tessa... Je t'aime tant !

— Moi aussi, je t'aime.

— Mon plus cher désir est de t'épouser, mais...

— Mais ?

— J'ai peur.

— C'est normal : il est toujours risqué de remettre sa vie entre les mains d'une autre personne. Il s'agit d'un acte de foi, d'un pari sur l'avenir qui n'offre aucune garantie.

— Tu m'en as pourtant donné, d'une certaine façon, car malgré les multiples raisons que tu as eues de te plaindre de moi, ces derniers jours, tu m'as gardé ton amour. Et comme je compte désormais tout faire pour me racheter...

Des larmes s'étaient mises à couler sur les joues de Tessa, et Steven la prit doucement dans ses bras. La bouche contre ses cheveux, les yeux humides, lui aussi, il lui murmura des mots tendres, et ils furent soudain seuls au monde, aveugles et sourds à la réalité extérieure au point de ne s'apercevoir du retour de Gabe et de Natalie dans la pièce qu'au moment où la voix de la fillette rompit le silence :

— Regarde, Gabe ! Elle recommence : papa est encore en train de pleurer !

— Ce sont des larmes de bonheur, se hâta de préciser Steven. Viens, ma chérie, nous avons une grande nouvelle à...

L'entrée de la réceptionniste l'empêcha de terminer sa phrase.

— Excusez-moi de vous déranger, mademoiselle Jones, déclara-t-elle, mais Shirley Briggs a déjà appelé plusieurs fois pour savoir si M. DeWilde vous avait signifié votre renvoi.

— Elle n'a donc pas lu les critiques enthousiastes parues ce matin ? s'écria Gabe.

— Si, répondit Tessa, contrairement à moi...

Son cousin alla prendre des coupures de presse sur son bureau et les lui tendit. Après les avoir parcourues, elle s'exclama :

— Ça y est, j'ai réussi ! Désormais, mon succès ne pourra plus être attribué qu'à mes seuls mérites !

— Shirley n'a vraiment aucun sens des réalités, et encore moins celui des affaires, observa Gabe. Même si tu te promenais dans le magasin en costume de majorette, même si tu ne faisais pas partie de la famille, nous te garderions !

— Quelle famille ? demanda Natalie.

Elle avait l'esprit aussi vif que sa grand-mère ! pensa Tessa, amusée. Rien ne lui échappait...

— Je t'expliquerai plus tard, lui promit-elle en souriant. Dans l'immédiat, nous allons parler à Shirley. J'ai hâte de voir sa tête quand elle apprendra la nouvelle !

— Amusez-vous bien ! dit Gabe tandis que sa cousine se dirigeait vers la porte, une main dans celle de Steven, l'autre dans celle de Natalie.

Shirley était en train d'enregistrer un achat lorsque Tessa et les Sanders père et fille s'arrêtèrent devant le comptoir. Elle remit le paquet à la cliente, puis se tourna vers Steven.

— Bonjour, monsieur. Je savais qu'il y avait un problème, mais j'ignorais que cela avait un rapport avec vous.

— Il n'y a aucun problème, au contraire, répliqua Steven. Je suis venu féliciter ma fiancée des excellentes critiques que ses créations lui ont values.

— Elle va maintenant se promener dans le magasin en costume de majorette ! annonça Natalie, visiblement impatiente d'assister à ce spectacle.

Perplexe, Shirley dévisagea tour à tour ses trois interlocuteurs, mais l'arrivée de Jeffrey DeWilde, le visage rayonnant, l'empêcha de poser des questions.

— Bravo, Tessa ! s'écria-t-il. Les louanges de la presse rejaillissent sur le magasin et la société tout entiers !

— Merci, monsieur DeWilde, déclara la jeune femme en adressant un clin d'œil discret à son oncle. J'ai l'honneur de vous présenter Steven Sanders et sa fille Natalie.

— Ravi de rencontrer enfin le fils de cette chère Millicent, dit Jeffrey avant de serrer la main à Steven.

Le visage de Shirley reflétait une inquiétude grandissante, dont Tessa n'eut aucun mal à deviner la raison : d'abord, le P.-D.G. de l'empire DeWilde complimentait une employée qu'elle pensait sur le point d'être licenciée, et ensuite il parlait de Millicent comme d'une intime... Elle devait fouiller dans sa mémoire pour tenter de se rappeler si elle avait toujours traité la vieille dame avec les égards dus à une amie du grand patron...

— Comme c'est aimable à vous de venir en personne féliciter Tessa, monsieur DeWilde ! susurrat-elle.

— Elle le mérite, non ? répliqua Jeffrey.

— Oui, bien sûr...

— Ce concours était vraiment une idée de génie. Il a attiré l'attention du public et des médias sur elle, et sur nous par contrecoup.

Shirley allait-elle de nouveau prétendre être l'auteur de cette « idée de génie » ? songea Tessa, prête, cette fois, à la confondre.

Peut-être Shirley le sentit-elle, car elle se contenta d'observer :

— Je suis sûre de pouvoir bientôt vous soumettre d'autres projets aussi heureux, monsieur DeWilde.

— J'en ai un à vous soumettre, moi, et tout de suite : votre service marche bien, mais j'aimerais qu'un membre de ma famille y participe activement à la prise de décisions. Vous accepteriez d'en partager la direction avec une parente des DeWilde... qui a toutes les compétences requises pour cela, bien entendu ?

Il s'agissait évidemment moins d'une question que d'une manière courtoise de donner un ordre. Shirley elle-même le comprit, car au lieu de discuter un arrangement qui devait pourtant beaucoup la contrarier, elle déclara :

— Vous pensez à quelqu'un en particulier, monsieur DeWilde ?

— Oui, répondit Jeffrey avec un grand geste de la main en direction de Tessa. Permettez-moi de vous présenter Tessa Montiefiori, ma nièce. Elle s'est fait passer pour une employée anonyme afin d'acquérir la notoriété dans son domaine sans l'aide de personne. Maintenant qu'elle y est parvenue, cette mascarade n'a plus de raison d'être.

Shirley en resta bouche bée. Elle rougit, pâlit, et finit par bredouiller :

— Non, c'est... c'est impossible. Nous n'arriverons jamais à nous entendre.

Imperturbable, Jeffrey feignit de réfléchir, puis il annonça :

— Dans ce cas, il vaut sans doute mieux que Tessa occupe une fonction plus importante. Je vais créer pour elle un poste juste au-dessus du vôtre.

— Mais... mais je serai la risée de tout le magasin ! s'écria Shirley, atterrée.

— Je serai ravie d'avoir enfin une occasion de rire de vous, lui lança Tessa, car je n'ai jamais trouvé drôle votre habitude de voler les idées de vos subordonnées. Et ne protestez pas : j'ai moi-même été victime de vos pratiques déloyales.

— Evidemment, j'aurai beau clamer mon innocence, personne ne me croira... Ce sera ma parole contre celle d'une Montiefiori...

— Non, je n'aurai même pas à donner mon témoignage : quand vous ne serez plus en position de les renvoyer, les gens placés sous votre autorité n'hésiteront pas à vous dénoncer.

— Je vois..., dit Shirley. Dans ces conditions, je préfère démissionner.

Puis elle tourna les talons et s'éloigna d'un air de dignité offensée.

— Bien joué, oncle Jeffrey! s'exclama Tessa. Je n'ai pas tout de suite compris où tu voulais en venir, mais tu as manœuvré de façon magistrale !

— Gabe et moi avons discuté de l'avenir du service « créations », hier soir, et il m'a alors révélé les abus de pouvoir que commettait Shirley. C'est un comportement que je ne suis prêt à tolérer chez aucun de mes employés. Je ne sais même pas comment elle a pu accéder à un poste de responsabilité chez nous.

— Tu en es débarrassé, en tout cas !

— Oui, mais contrairement à ce que je lui ai fait croire afin de la convaincre de s'en aller, je n'ai personne pour la remplacer.

— Bien sûr que si ! objecta la jeune femme.

Jeffrey fronça les sourcils et demanda à Steven :

— Vous avez l'intention de repartir aux Etats-Unis en laissant Tessa derrière vous ?

— Pas du tout, monsieur. Je compte l'emmener vivre avec moi à New York... si elle l'accepte.

— Ce que je voulais dire, oncle Jeffrey, expliqua Tessa, c'est que Denise est parfaitement capable de diriger le service.

— Mais toi, que vas-tu faire ? Tu ne songes tout de même pas à interrompre une carrière qui s'annonce aussi brillante ?

266

— Non, je continuerai naturellement à travailler.

— Alors je suis sûr que notre succursale new-yorkaise sera très heureuse de t'accueillir.

Restée jusque-là silencieuse, Natalie passa vivement les bras autour de la taille de Tessa et annonça :

— Il faut d'abord qu'on en discute en famille. On te donnera notre réponse en temps utile, monsieur.

Les trois adultes éclatèrent de rire.

Épilogue

— Dépêche-toi, Gabe ! cria Lianne en introduisant une cassette dans le magnétoscope. Le spectacle va commencer !

Gabe se précipita dans le séjour, où l'attendaient avec une impatience non dissimulée sa femme, son père et Mme Mortimer.

— Excusez-moi, dit-il. J'étais en train de tourner le ragoût que Mme Mortimer a apporté pour le dîner.

Lianne prit la télécommande et pressa la touche « marche ». Le petit visage de Natalie apparut en gros plan sur l'écran.

— Bonjour, tout le monde ! déclara-t-elle d'une voix enjouée.

La caméra recula ensuite, révélant un cadre à des années-lumière de la froide et brumeuse capitale anglaise : une grande piscine inondée de soleil et entourée de palmiers, au bord de laquelle Natalie, en maillot de bain jaune, agitait joyeusement la main.

— Ça fait trois jours qu'on a quitté cette bonne vieille Angleterre, reprit-elle, et vous avez sûrement envie d'avoir de nos nouvelles. Eh ben, on s'est tous mariés à Las Vegas aujourd'hui. On s'est enfuis !

Ces paroles furent saluées par des rires et des murmures approbateurs.

— Nicky voulait qu'on aille dans une de ces chapelles où on se marie en deux minutes, mais papa a dit que c'était pas assez bien, et maman voulait porter sa robe de mariée. On rentre à New York demain. Il faut qu'on retourne à l'école, Nicky et moi, et Tessa — enfin, maman — et papa ont du travail, eux aussi : M. Butler leur a demandé de transformer les Galaxy Rangers en personnages d'autrefois. Grand-mère, elle, va rester quelques jours de plus. Elle a rencontré des vieux amis au casino, et je l'ai même vue embrasser un monsieur qui fumait le cigare ! A bientôt, tout le monde ! On viendra vous rendre visite cet été.

La fillette s'interrompit, sortit du champ de la caméra et reparut trente secondes plus tard avec son frère, seulement vêtu d'un caleçon de bain rouge.

— Dis au revoir ! lui ordonna-t-elle.

Au lieu d'obéir, le petit garçon plongea dans la piscine, éclaboussant sa sœur qui, furieuse, tapa du pied et hurla :

— Regarde, papa ! Nicky est encore méchant avec moi !

Tessa surgit alors devant l'objectif, en robe de mariée et munie d'une serviette.

— Qu'elle est belle ! s'exclamèrent Lianne et Mme Mortimer à l'unisson.

— J'ai pensé que tu serais content de me revoir dans cette robe, Gabe, mais pas comme simple mannequin, cette fois ! déclara Tessa en souriant.

Puis elle s'accroupit au bord de la piscine et tendit la main à Nicky. La scène suivante arracha aux quatre spectateurs des exclamations de stupeur suivies de rires irrépressibles : le petit garçon tira d'un coup sec sur le bras de la jeune femme, qui tomba dans l'eau tête la première.

— Mon film est fichu, maintenant ! gémit Natalie. Coupe, papa ! Coupe !

Elle sauta ensuite dans la piscine, et, après un long travelling sur les baigneurs, l'écran se remplit de lignes tremblotantes.

Lianne arrêta la cassette, et Gabe s'écria d'un air satisfait :

— Je peux enfin souffler ! C'est Steven, désormais, qui est responsable de Tessa.

— Cela ne t'empêchera certainement pas de continuer à veiller sur elle, observa sa femme.

— Tessa a le don de faire ressortir ce qu'il y a de meilleur en chacun de nous, remarqua Mme Mortimer avec un soupir ému. Et je vous remercie tous du fond du cœur de m'avoir permis de voir ce film. Il s'est passé tant de choses, et si vite, que j'étais un peu inquiète, je l'avoue...

— Dans la lettre qui accompagnait la cassette, Tessa nous demandait expressément de vous inviter à la séance de projection, précisa Jeffrey. Et je dois dire qu'elle sait choisir ses amis... Si nous allions manger votre ragoût, à présent ? Il sent merveilleusement bon.

Tout le monde se leva. Les deux hommes offrirent chacun un bras à Mme Mortimer, et Gabe, mêlant sans vergogne le vrai et le faux, lui déclara :

— La première fois que je suis venu chez Tessa, ce délicieux fumet m'est monté aux narines, et j'ai autant admiré son appartement que vos talents de cordon-bleu. Je rêve depuis de goûter votre cuisine.

Puis il sourit intérieurement en songeant à la fureur de sa cousine si elle avait été là pour l'entendre.

Belle, loyale, talentueuse, elle était tout cela et bien d'autres choses encore... Mais. quel tempérament !

Steven n'avait qu'à bien se tenir...

Tournez vite la page, et découvrez, en avant-première, un extrait du nouvel épisode de la saga

intitulé

Scandale à Monaco

(Amours d'Aujourd'hui N°744)

Extrait de *Scandale à Monaco*
de Margaret St. George

Son matériel d'escalade sur le dos, Allison emprunta un sentier étroit qui, à la base de la falaise, formait une mince corniche au-dessus des eaux noires striées de reflets argentés. Puis elle enfila sa ceinture et contempla la paroi vertigineuse que surplombait l'élégante demeure qui servait de résidence d'hiver aux von Waldheim.

Tout là-haut, une rangée de gracieux lampadaires dessinait le bord supérieur de la falaise. Le baron et la baronne von Waldheim avaient éclairé généreusement toute la propriété, afin que leurs invités puissent déambuler dans les jardins à leur guise et s'accouder aux parapets pour admirer les reflets de la lune sur la Méditerranée.

Allison sourit. Si les promeneurs avaient libre accès aux allées et aux terrasses, cela signifiait que les dobermans de garde, eux, passeraient la soirée enfermés au chenil. Sur le perron, en haut de l'escalier d'honneur, d'autres agents de sécurité procéderaient sans doute à un second contrôle des invitations. Mais que ce fût ou non le cas ne changeait rien pour Allison.

Après avoir fait jouer les articulations de ses doigts,

elle plia les genoux, puis attaqua la paroi en s'obligeant à procéder avec lenteur. Comme elle s'élevait, prise après prise, le long de la falaise, elle songea aux bijoux qui chatoieraient ce soir sur les gorges et aux poignets. Le gala annuel qu'organisaient les von Waldheim afin de collecter des fonds pour l'opéra de Monaco était réservé à la jet-set européenne. On y retrouverait donc les personnalités habituelles. Avec, pour introduire une note de diversité, quelques stars du cinéma international, le gagnant du Grand Prix de Monaco, ainsi que deux ou trois designers en vogue qui représenteraient le monde de la haute couture. Même la princesse Caroline de Monaco, disait-on, participerait au bal des von Waldheim. Ce soir, cependant, toutes ces célébrités pourraient circuler incognito. Car il s'agissait d'une fête costumée, et la plupart joueraient le jeu en veillant à se rendre méconnaissables.

Allison avait entendu dire que Gabriel DeWilde se trouverait parmi les invités. Lianne, sa jeune épouse enceinte, l'accompagnerait certainement ainsi que Megan, sa sœur jumelle. Alors que ses pensées dérivaient vers le sujet qui la hantait depuis neuf mois, elle manqua une prise et une pluie de gravillons tomba sur le sentier, à une dizaine de mètres en contrebas. Le cœur battant, elle ferma les yeux et se colla contre la paroi qui retenait encore la chaleur du jour. Ce n'était vraiment pas le moment de penser aux DeWilde. Et encore moins à Jeffrey. Tomber amoureuse d'un homme marié avait été l'erreur la plus stupide et la plus douloureuse de son existence. C'était la première fois qu'elle s'était trouvée impliquée dans une aventure extra-conjugale. Et ce serait, assurément, la dernière. Allison ne comprenait toujours pas comment, en l'espace de vingt-quatre heures, elle avait pu oublier instantanément tout principe et toute prudence. Sa rencontre avec le célèbre P.-D.G. du groupe DeWilde s'était soldée par un coup de foudre qui lui avait littéralement fait l'effet d'un électrochoc. Portée par une passion aveugle, elle s'était jetée à la tête de Jeffrey sans s'inquiéter un seul instant des conséquences. Alors même qu'il avait mentionné une épouse, trois enfants déjà adultes... Quelle folie s'était emparée d'elle ? Comment avait-elle pu s'abaisser à ce point ?

Allison serra les lèvres. Loin de diminuer, sa colère et son amertume ne cessaient de s'exacerber à mesure que le temps passait. Elle haïssait Jeffrey pour son silence, pour sa cruelle indifférence. Se raccrochant fermement à un piton, elle souleva son pied gauche et tâtonna à la recherche d'une prise. Ce n'était vraiment pas le moment de méditer sur des projets de vengeance. Pour réussir ce cambriolage exemplaire, elle devait être à cent pour cent dans l'instant présent.

Ne manquez pas, le 1er septembre,
Scandale à Monaco, de Margaret St. George
(Amours d'Aujourd'hui n° 744).

Chère lectrice,

Vous nous êtes fidèle depuis longtemps?
Vous venez de faire notre connaissance?

C'est pour votre plaisir que nous avons
imaginé un rendez-vous chaque mois
avec vos auteurs préférés, vos
AUTEURS VEDETTE dans les
collections Azur et Horizon.

Les **AUTEURS VEDETTE** vous
donneront rendez-vous pour de
nouveaux livres vedette.

Pour les reconnaître, cherchez
l'étoile... Elle vous guidera!

Éditions Harlequin

HARLEQUIN

LE FORUM DES LECTEURS ET LECTRICES

CHERS(ES) LECTEURS ET LECTRICES,

VOUS NOUS ETES FIDÈLES DEPUIS LONGTEMPS?

VOUS VENEZ DE FAIRE NOTRE CONNAISSANCE?

SI VOUS AVEZ DES COMMENTAIRES, DES CRITIQUES À FORMULER, DES SUGGESTIONS À OFFRIR, N'HÉSITEZ PAS… ÉCRIVEZ-NOUS À:
> LES ENTERPRISES HARLEQUIN LTÉE.
> 498 RUE ODILE
> FABREVILLE, LAVAL, QUÉBEC.
> H7R 5X1

C'EST AVEC VOS PRÉCIEUX COMMENTAIRES QUE NOUS ALLONS POUVOIR MIEUX VOUS SERVIR.

DE PLUS, SI VOUS DÉSIREZ RECEVOIR UNE OU PLUSIEURS DE VOS SÉRIES HARLEQUIN PRÉFÉRÉE(S) À VOTRE DOMICILE, NE TARDEZ PAS À CONTACTER LE SERVICE D'ABONNEMENT; EN APPELANT AU (514) 875-4444 (RÉGION DE MONTRÉAL) OU 1-800-667-4444 (EXTÉRIEUR DE MONTRÉAL) OU TÉLÉCOPIEUR (514) 523-4444 OU COURRIER ÉLECTRONIQUE: AQCOURRIER@ABONNEMENT.QC.CA OU EN ÉCRIVANT À:
> ABONNEMENT QUÉBEC
> 525 RUE LOUIS-PASTEUR
> BOUCHERVILLE, QUÉBEC
> J4B 8E7

MERCI, À L'AVANCE, DE VOTRE COOPÉRATION.

BONNE LECTURE.

HARLEQUIN.

VOTRE PASSEPORT POUR LE MONDE DE L'AMOUR.

ROUGE PASSION

De fiévreuses histoires d'amour sensuelles!

De provocantes histoires d'amour passionnées et romantiques qu'on lit d'une seule traite. Aventureuses, parfois humoristiques, et sensuelles, elles mettent en vedette des hommes et des femmes d'aujourd'hui.

ROUGE PASSION...quatre nouveaux titres chaque mois.

GEN-RP

<u>COLLECTION</u>
<u>HORIZON</u>

Des histoires d'amour romantiques qui vous mènent au bout du monde!

Découvrez la passion et les vives émotions qu'apportent à la Collection Horizon des auteurs de renommée internationale!

Captivantes, voire irrésistibles, ces histoires d'amour vous iront assurément droit au coeur.

Surveillez nos quatre nouveaux titres chaque mois!

La **COLLECTION AZUR**

Offre une lecture rapide et

- stimulante
- poignante
- exotique
- contemporaine
- romantique
- passionnée
- sensationnelle!

COLLECTION AZUR . . . des histoires
d'amour traditionnelles qui vous
mènent au bout du monde!
Six nouveaux titres chaque mois.

HARLEQUIN

**En août, on vous tente avec un
livre SUPER PASSION de la série
Rouge Passion.**

Les livres SUPER PASSION sont un peu plus
sensuels et excitants, mais toujours l'amour
triomphe des contraintes, de dilemmes et vient
réchauffer votre coeur comme une caresse.

**Une histoire SUPER PASSION chaque mois,
disponible là où les romans Harlequin sont en
vente !**

RP-SUPER

Composé sur le serveur d'EURONUMÉRIQUE, à MONTROUGE
PAR LES ÉDITIONS HARLEQUIN
Achevé d'imprimer en juillet 2001

BUSSIÈRE

GROUPE CPI

à Saint-Amand-Montrond (Cher)
Dépôt légal : août 2001
N° d'imprimeur : 13535 — N° d'éditeur : 8887

Imprimé en France